병아리

1

글 권새나
그림 신사고

빵어리 1

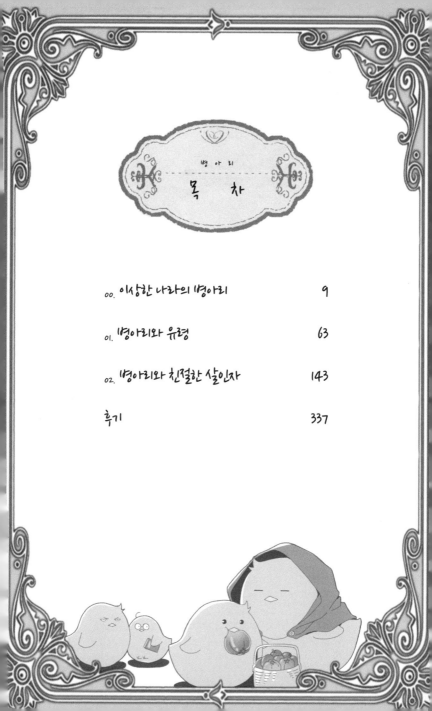

병 아 리

목   차

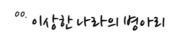 00. 이상한 나라의 병아리

어렸을 때부터 내 우상은 형이었다. 나보다 키도 크고 몸무게도 더 많이 나가고 밥도 더 많이 먹고, 무엇보다 형은 못하는 게 없었다. 오락실에서 게임을 할 때도 나는 한 번도 형한테 이겨본 적이 없었다. 공부도 잘해서 아줌마들도 우리 형을 엄청 좋아했다. 못하는 거 하나 없는 우리 형은 내 우상이었고, 내 멘토였다.

그래, 한봄, 넌 내 우상이었지.

난 커서 꼭 형 같은 사람이 되고 싶었다. 어렸을 때는.

"이런 씨발! 넌 손이 없냐, 발이 없냐!"

나는 결국 참다못해 국자를 집어 던지며 버럭 소리쳤다. 하지만 형은 늘 그랬던 것처럼 아무 일도 아니라는 듯 엄청난 속도로 날아간 국자를 고개만 슬쩍 틀어 피해버렸다.

"병아리 왜 또 저러냐."

"몰라, 사춘기라도 왔나 보지."

모락모락 김이 피어오르고 있는 우거짓국을 먹던 형 친구가 물었고, 형은 고개를 저으면서 대답했다. 술 퍼마시다가 꼭두새벽부터 쳐들어와서 자는 동생을 깨워다가 해장국 끓이라는 형이나 그걸 당연하다는 듯 퍼먹는 형 친구나 똑같았다.

"병아리 아니라고! 내가 병아리라고 하지 말라고 했잖아!"

나는 병아리라는 듣기만 해도 소름이 끼치는, 귀엽다 못해 너무 귀여워서 깨물어 죽이고 싶은 별명을 인정할 수가 없었다. 내가 다시 한 번 고함을 쳐도 그들은 내 외침을 싹 무시해버렸다.

끼리끼리 만난다고 하더니, 한봄이나 강가을이나 다 똑같은 개새끼들이었다.

온 힘을 다해 질주한 덕에 겨우 지각을 모면하고 교실에 도착했다. 이렇게까지 숨을 헉헉대면서 땀을 흘리는 게 얼마 만인가. 나는 교복 위에 입고 있던 바람막이를 벗어서 책상에 패대기쳤다.

"으아악, 이 씨발 잡것들!"

내 외침에 이어폰을 꽂고 노래를 듣고 있던 상진이가 고개를 돌렸다.

"형이랑 또 싸웠냐?"

"형도 그렇고, 강가을 그 새끼까지 쳐들어와서 사람 속을 긁잖아! 그 두 새끼는 도대체 나랑 전생에 무슨 원수를 져서 이러는 거냐고, 도대체 왜! 내가 뭘 잘못했는데!"

내가 발악을 하자 상진이가 귀에 꽂고 있던 이어폰을 빼더니 끔찍한 소리를 지껄였다.

"원수가 아니라 인연 아니냐? 솔직히 너희 형이랑 너랑 가을 형님 이름만 봐도 딱 그림이 나오잖아. 근데 진짜 가을 형님 부모님이랑 너희 부모님이랑 모르는 사이야?"

내 이름은 한겨울이었다. 그리고 우리 형 이름은 한봄.

지금은 돌아가시고 세상에 없는 부모님은 단지 이름 짓기 귀찮다는 이유만으로 우리가 태어난 계절을 우리의 이름으로 지었고, 그건 형 친구인 가을이 형도 마찬가지였다.

형은 중학생 때 가을이 형을 처음 만났다고 했다. 그때 둘은 서로의 이름을 듣고 운명인 줄 알았다고 말하는 미친놈들이었다. 가을이 형 부모님도 우리 부모님처럼 이름을 짓기 귀찮아서 가을에 태어난 가을이 형에게 가을이란 이름을 지어주었다고 했다.

아무튼 둘은 급속도로 친해졌고, 그때부터 내 인생은 절망의 나락으로 떨어지기 시작했다.

외할머니가 외국 사람이긴 했지만 엄마는 딱히 혼혈이라고 볼 수 없을 정도로 한국인과 아주 흡사한 외모였다.

단지 내가 외할머니의 유전자를 물려받은 건지 내 머리카락은 금발이라고 하기에는 좀 부족하지만, 눈에 띌 정도로 아주 밝은 갈색이었다.

하지만 딱히 놀림을 받거나 그런 건 아니라서 나는 내 머리카락 색깔에 불만은 없었다.

강가을 그 새끼가 병아리 한 마리를 사 들고 우리 집에 오기 전까지는.

때는 어느 여름날. 내가 10살이고 형이 중학생 때의 일이었다. 나는 학교를 마치고 거실에 앉아 형이랑 아이스크림을 먹으면서 별 웃기지도 않는 개그 프로를 보고 있었다.

"울아, 가서 아이스크림 하나만 더 가지고 와봐."

형은 발로 날 밀면서 명령에 가까운 말을 지껄였다. 그때까지만 해도 형이 세상에서 제일 멋지고 세다는, 듣기만 해도 끔찍한 콩깍지가 쓰였을 때라 나는 그 말 한마디에 고개를 끄덕거리면서 몸을 일으켰다.

부엌으로 가서 냉동실에 있는 아이스크림을 꺼내려고 까치발을 들던 그때, 현관문이 벌컥 열리면서 가을이 형이 신발도 벗지 않고 거실로 뛰어들어왔다.

"야! 내가 엄청난 걸 발견했어!"

"신발 벗고 들어와, 미친놈아."

"지금 신발이 문제가 아니라니까!"

"그 봉지는 또 뭐야?"

가을이 형은 아주 소중하다는 듯 검은 봉지를 품에 안은 채였다. 나는 깜짝 놀라 냉동실 앞에서 가을이 형을 멀뚱멀뚱 보았다. 가을이 형은 검은 봉지의 입구를 열며 악마처럼 웃고 있었다.

"가을이 형, 아이스크림 먹을래?"

그때까지만 해도 순수의 결정체였던 나는 그 악마의 미소를 봤음에도 불구하고 가을이 형이 먹을 아이스크림까지 꺼내 들고 그쪽으로 다가갔다. 내 물음에 가을이 형이 내 손에 들린 아이스크림을 받아서 껍질을 벗겼다.

"울아."

"으응?"

한참 검은 봉지 안을 들여다보던 우리 형이 고개를 돌려 날 쳐다봤다. 입에 한가득 아이스크림을 물고 내가 대답하자 형은 비열하게 웃으며 내게 선언했다.

"넌 이제부터 병아리다."

나는 사람인데 왜 멀쩡한 사람더러 병아리라고 하는지 알 수가 없어서 고개를 숙여 검은 봉지 안을 들여다봤다. 그곳에는 노란색보다 조금 어두운 색을 한 작은 병아리 한 마리가 삐약삐약거리고 있었다.

"나 병아리 아닌데……."

"넌 병아리야."

"아닌데……."

"병아리라고."

"아니……."

우물쭈물하면서 끝까지 싫다고 처량하게 말했지만, 형의 선언에 그 날부터 나는 병아리가 됐다.

솔직히 그때까지만 해도 나는 누가 날 병아리라고 부르든 말든 별 생각도 없었다. 그냥 그러려니 하고 있는데 문제는 내가 열한 살이 되던 해에 터졌다. 학교에서 소풍을 간다고 도시락을 싸오라고 한 날, 형이 김밥을 싸준다고 해서 함께 마트에 갔다.

"나 맛살도 넣어줘."

"그냥 해주는 대로 처먹어."

"나 참치 김밥 싸주면 안 돼?"

"그냥 해주는 대로 처먹으라고."

자꾸 귀찮게 하지 말라는 그 말에 나는 울상을 지으면서 투덜거렸다. 마트에 도착해서 카트에 김밥 재료를 넣고 과자나 초콜릿 같은 걸 담다가 형이 깻잎 한 묶음이랑 참치 세 캔을 카트에 담는 걸 보면서 나는 얼빠진 애새끼처럼 웃었다.

"형아, 나 참치 김밥 싸줄 거야?"

"저기서 마요네즈 하나 가지고 와."

그 말에 나는 고개를 끄덕이면서 봄날 소녀처럼 뛰어갔다. 케첩 옆에 있는 마요네즈를 들고 다시 형에게 뛰어가려고 할 때, 뒤에서 익숙한 목소리가 들려왔다.

"어, 겨울아!"

고개를 돌리자 빨간색 원피스를 입고 머리를 양 갈래로 땋은 민아가 있었다. 민아는 우리 학교에서 제일 예뻐서 남자애들한테 인기도 엄청 많은 애였다. 나도 그중 하나였다. 마트에서 예고도 없이 만난 내 첫사랑 민아를 보면서 나는 들고 있던 마요네즈를 툭 하고 떨어뜨렸다.

얼굴이 빨개져서 어버버 병신처럼 말을 더듬고 있는 날 보면서 민아는 천사처럼 웃는 얼굴로 떨어진 마요네즈를 주워 내게 건네줬다.

"이거 떨어뜨렸어."

"고, 고마워."

"아니야, 엄마랑 같이 왔어?"

"아, 아니……. 혀, 형이랑……."

"그래? 그럼 내일 학교에서 보자!"

다시 천사처럼 웃으면서 민아가 말했다. 그 말에 고개를 끄덕이면서 덩달아 손을 흔들려고 하는 순간 뒤에서 날 부르는 소리가 들려왔다.

"야, 병아리! 너 안 오고 뭐 해!"

그 외침에 고개를 돌려서 알았다고 하려는데 픕 하고 웃는 소리가 들려왔다. 다시 고개를 돌리자 민아가 날 보면서 웃고 있었다.

"병아리?"

"어? 아, 아니 그게……."

"겨울이랑 잘 어울린다. 겨울이는 꼭 내 동생 같아서 나도 병아리 같다고 생각하고 있었어."

"……."

"그럼 잘 가!"

손을 흔들면서 저 멀리 뛰어가는 민아의 뒷모습을 보며 나는 절망했다. 늠름하고 멋진 모습만 보여줘도 모자를 판에 병아리라니, 동생이라니. 이게 도대체 무슨 말이란 말인가! 패닉 상태에 빠져 허우적대고 있는데 어느새 형이 내 옆에 다가와서 내 손을 잡았다.

"여기서 잃어버리면 너 소풍이고 나발이고 뒈지게 맞는다."

예전에 한 번 사람이 아주 많은 마트에서 형을 잃어버린 적이 있었다. 날 찾는다는 방송이 나왔지만, 정신이 없던 난 펑펑 울면서 계속 형을 찾아 마트를 배회했다. 다행히 어떤 친절한 아줌마가 날 형이 있는 곳까지 데려다 줬었다. 감격에 겨워 우는 얼굴로 형에게 달려갔지만 난 그날 형한테 진짜 뒈지게 맞았다.

때아닌 추억에 잠겨 있다가 나는 고개를 들어 형을 쳐다봤다. 갑자기 서러워서 눈물이 나오려고 하는데 마트를 쭉 훑던 형이 말했다.

"주스 사고 집에 가자."

"……."

"병아리 너 어제 포도 주스……."

다시 한 번 병아리라는 단어가 들림과 동시에 나는 그대로 정신이 나가버렸다. 「형에게 반항은 곧 죽음이다!」라는 신조가 무색할 만큼 돌아버린 나는 그 자리에서 난생처음으로 형한테 반항을 했다.

"병아리 아니야!"

"뭐?"

"병아리 아니라고! 병아리 아니야! 병아리라고 하지 말라고! 나 병아리 아니야, 아닌데……. 으어어어엉!"

"……이게 뭘 잘못 처먹었나."

내 반항에 형은 화내지 않았다. 단지 바닥에 앉아서 펑펑 우는 날 미친놈 보듯 보면서 중얼거렸을 뿐이었다.

형은 내게 아주 차분한 목소리로 그만 울고 일어나라고 했다. 하지만 그런 말이 내게 들릴 리가 없었다.

다시 한 번 형이 일어나라고 말했을 때도 나는 펑펑 울고 있었다.

그리고 형이 마지막으로 일어나라고 말할 때까지 울자 형은 결국 한 손으로 내 멱살을 잡고 일으켰다. 그리고 날 들어서 카트에 앉히는 천인공노할 짓을 저질렀다.

태어나서 단 한 번도 카트에 앉은 적이 없었던 나는 놀라서 그대로 굳어버렸다. 아직 초등학교에 입학하지도 않은 애들이나 카트에 앉는 거라고 배웠던 나는 정신을 차리고 버럭 소리치려고 하던 그때였다. 아무런 표정도 없이 카트를 밀면서 계산대 쪽으로 가던 형이 카트를 멈췄다.

"안녕하세요!"

"겨울이 친구?"

"네! 겨울이 친구 신민아예요!"

헉하고 나는 숨을 들이켰다. 삐거덕거리면서 로봇처럼 고개를 돌리자 싱글벙글 웃는 얼굴로 형을 보고 있는 민아가 보였다. 수줍게 얼굴을 붉히고 형을 보던 민아는 나 따위는 안중에도 없다는 듯 말했다.

"오빠, 오빠는 이름이 뭐예요?"

"엄마는 어디에 있어?"

형은 민아의 말을 무시하고 다시 물었다. 어린애가 마트에서 혼자 배회하고 있는 걸 보니까 길 잃어서 울던 내가 떠올랐던 건지, 아니면 그저 귀찮았던 것뿐이었는지는 모르겠지만.

"엄마는 저기에……. 근데 겨울아, 너 거기서 뭐 해?"

민아는 형의 물음에 대답하고서야 날 쳐다봤다.

"……."

"오빠, 겨울이 왜 이 위에 있어요?"

나는 사색이 된 얼굴로 형을 쳐다봤다. 내 간절한 눈빛을 봤음에도 불구하고 형은 꽃이 휘날리는 착각이 들 정도로 어여쁘게도 웃으면서 개소리를 지껄였다.

"병아리가 자꾸 울어서."

"네? 겨울아 너 울었어?"

병아리라고 분명히 말했음에도 불구하고 민아는 내게 울었냐고 물었다.

병아리가 울었다고 말했는데 왜 나한테 울었냐고 물어보는 거야! 나 병아리 아니야, 아니라고! 병아리 아니란 말이야!

"민아야!"

그때 멀리서 어떤 아줌마가 민아를 불렀다. 민아는 고개를 돌려 아줌마를 보더니 활짝 웃으면서 말했다.

"그럼 오빠 저 가볼게요. 병아리야, 울지 마!"

"……."

다시 멀어지는 민아를 멍청하게 보다가 나는 고개를 돌려 형을 쳐다봤다. 형은 다시 카트를 끌면서 내게 물었다.

"야, 너 저 여자애 좋아하냐?"

"……."

"병아리 주제에 별짓을 다 하네. 이제 내려와, 계산……."

형에게 반항은 곧 죽음이다. 죽음인데…….

나는 날 내려놓으려는 듯 내 겨드랑이에 손을 넣는 형의 손을 뿌리치면서 그 어느 날 가을이 형이랑 우리 형이 싸울 때 들었던 욕지거릴 내뱉으며 목숨을 걸고 소리쳤다.

"병아리 아니라고, 이 개새끼야!"

물론 그날 나는 감히 하늘 같으신 형님께 개새끼라고 했다는 이유로 딱 죽기 직전까지 뒈지게 맞았다.

어린 시절 끔찍했던 사건을 회상하다가 다시 열이 뻗쳐서 나는 머리를 쥐어뜯으며 소리쳤다.

"아오! 진짜 인생에 도움이라고는 쥐뿔도 안 되는 이 망할 새끼! 턱주가리 한 번만 날려봤으면 소원이 없겠네!"

"한겨울, 너 당장 안 앉으면 네 턱주가리 내가 날린다."

어느새 수업종이 친 건지 교실로 들어오던 선생님이 날 째려보며 말했고 나는 조용히 의자에 앉았다. 아까 패대기쳤던 바람막이에 다시 팔을 끼워 넣고 있는데 선생님이 책을 펴고 나를 불렀다.

"어제 어디까지 했냐. 병아리 네가 말해봐."

바람막이를 입다가 말고 나는 고개를 쳐들고 선생님을 쳐다봤다. 그리고 그 얼굴이 형의 얼굴과 오버랩되기 시작했다.

"선생님, 방금 뭐라고……."

"너 병아리라며."

그 말에 나는 그대로 자리를 박차고 일어나 앞에서 낄낄대고 있는 한상진을 향해 의자를 들고 소리쳤다.

"야, 이 새끼야!"

"이 병아리가 농약을 처먹었나! 당장 앉지 못해!"
"아, 선생님! 병아리 아니라고요!"
이놈의 병아리! 도대체 내가 병아리한테 무슨 죄를 지었냐고!

형이 날 병아리라고 부른다는 내 탑 시크릿을 반에 퍼뜨린 건 역시 한상진이었다. 처음에는 상진이 새끼를 반쯤 패 죽이려고 했지만 한 달 동안 케로로 초코 롤빵을 사주겠다는 말에 나는 너그러운 마음으로 이 망할 놈을 용서하기로 했다.

부모님이 돌아가시고 나는 형이랑 둘이서만 살았다.

장례식장에서 할아버지가 형을 데려가려 했고 고모가 날 데려가려 했는데 형의 반대로 한참 실랑이를 벌인 끝에 결국 형이랑 나는 우리 집에서 살 수 있었다.

그 뒤로 할아버지는 형에게 삐치셨는지 연락이 오질 않았다. 고모는 그래도 우리가 걱정이 된 건지 넉넉하다 못해 펑펑 쓰고도 남을 생활비를 한 달에 한 번씩 형 통장으로 부쳐 주기는 했지만, 우리 형은 근검절약의 살아있는 표본이었다.

그런 형이랑 같이 살다 보니까 그 영향이 내게도 미쳤다.

부작용으로 나는 근검절약이 아니라 스크루지의 환생이라고 떠들 정도로 구두쇠가 됐지만. 어쨌든 한 달 동안 빵값은 굳었다.

"야, PC방 가자."

"나 오늘 집에 빨리 가봐야 돼. 사촌 누나 결혼식 있어서."

"이 시간에?"

"내일 하는데 오늘 고모가 형이랑 같이 오래. 가면 용돈 많이 주겠지?"

내가 싱글벙글 웃으면서 말하자 상진이 새끼는 징그럽다는 얼굴로 날 쳐다봤다.

"돈 많은 것들이 더하다고 하더니 네가 진짜 딱 그 꼴이야. 넌 형이 용돈도 많이 주잖아. 너 한 달에 30은 받지 않나?"

매달 1일에 형이 내 통장으로 용돈을 부쳐줬다. 차비 포함해서 한 달에 30만 원이면 적은 돈은 아니었지만 사람 일이란 게 언제 어떻게 될 줄 모르기 때문에 나는 그중 차비만 빼고 전부 저금을 하고 있었다. 형이 돈 가지고 찌질하게 굴지 말고 부족하면 말하라고 했지만, 나는 지금까지 한 번도 형한테 용돈을 더 달라고 한 적은 없었다.

고등학교 2학년 땐 고깃집에서 알바하다가 걸려서 죽을 뻔했다. 자기는 학교 다닐 때 술집에서도 일했던 새끼가 내가 고깃집에서 좀 일한다고 얼마나 개지랄을 하던지. 그때 그걸 일러바친 게 강가을 그놈이었다.

그 일이 있던 이후 한 번만 더 알바한다고 설치면 무릎 밑으로 다리를 믹서에 넣고 갈아버리겠다는 미친 소리에 나는 다시는 알바할 생각을 할 수가 없었다.

존나 야만적인 새끼, 어떻게 다리를 믹서에 갈아버린다는 미친 소리를 할 수가 있단 말인가. 그건 진짜 또라이다.

"넌 돈 그렇게 모아서 나중에 뭐 하려고 그러냐?"

"대학교 갈 때 학비 내야지. 아직 400만 원밖에 못 모았단 말이야."

"뭐? 400? 너 형이 학비 안 대준대?"

형이라면 대학교 학비를 떠나서 내가 나중에 졸업하고 빈둥빈둥 놀아도 돈이야 대주겠지만 그건 내가 싫었다. 하루라도 빨리 독립해서 이 집구석을 나가야지 마음이 편할 것 같았다.

내가 대학교에 입학하고 군대까지 갔다 오면 형 나이가 서른 줄이다. 형도 결혼해서 먹고 살아야 할 거고 나도 결혼은 되도록 빨리하고 싶었다. 빨리 결혼해서 자리잡고 떡두꺼비 같은 애새끼 보는 맛에 일도 하면서 그렇게 살고 싶었다.

"아무튼, 난 간다."

"빨리 꺼져라, 이 의리도 없는 새끼."

PC방 같이 안 간다고 의리도 없는 새끼라고 하는 걸 보면 저건 아직도 철이 덜 들었다.

나는 쯧쯧 혀를 차면서 집으로 갔다. 현관문을 열고 집으로 들어가자 술 냄새가 진동을 했다. 해장국 끓이라고 지랄을 하더니 내가 학교 간 사이에 또 퍼마셨나 보다. 나는 거실에서 뻗어 있는 두 식충이를 한심하다는 듯 보다가 창문을 활짝 열었다. 추운 건지 몸을 웅크리던 가을이 형이 흐느적흐느적 좀비처럼 일어났다.

"지금 몇 시냐?"

"진짜 술에 원수를 졌나, 무슨 술을 그렇게 퍼마셔? 넌 학교도 안 가냐!"

"이 병아리 놈이 버르장머리 없이 형님한테 너라고 하네."

"아, 병아리 아니라고!"

죽은 것처럼 자고 있던 형이 내 고함에 깬 건지 몸을 꿈틀거렸다. 그러더니 부스스 일어나 아무것도 없는 허공을 멍하니 응시하기 시작했다. 형은 아침잠이 워낙 많고 또 잠에서 깨는데 시간이 오래 걸려서 저러고 30분은 있어야 한다. 나는 한숨을 내쉬면서 멍청하게 앉아 있는 형을 보다가 고개를 돌렸다.

가을이 형은 끙끙 앓는 소리를 내면서 욕실로 들어갔다. 남의 집에서 어쩌면 저렇게 편하게 행동할 수가 있는 건지 나는 그저 신기할 따름이었다. 집에 아무도 없어도 쳐들어와서 멋대로 밥을 먹고 씻는 것도 모자라 잠까지 자는 염치도 없는 놈이 바로 강가을이었다. 저 새끼는 멀쩡한 자기 집 두고 왜 우리 집에 와서 저러는 건지 모르겠다.

나는 여전히 멀뚱멀뚱 앉아 있는 형을 보면서 혀를 차고는 내 방으로 들어갔다. 교복을 벗고 편한 옷으로 갈아입으려다가 나는 잠시 망설였다.

정장을 입어야 하나? 아무래도 결혼식에 가는 거니까 정장을 입어야겠지.

나는 얼마 전 형이 사준 정장을 꺼냈다. 재킷은 걸어둔 채 일단 와이셔츠와 바지만 입고 밖으로 나왔다.

형은 씻으러 들어간 건지 보이질 않았다.

가을이 형은 길게 하품을 하면서 헤어드라이기로 머리를 말리고 있었다. 그리고 거울로 날 보더니 아주 당당하게 요구했다.

"밥 줘."

"……."

"빨리. 나 저녁에 알바 가야 돼."

……앓느니 죽지.

내가 네 밥통이냐고 소리를 쳐봤자 듣지도 않을 테고, 나는 포기한 채 부엌으로 갔다. 힘이 없으면 기어야지.

나는 아침에 해놨던 국을 데우고 밥통에서 밥을 펐다. 냉장고에서 밑반찬을 꺼내 식탁에 차리자 형은 목에 수건을 걸고 비틀비틀 부엌으로 걸어왔다. 아직도 잠이 덜 깬 건지, 아니면 술이 덜 깬 건지 눈이 풀린 게 딱 미친놈 같았다.

"나 북엇국……."

중얼중얼 북엇국을 대령하라고 지껄이는 형을 보면서 나는 또다시 폭발했다.

"그냥 주는 대로 처먹어주시면 진짜 고맙겠습니다, 형님."

"집 어딘가에 말린 북어가 있을 거야."

"그냥 주는 대로 좀 처먹으라고."

"너 지금 나한테 반항하냐?"

이게 무슨 반항이야? 여기가 군대냐?

가을이 형은 딱히 북엇국이 먹고 싶은 건 아닌 건지 식탁에 앉아서 빠른 속도로 차려진 밥상을 작살내고 있었다.

하지만 형은 가을이 형이 밥 한 그릇을 다 비울 때까지 끝끝내 숟가락을 들지 않았다. 멀뚱멀뚱 날 쳐다보는 형을 덩달아 마주보면서 눈싸움을 하고 있는데 밥을 다 먹은 가을이 형이 의자에서 일어났다.

"부산 갔다가 내일 저녁에 오지?"

"응, 내일 여덟 시쯤. 왜? 저녁 우리 집에서 먹을 거야?"

내 질문에 형은 현관문을 열고 나가면서 말했다.

"엄마가 한우 한 박스 가지고 왔더라. 훔쳐서 올 테니까 어디 가지 말고 기다려."

"존경하는 형님, 다녀오십시오."

나는 한우라는 말에 정신이 나가서 나가는 가을이 형에게 허리를 90˚로 굽혀 인사를 했다. 그런 날 보더니 가을이 형은 거만하게 웃는 얼굴로 나갔다.

간만에 한우 먹을 생각에 신 나 있다가 아직도 식탁에 앉아서 숟가락을 들지 않는 형을 보고 나는 급속도로 기분이 바닥을 치는 걸 느꼈다.

"진짜 부탁인데 빨리 좀 먹어라, 부산까지 가려면 시간도 많이 걸리잖아. 네가 반찬 투정하는 애새끼냐?"

"야, 병아리. 너 이리 좀 와봐."

별안간 형이 의자에서 일어나더니 우두둑우두둑 손으로 뼈 소리를 내기 시작했다. 그 꼴을 보고 있자니 기가 막혔다. 나는 하 하고 웃으면서 싱크대 쪽으로 가서 찬장을 열었다.

"말린 북어 여기에 있어."

"빨리 끓여."

"……네."

나는 눈물을 머금고 북엇국을 끓이기 시작했다.

여덟 시가 다 돼서야 출발한 우리는 첫 번째 휴게소에 들렀다. 열두 시는 넘어야 부산에 도착할 것 같았다. 형이 주차하고 시동을 끄더니 담배 한 개비를 꺼내서 물었다.

"가서 커피 사와, 캐러멜 마키아토. 달게 해달라고 해. 난 지금 당분을 좀 섭취해야 할 것 같다."

"그러게 누가 그렇게 술을 퍼마시……. 알았다고, 씨발. 사오면 될 거 아니야."

"병아리 너 요즘 말끝마다 씨발씨발거리는데 부산은 내일 가고 나랑 오늘 밤새도록 인체의 신비를 경험해볼래?"

담배 연기를 내뱉으며 사악하게 말하는 형을 보다가 나는 조용히 안전벨트를 풀고 차에서 나왔다.

솔직히 내가 생각해도 요즘에 너무 욕을 많이 하는 것 같았다. 이게 다 한상진 그 새끼 때문이었다. 입에 걸레를 물었나, 그 새끼는 말끝마다 욕을 하는데 같이 놀다 보니까 나도 옮았다. 문제는 그게 형 앞에서도 튀어나온다는 거였다.

어렸을 때보다는 좀 덜했지만, 솔직히 내 신조는 여전했다.

「형에게 반항은 곧 죽음이다!」

장난이 아니라 진짜 죽는다. 만약 형이 화나서 날 때리면 난 아마 전치 24주쯤은 나오지 않을까?

형이 싸우는 걸 본 건 아니었지만, 왠지 느낌이 그랬다. 세상에 저 악마 새끼를 이길 사람이 어디에 있을까. 솔직히 난 형이 나랑 피를 나눈 형제라는 것도 의심스러웠다. 싸움이라고는 한 번도 해본 적이 없다는 새끼가 어떻게 고등학교 때 사람을 죽였다는 소문이 돈단 말인가.

당시 그 소문을 들은 나는 정말 심각했었다. 우리 형이 감방에 가면 어쩌나 하고. 더구나 사람을 죽인 거면 진짜 나쁜 놈인데 우리 형이 그런 놈이라는 게 믿을 수 없어서, 나는 펑펑 울면서 가을이 형한테 물었다. 정말 우리 형이 사람을 죽였냐고. 그때 가을이 형은 우는 날 비웃으면서 말했다. 아직 사람은 안 죽였다고.

그 말에 나는 비로소 안심을 했지만 지금 생각해보면 그 말도 참 웃겼다. 아직 사람은 안 죽였다는 말은 언젠가는 죽일 거라는 말 아닌가. 하여튼 끼리끼리 만난다는 선조들의 말이 맞았다.

"누나, 캐러멜 마키아토 엄청 달게 하나랑, 아메리카노 시럽 빼고 하나 주세요."

주문을 하고 계산을 마친 후에 나는 조금 기다렸다. 그리고 나온 커피 두 잔을 들고 다시 차로 가자 형이 지갑에서 만 원짜리 한 장을 꺼내 내게 주면서 말했다.

"담배 좀 사와."

"야, 나 미성년자……."

"말보로 레드. 가서 너 먹을 모이도 사고."

"모이는 뭔 놈의 모이야! 내가 병아리 아니라고 했지!"

내 필사적인 외침을 무시한 채 형은 내 손에서 커피를 뺏다시피 가져가더니 한 모금 마셨다. 그러더니 빨대에서 입을 떼고 인상을 썼다.

"이거 뭐 이렇게 달아?"

"네가 달게 해달라며! 그리고 그거 원래 단 거거든?"

"너 아직도 안 갔냐?"

좁아진 미간을 보고 나는 얼른 차 문을 쾅 닫고 편의점으로 갔다. 두근두근하는 마음으로 말보로 레드 한 갑을 달라고 했지만, 기가 막히게도 신분증 검사는 하지 않았다. 뭔가 기분이 엿 같아졌다. 나는 빈츠 한 통을 더 사서 차로 돌아왔다.

"나 왜 민증 검사를 안 하지?"

"네 면상 보고 누가 민증 검사를 해."

형이 다시 담배를 한 개비 물며 시동을 걸었다. 이러다가 담배 냄새에 질식할 것 같아서 나는 창문을 열었다. 딸깍 하고 형이 담배에 불을 붙이는 걸 보면서 창문 밖으로 고개를 삐죽 내밀었다. 그때 형이 내 머리카락을 한 움큼 쥐더니 그대로 잡아당겼다.

"머리 넣어라."

"아파, 이 미친 새끼야! 그럼 담배를 좀 끄던가! 나도 확 담배나 피울까 보다!"

그때였다. 고속도로에 진입해서 시속 80킬로미터로 달리던 차가 끼이이익 하는 소리를 내면서 멈췄다. 안전벨트도 하지 않고 있던 터라 나는 그대로 앞 유리창에 머리를 박았다. 이게 갑자기 뭐하는 짓이냐고 버럭 소리를 치려던 찰나 형이 야차 같은 얼굴로 날 보며 물었다.

"뭘 한다고?"

흡사 「담배 정도는 남자라면 다 필 수 있어야지.」라는 듯 부처와도 같은 미소를 머금은 채 내게 묻는 형을 보면서 나는 아까 샀던 빈츠 껍질을 까면서 말했다.

"나 담배 안 피운다고⋯⋯. 이거 먹을래?"

수줍게 내미는 빈츠를 받아 입에 문 형이 다시 액셀을 밟았다.

내가 담배를 피우든 말든 지랑 무슨 상관이야? 나는 속으로 욕을 하면서 으적으적 빈츠를 씹었다.

어느 순간부터 잠이 들었는지, 나는 안전벨트를 하고 의자를 뒤로 젖힌 채 몸을 뒤척이다가 깼다. 핸드폰의 시계는 벌써 밤 열한 시를 가리켰다. 고개를 틀자 형이 한 손으로 머리를 받치고 다른 손으로는 핸들을 잡은 채 운전을 하고 있었다.

"도착하려면 얼마나 남았어?"

"한 두어 시간."

"나 배고파."

"모이 먹어."

"⋯⋯."

모이고 지랄이고 지금 몸이 고단해서 병아리 아니라고 소리칠 기운도 없었다. 차 오래 타는 건 진짜 노동이다.

나는 길게 기지개를 켜고 한숨을 내쉬었다. 힘들어 죽겠다. 아까 먹다 남은 빈츠 껍질을 까서 입에 쑤셔 넣으며 빵 같은 것도 좀 살 걸 그랬다고 생각했다.

우물우물 과자를 씹으면서 앞을 보고 있는데 순간 귓가로 욕설이 들려왔다.

"저 새끼 뭐하는 거야?"

"어?"

"왜 역주행을 하고 지랄……, 아 씨발!"

찢어지는 듯한 형의 고함에 반사적으로 몸을 움츠리는 순간 앞에서 엄청난 속도로 차 한 대가 우리를 향해 돌진하고 있는 게 보였다. 형은 핸들을 꺾었지만 마치 우리 차랑 보이지 않는 실로 연결이라도 된 양, 아니면 진짜 들이박으려고 작정이라도 한 건지 똑같이 따라왔다.

아주 순식간의 일이었다. 엄청난 속도로 달리던 차가 내 눈앞으로 점점 클로즈업되는 찰나, 형은 속도를 줄이다가 안 되겠다 싶었던지 그대로 핸들을 꺾고 내게 손을 뻗었다.

형이 날 보호하듯 감싸 안았다는 걸 느꼈을 때 엄청난 충격이 내 몸을 강타했다. 쩍쩍 금이 간 창밖으로 하늘이 보였다가 바닥이 보였다가 다시 하늘이 보였다.

나는 우리가 타고 있던 차가 밑으로 데굴데굴 굴러가고 있다는 걸 깨달았다. 순간 머리가 아찔해졌다.

이 밑으론 물이다.

"밖으로 나가!"

급속도로 물이 차오르는데 형이 내게 소리쳤다.

형 이마가 찢어져서 피가 철철 나고 있는 게 보였다. 형이 손으로 창문을 깨기 시작했다.

하지만 이미 차는 물속에 잠긴 뒤였다. 창문은 깨지지도, 열리지도 않았다. 그래도 포기하지 않고 창문을 깨려 하는 형을 멍하니 보다가 나는 밑을 쳐다봤다. 나는 내 다리가 이상한 모양으로 꺾여 있다는 걸 깨달았다. 발가락이 있어야 할 곳에 뒤꿈치가 보였다. 그제야 나는 내가 처한 상황이 얼마나 절망적인지 깨달았다.

숨을 흡 하고 들이키고 나서야 이곳이 물속이라는 걸 알아차렸다. 폐 속으로 물이 차오르고 숨이 막혀왔다. 어둡고 컴컴해서 아무것도 보이질 않았다. 내 팔을 잡아당기고 있는 게 형이라는 걸 알았지만 나는 움직일 수가 없었다.

창문이 깨졌는지 형이 자꾸만 내 팔을 잡아당겼다. 말이라도 할 수 있었으면 참 좋았을 텐데 여긴 물속이라 목소리가 나오질 않았다.

너나 나가, 이 새끼야.

다리가 움직이질 않았다. 형이 자꾸만 팔을 잡아당겼다. 그러다가 안 되겠다 싶었던지 한 손으로는 내 멱살을 잡고 다른 손으로는 내 허리를 잡았다. 형이 끌어당길 때마다 다리에서 끔찍하리만치 무서운 고통이 온몸을 엄습했다. 점점 날 잡아당기는 힘이 약해지는 걸 느꼈다.

나는 날 잡고 있는 형의 손을 필사적으로 떼려고 했지만, 형은 떨어지지 않았다.

그냥 너나 나가라고. 진짜 인생에 도움이라고는 쥐뿔도 안 되는 멍청한 새끼야.

제발 좀 꺼지라고 비명을 질렀지만, 목소리는 나오지 않았다. 정말 기분이 엿 같았다.

깨질 것 같은 머리를 부여잡고 나는 끙끙 앓았다. 뭔 놈의 머리가 이렇게 아픈 거야.

똑바로 누워 있다가 몸을 뒤집고 무릎을 모았다. 마치 엎드려 기도하듯 엎어져서 머리를 부여잡고 끙끙거리다 슬쩍 눈을 떴다.

물속이 아니었다.

고개를 숙이고 숨을 헉헉대고 있는데 덜컥 눈앞에 내 가슴이 보였다. 흐린 시야 때문에 눈에 힘을 주고 자세히 보는데 뭔가가 좀 이상했다. 그러니까 이건 꼭 여자 가슴처럼 보였다.

나는 슬그머니 고개를 들었다. 그리고 상체만 일으켜 앞섶을 잡고 그대로 앞으로 당겼다. 그 속을 들여다보니 봉긋한 가슴이 보였다.

"……."

어……. 이게 뭐지?

이게 도대체 어떻게 된 거야……. 나는 그 아래에 있는 자그마한 발을 보면서 더 기가 막혔다. 내 발이 이렇게 작을 리가 없었다. 그리고 난 어릴 때 놀다가 다쳐서 발등에 흉터도 있었다. 내 팔목은 이렇게 가늘지도 않았다.

나는 다시 윗옷을 들어 그 속을 들여다봤다. 가슴이 보였다. 여자 가슴이.

"이게 도대체 뭐……."

이 상황을 믿을 수가 없었다. 도대체 형은 어디에 있는 건지, 살아 있기는 한 건지, 여기는 또 어디고 내 다리는 왜 멀쩡한 거고, 내 가슴이 왜 여자처럼 튀어나와 있는 건지 나는 하나도 알 수가 없었다.

교통사고가 나서 나는 형과 물에 빠졌다. 그리고 정신을 잃었는데 여기는 고속도로가 아니라 쓰레기가 넘치는 더러운 골목이었다. 내가 왜 지금 여기에서 눈을 뜬 거지?

일단 여기가 도대체 어딘지 먼저 알아야 했다. 나는 꼬물꼬물 일어나 주변을 살폈다. 처음 보는 이상한 골목이었다. 여기저기 쌓인 쓰레기 더미에서는 악취가 나고 있었다. 갑자기 울컥하고 눈물이 차올랐다. 여기가 도대체 어디냐고…….

나는 병신처럼 훌쩍거리면서 길을 따라 걸었다. 맨발이라 그런지 발바닥이 아팠지만 어쩔 수 없었다.

한참을 그렇게 걷고 있는데 멀리서 담배를 피우는 사람들이 보였다. 나는 화색을 띠고 그쪽으로 달려갔다. 나를 발견한 건지 남자 무리가 내게 시선을 내리깔았다. 나는 다짜고짜 물었다.

"저기요, 뭐 좀 물어보려고 하는데……. 여기가 어디예요?"

내 물음에 그들은 대답하지 않았다. 날 멀뚱멀뚱 보더니 고개를 들어 서로 눈을 마주치기 시작했다. 갑자기 뭔가 불길한 기운이 온몸을 엄습했다. 나는 주춤주춤 뒤로 물러나면서 어색하게 웃었다.

"아, 아니에요. 그럼 일들 보세요."

"야, 저년 잡아."

씨팔, 내가 이럴 줄 알았다. 빠악 하고 뒤통수에서 느껴지는 고통에 나는 더러운 바닥으로 그대로 나자빠졌다. 정신이 흐려지는 가운데 봉 잡았다는 소리가 귓가로 들려오는 걸 마지막으로 나는 정신을 완전히 놓아버렸다.

덜컹덜컹하고 몸이 흔들렸다. 끙끙대며 눈을 뜨자 뒤통수에서 엄청난 고통이 느껴졌다. 반사적으로 아픈 곳을 만지려고 했지만, 팔이 움직이질 않았다. 나는 내가 그제야 묶여 있다는 걸 깨달았다. 머리가 아파 죽을 것만 같았다.

고통을 참으며 시커먼 바닥을 한참 보다가 필사적으로 고개를 틀자 웬 꼬맹이들이 훌쩍거리면서 구석에 처박혀 있었다. 나는 숨을 몰아쉬면서 몸을 일으켜 앉았다. 뒤로 손이 묶여서 잘 일어나지지 않았지만 힘겹게 일어나 앉자, 주변이 시야에 들어왔다. 자꾸만 덜컹덜컹 몸이 흔들렸다.

여기는 방이 아니었다. 마치 마차나 자동차 안 같았다. 납치당한 건가? 내가 왜?

"야, 꼬마야. 여기가 어디야?"

"흑, 흑……."

"울지 말고 오빠한테 대답 좀 해주지 않을래?"

"흑……, 흑? 오빠?"

한참 울던 여자애가 의아한 얼굴로 내게 시선을 돌렸다. 시선이 마주치자마자 나는 놀랄 수밖에 없었다. 눈동자가 주황색이다. 식겁을 하고 숨을 들이켜자 옆에 앉아 있던 꼬질꼬질한 남자애가 날 비웃었다.

"정신이 나갔구만. 오빠는, 무슨 오빠야. 너 변태냐?"

"뭐? 이 꼬꼬맹이 애새끼가 뭐라는 거야."

나보다 한참 어린 꼬맹이가 헛소리를 해대자 나는 인상을 찌푸렸다. 우리 형이 나한테 너라는 말을 들을 때마다 성질을 냈던 이유를 알 것만 같았다. 이제 형 만나면 꼬박꼬박 형님이라고 불러주고 욕도 안 해야지.

씨발, 그러니까 죽었는지 살았는지만 좀 가르쳐 달라고…….

그때였다. 덜컹거리던 움직임이 뚝 멈췄다. 밖에서 히히힝 하고 말이 우는 소리가 들려왔다.

이거 진짜 마차였나 보다.

곧 쇠가 덜그럭거리는 소리가 들리더니 문이 열렸다. 웬 시커먼 안대를 찬 남자가 안을 쭉 훑더니 말했다.

"헛짓거리하면 배때기에 칼을 쑤셔 박을 거니까 괜한 짓은 하지 마라. 알겠냐?"

그 험악한 말에 울음소리가 더욱 커졌다. 나는 눈물은커녕 기가 막혀서 한숨밖에 나오질 않았다. 뭐? 배때기에 칼을 쑤셔 박아? 이게 뭔 개소리야.

"입 닥치고 한 명씩 기어나와."

우는 아이들이 불쌍하지도 않은지 남자가 차갑게 말했다.

일어나지도 못하고 벌벌 떨면서 아이들이 울기만 하자 남자의 입에서 욕지거리가 나왔다.

"씨팔, 이 애새끼들 말 더럽게 안 듣는구만. 빨리 안 나와?!"

남자는 제일 가까이에 있던 여자애 한 명의 멱살을 잡더니 난폭하게 끌어내기 시작했다. 여자애는 비명을 지르면서 울었고, 결국 마차 안은 울음바다가 됐다.

그때였다. 남자가 멱살을 잡고 있던 여자애의 배에 다짜고짜 칼을 찔러넣은 건.

"컥!"

"꺄아아아악!"

"우아아악!"

"으어어엉! 살려주세요! 살려주세요!"

피를 꾸역꾸역 내뱉으며 경련하는 여자애를 패대기친 남자는 칼에 묻은 피를 털어내더니 소리쳤다.

"닥쳐!"

그 외침에 모두 조용해졌다. 나는 숨도 쉬지 못하고 바닥에서 퍼덕거리며 죽어가는 여자애를 쳐다봤다. 지금 뭔 일이 일어난 거지?

"죽기 싫으면 입 닥치고 한 명씩 나와라."

아무래도 이거 진짜 큰일 난 것 같았다. 소리도 없이 눈물만 뚝뚝 흘리면서 한 명씩 밖으로 나가기 시작했다.

벌벌 몸이 떨려왔다.

나 무슨 조폭한테 진짜 납치당한 것 같다.

인신매매? 나 새우잡이 배에 팔리는 건가? 아니면 다리 자르고 껌팔이 시키는 거 아니야? 혹시 장기도 떼이면 어쩌지?

"너 안 나오냐?"

별 표정 변화도 없이 멀쩡하게 살아 있는 여자애 배에 쉽게도 칼을 쑤셔 넣은 남자가 날 보면서 물었다. 나는 후다닥 몸을 일으켰다.

"나, 나갈게요."

"빨리 나와."

"네, 지금 나가요. 나갈게요."

나는 겁에 질려서 벌벌 떨며 밖으로 나왔다. 이미 숨이 끊어져서 미동도 하지 않는 여자애가 보였다. 퍼렇게 질려가는 시체를 보면서 나는 눈물이 터졌다. 무서워서 죽을 것만 같았다. 소리를 내고 울면 저 여자애처럼 죽을 것 같아서 나는 입을 꾹 다물었다.

그때였다. 사람을 죽인 남자가 내 팔뚝을 잡고 날 돌려세웠다.

"이년 반반하네."

그 말에 나는 훌쩍거리면서 대답했다.

"녀, 년이 아니라 놈인데요……."

"뭐?"

아까부터 자꾸만 년년거리는데 난 년이 아니라 놈이라고 이 망할 살인자 새끼야! 난 흑흑 울면서 입을 꾹 다물었다. 그때 내 팔뚝을 잡고 있던 남자가 욕지거릴 내뱉었다.

내가 미쳤지, 이놈의 주둥아리!

"자, 잘못했어요, 저 년 맞아요, 잘못했어요!"

여기서 죽을 바에 차라리 년이 되고 말자고 생각하며 나는 엉엉 울었다. 하지만, 남자는 그런 날 보던 시선을 더욱 험악하게 일그러뜨리더니 옆에 있는 대머리 남자에게 소리쳤다.

"내가 미친년은 데리고 오지 말라고 했지!"

"미친년인 줄 몰랐수. 안 팔리면 눈깔이라도 빼면 되는 거 아니요?"

흐어어억! 누, 눈깔을 왜 빼! 멀쩡한 눈깔을 왜 빼냐고!

"재수 옴 붙었구만. 얼굴은 반반한 년이 정신이 왜 이 모양이야. 카악, 퉷! 이 년 이거 쇼하는 거 아니야?"

"눈깔 한 짝 빼면 사실대로 말할지도 모르잖수? 한 번 빼 볼까, 형님?"

"자, 자, 자, 잠깐만요! 저 미친년 아닙니다! 저 안 미쳤어요! 저 멀쩡해요, 진짜예요! 저 아이큐 백이십 넘는다고요! 저 안 미쳤어요!"

그런 날 보더니 남자가 씨익 하고 더럽게도 웃었다. 우두두 하고 뒷골에서부터 온몸에 소름이 돋아나기 시작했다. 벌벌벌 몸을 떨면서 필사적으로 내가 정상인이라는 걸 어필하고 있는데 남자가 말했다.

"오늘 오는 손님 중에 사람 눈깔 수집하는 정신 나간 귀족이 있다. 얼굴도 반반하니 이 년을 눈깔이랑 세트로 그 귀족한테 팔아야지. 돈 깨나 될 거다."

"뺄깝쇼?"

나는 새하얗게 질린 얼굴로 형님이라는 남자를 쳐다봤다. 나 눈깔 빠지기 싫어, 나한테 도대체 왜 이러는 거야!

제발 좀 살려달라는 눈으로 남자를 바라봤지만, 그는 냉정하게 말했다.

"빼라. 상처 안 나게. 죽이지도 말고."

"내 실력 알면서 그런 말을 하우? 상처 안 나게 예쁘게 도려내 줄 테니까 얌전히 있어라."

"자, 잠깐, 잠깐, 잠깐! 씨발, 잠깐만⋯⋯!"

뒤로 물러나려고 했지만, 발이 접질려서 뒤로 엎어졌다. 남자는 한 손에 칼을 들고 뱀처럼 웃으면서 다가오기 시작했다. 이대로는 진짜 애꾸가 될 것 같았다. 나는 울면서 비명을 질렀다.

"으어엉! 으엉! 으아아악! 살려줘!"

그때였다. 콰아아앙! 엄청난 폭발음이 들렸다. 대지가 물결이 출렁이는 바다처럼 흔들렸고, 내 눈깔을 빼려던 남자가 칼을 떨어뜨리고 바닥에 주저앉았다. 순간 멀리서 비명과 함께 구원의 목소리가 들려왔다.

"잡아라! 한 놈도 놓치지 마라!"

"쌍, 경비대가 떴다! 도망쳐!"

내 눈깔을 빼려던 남자는 욕지거릴 내뱉으며 도망쳤다. 바닥에 엎어져 있던 나는 몸을 일으킬 생각도 하지 못하고 그대로 구석을 향해 기어가기 시작했다.

이게 도대체 무슨 난리야, 도대체 나한테 왜 이런 일이 일어나는 거냐고, 도대체 왜! 내가 뭘 그렇게 잘못했는데!

"여기 잡힌 아이들이 있다!"

그때 갑옷을 입고 기다란 창을 든 남자 한 명이 내 앞을 가로막더니 크게 소리쳤다. 나는 정신이 나가서 뒤로 몸을 빼며 울었다.

"살려주세요, 살려주세요!"

"괜찮다. 이제 괜찮으니까 뒤로 물러서라."

남자는 친절하게도 묶인 내 손을 풀어줬다. 소리도 내지 못하고 울던 아이들은 그제야 긴장이 풀린 건지 세상이 떠나가라 울기 시작했다. 쪽팔리는 말이었지만 나도 덩달아 펑펑 울어버렸다.

그렇게 한참을 울고 있는데 하나같이 똑같은 갑옷을 걸치고 있던 남자들이 우리를 한곳에 모았다. 옹기종기 모여서 다 같이 합창이라도 하듯 우는데 갑자기 남자 한 명이 웬 종이 한 장을 들더니 그걸 보며 인상을 찌푸렸다.

"대장님, 도대체 병아리가 뭡니까?"

"모른다, 예하께서 5년 전부터 찾고 있는 분이시다."

"병아리가 사람입니까? 닭 새끼가 아니라? 무슨 인상착의도 모르고 병아리라는 이름을 가진 사람을 어떻게 찾습니까?"

"흠. 대대적으로 수사망을 넓히고 있으니 곧 찾겠지."

그들이 하는 대화에 나는 얼이 빠져버렸다. 병아리? 병아리? 병아리? 병아리를 찾고 있다고? 닭 새끼가 아니라 진짜 사람 병아리? 나는 울음을 그치고 조금 앞으로 나아가 그들의 대화에 다시 귀를 기울였다.

"혹시 교황청 앞에서 자기가 병아리라고 주장하는 사람들이 진을 치고 있는 것도 이것 때문입니까?"

"그래, 귀족이나 노예 할 것 없이 죄다 살피라고 명하셨다. 그러니까 그 병아리 이름이 좀 특이하던데……."

나는 쫑긋 귀를 세웠다. 그리고 그 남자 입에서 나오는 말에 눈을 커다랗게 떴다.

"한겨울이라고 했던가?"

"저기요! 저기요! 제가 병아리예요! 병아리! 그 병아리가 나라고요!"

설마 살다살다 내가 병아리라고 이렇게 필사적으로 외치는 날이 올 줄은 꿈에도 몰랐다.

예하라는 사람이 누군지도 모르고 그 사람이 왜 한겨울 병아리를 찾고 있는지도 알 수 없었지만, 그 사람이 우리 형일 거라는 기대를 버릴 수가 없었다. 난 이렇게 멀쩡하게 살아 있는데 같이 물에 빠진 형이라고 안 살아 있겠나.

나는 덜컹덜컹 움직이는 마차 안에서 꼬물꼬물 손을 움직였다. 내가 병아리라고 했을 때 그들은 한숨을 내쉬면서 마차에 타라고 했다. 어디서 또 팔자 피려는 여자가 수작을 부린다는 말을 들은 것도 같았지만 무시했다.

나는 내 옆에서 딱딱한 얼굴로 앞만 보고 있는 남자에게 조심스레 물었다.

"저기요, 저 궁금한 게 있는데. 혹시 그 예하라는 사람 이름이 진짜 이름입니까? 성이 뭐예요? 한예하? 그거 가명이 아니라 정말 본명이에요?"

내 물음에 남자가 얼굴을 구겼다.

"천민 주제에 건방지구나."

나 천민 아닌데……. 나는 황급히 고개를 숙였다가 슬그머니 다시 들어 창밖을 바라봤다. 마차 밖으로 보이는 풍경이 정말 생소했다. 길게 늘어진 밀밭에 도로는 흙길이었다. 사람들이 입고 있는 옷도 이상하기만 했다. 도대체 무슨 저렇게 긴 창을 들고 다니는 건지, 허리춤에 있는 건 정말 진짜 칼인 건지, 게다가 눈깔이며 머리털이며 뭐가 그렇게 형형색색인지 도무지 알 길이 없었다.

입을 다물고 한참을 그렇게 달리다가 포장된 도로에 들어섰다. 깔끔하게 포장된 도로를 달려 커다란 성문을 두 개나 지났다. 마을로 들어선 건지, 사람들도 보였고, 가게들도 보인다. 그럴수록 나는 절망했다.

여기는 한국이 아니었다. 그렇다고 외국이라고 볼 수도 없었다. 도대체 이게 어떻게 된 노릇이지?

그때였다. 엄청나게 커다랗고 새하얀 성이 보였다. 그리고 그 앞에서 마치 시위라도 하듯 사람들이 소리치고 있었다.

"제가 병아리예요!"

"아닙니다, 제가 병아리예요!"

"내가 병아리야!"

그 모습을 보면서 나는 입을 다물었다.

환장하겠다. 병아리는 무슨 병아리야! 이게 무슨 삼류 저질 개그 쇼도 아니고!

자기가 병아리라고 주장하는 인파를 헤치고 성안으로 들어가자 마차가 멈췄다. 남자는 마차의 문을 열더니 내게 말했다.

"내려라."

그 말에 나는 얼떨떨한 얼굴로 마차에서 내려왔다. 뒤통수도 맞고 묶이기도 하고 눈깔도 빠질 뻔했다. 진짜 고단한 하루였다. 하지만 나는 무엇보다도 빨리 형을 찾고 싶었다. 아니, 죽었는지 살았는지 그것만이라도 좀 알고 싶었다. 나는 기대하는 얼굴로 그 자리에 서서 가만히 있었다. 옷도 얇고 맨 발이라 그런지 춥기도 엄청 춥다. 나는 손을 들어 새하얗고 작은 손을 쳐다봤다. 그러니까 이게 내 손이란 말이지.

"고개를 들어라."

그때였다. 귓가로 낯선 목소리가 들려서 고개를 들자 삼십 대 후반 정도로 보이는 남자가 날 내려다보고 있었다. 형이 아니었다. 난 나도 모르게 울상을 지었고, 그 남자는 날 보더니 한숨을 내쉬었다.

"너는 여자가 아니냐?"

"네? 아, 네……. 근데 제가 원래 여자가 아니었는데 이게 이상하게 눈을 뜨니까……."

"미쳤군. 내쫓아라, 한 번만 더 교황청에서 거짓을 말할 시에 혀를 잘라버리겠다."

"네? 자, 자, 잠깐만요! 저 진짜 병아리 맞단 말이에요! 제가 병아리예요! 내가 병아리라고! 이거 놔요, 이거 놔!"

남자는 혀를 쯧쯧쯧 차면서 내게 말했다.

"예하께서 찾고 계시는 병아리는 여자가 아니라 남자다."

"그러니까 내가 원래 남잔데 눈을 뜨니까 여자가 됐다니까요!"

"당장 이 미친년을 내쫓아라!"

예한지 나발인지 그 잡것은 도대체 정체가 뭐야! 정체가 뭔데 괜히 한겨울 병아리를 찾는다고 지랄을 해서 날 이렇게 설레게 만드냐고! 진짜 우리 형 아니야? 아닌데, 우리 형 맞는 것 같은데…….

나는 질질질 끌려가면서 소리쳤다.

"저기요, 그 예하라는 사람 한 번만 만나게 해주세요! 얼굴 한 번만요! 그럼 안다니까! 얼굴에 금칠했냐, 한 번만 보여 달라고!"

내가 바락바락 소리치자 남자는 날 마치 벌레처럼 보더니 매정하게 등을 돌렸다. 도무지 힘으로 이길 수가 없었다. 힘없이 질질 끌려가면서 나는 이를 꽉 물었다. 이 새끼들은 매너도 없나, 신발도 안 신고 있는 사람을 이렇게 질질 끌고 가면 어쩌자는 거야.

발이 다 까져서 피가 맺히고, 그곳에 다시 상처가 나기 시작했다. 하지만 발에서 나는 상처는 하나도 아프지 않았다. 정말 너무 막막해서 도무지 어떤 걸 먼저 해야 하는 건지 하나도 모르겠다.

그때였다. 귓가로 당황한 목소리가 들려온 건.

"예하? 예까지 어쩐 일이십니까?"

"시끄러워서."

"죄송합니다, 웬 미친년 하나가 자기가 병아리라고 주장하는 바람에……. 당장 끌어내지 않고 뭘 하느냐!"

나는 퍼뜩 고개를 들어 예하라는 사람을 쳐다봤다. 머리에서부터 발끝까지 죄다 하얗기만 한 복색이었다. 새하얗고 치렁치렁한 옷에 금색으로 수가 놓여 있는 법복을 입은, 남잔지 여잔지 헷갈리는 사람이 번쩍번쩍 빛이 나는 금색 눈동자로 날 쳐다보고 있었다.

형이 아니었다.

예하라는 사람 얼굴 한 번만 보여 달라고 했는데 괜히 본 것 같았다. 저 사람이 우리 형이 아니니 난 이제 무얼 목표로 삼아야 한단 말인가. 차라리 예하라는 사람이 우리 형이라고 생각하면 그래도 마음은 편할 텐데⋯⋯.

"으어어엉!"

나는 질질 끌려가면서 서럽게 울었다. 진짜 서러웠다. 도대체 이게 무슨 상황인지 하나도 알 수가 없었다.

사촌 누나 결혼식 때문에 부산 가는 길에 웬 미친놈이 역주행해서 형이랑 나는 그대로 물에 빠졌다. 정신을 차리니까 난 여자가 되어 있었고 나쁜 새끼들이 내 뒤통수를 후려갈겨서 기절시켰다. 또 정신을 차리니까 그 놈들이 내 눈깔을 도려내려고 했다. 이게 고작 하루 만에 벌어진 일이었다.

이젠 모르겠다. 내가 뭘 그렇게 잘못했는데! 나한테 도대체 왜 이런 일들이 일어나는 건데!

"으어엉! 으엉!"

발악을 하면서 우는데 날 질질 끌고 가던 남자 두 명이 갑자기 내 팔을 놓았다.

나는 그대로 바닥에 뚝 떨어져서 주저앉아 엉덩이가 아픈 것도 모르고 그냥 계속 울기만 했다. 혹시 형은 죽은 게 아닐까. 나만 살았나? 형 진짜 죽은 거야?

그렇게 생각하자 나는 더 서러워졌다.

"으어어어엉!"

눈도 뜨지 못하고 대성통곡을 하고 있는데 앞에 그림자가 드리워졌다. 펑펑 울면서 고개를 들자 예하라는 사람이 날 내려다보고 있었다.

우리는 그렇게 서로 한참 동안 쳐다보기만 했다. 역광이라 예하라는 사람의 얼굴은 잘 보이질 않았지만, 그딴 건 아무래도 좋았다. 나는 계속 울면서 짜증 난다는 듯 말했다.

"으어엉, 뭘 봐, 이 새끼야. 으어어어엉! 으엉!"

그때였다. 예하라는 사람이 갑자기 내 앞에 쪼그리고 앉았다.

"예, 예하!"

사방에서 아연실색하는 소리가 터져 나왔다. 나는 훌쩍이다 말고 갑작스러운 그의 행동에 반사적으로 몸을 뒤로 뺐다. 그는 금색 눈동자로 날 샅샅이 훑다가 대뜸 물었다.

"이름."

"흑, 끅! 딸꾹!"

"너 이름 뭐냐고."

"하, 한……, 흑. 하, 한겨울이요……."

"한겨울?"

나는 고개를 끄덕거리다가 다시 울었다.

"누구세요? 혹시 우리 형 아세요? 그러니까 그 새끼가······. 흑, 나이가 몇 살이었지. 윽, 그러니까 스물 몇 살인데······. 이름이 한봄이고······. 흑, 그게 우리 형인데······ 으어엉!"

"너 몇 살인데?"

"흑, 흐어엉! 여, 열아홉 살이요······. 대광고등학교 3학년 2반······. 으어어엉! 그러니까 우리 형이요······, 흑흑! 군대도 안 갔다 온 놈이고······, 매일 술만 퍼마시는 새끼인데······, 흐엉! 매일 담배 피우고······, 씨발, 나한테 병아리라고 하고······, 으어어엉! 내가 병아리 아니라고······, 흑, 으어어어엉!"

내가 펑펑 울고 있는데 예하라는 놈이 한숨을 내쉬었다. 그 꼴을 보면서 나는 기가 막혔다. 네 눈엔 내가 한심해 보이냐!

"그래서? 네 형 특징이 뭔데?"

"그, 그럼 찾아줄 거예요?"

"그래, 그러니까 말해봐. 군대도 안 갔다 온 새끼고, 매일 술만 퍼마시고, 담배 피우고, 또?"

"그, 그러니까······. 걔가 나이가, 스물네 살이었던 것 같고요······. 흑끽! 철도 덜 든 완전 깡패 새끼인데······, 흑. 그 새끼가 매일 밥 안 차리면 팬다고 협박하고······, 흑! 술 마시고 북엇국 끓이라고······, 손에서 뼈 소리 내고······. 흑. 개새끼, 지는 손이 없어, 발이 없어, 으어어엉! 우리 형 찾아주세요! 그 병신 새끼 어딜 갔냐고! 으어엉!"

으음 하고 고민을 하는 것 같더니 예하라는 사람이 다시 내게 물었다.

"근데 넌 꼴이 그게 뭐야?"

"내 꼴이 뭐요, 왜!"

"거지새끼 같잖아. 병신처럼 하고 다니면 맞는다고 했냐, 안 했냐."

"흐어어어······엉? 네?"

울음을 그치고 나는 의아한 얼굴로 눈앞의 사람을 쳐다봤다. 이게 무슨 말이야? 멀뚱멀뚱 보고 있자 이 인간이 내 어깨에 손을 올렸다. 흠칫하고 몸을 굳히는데 갑자기 빛이 터져 나왔다. 화들짝 놀라서 몸을 움츠리자 그가 내 어깨에서 손을 뗐다. 무겁고 아프기만 했던 몸이 갑자기 날아갈 듯 가벼워졌다. 고개를 숙여 살피니 상처가 하나도 보이질 않았다. 이게 뭐지? 이게 도대체 무슨······.

"자, 이제 다시 말해봐. 너희 형이 어떤 사람이라고?"

"네, 네?"

"병신 새끼에 군대도 안 갔다 온 술주정뱅이 깡패 나부랭이에 담배 피우면서 협박이나 하는 씨발 개새끼라고?"

"······."

그는 야차 같은 얼굴로 부처의 미소를 지었다. 나는 순간 놀라서 눈을 동그랗게 떴다. 난생처음 보는 이 사람이 왠지 형처럼 보였기 때문이다. 진짜 형인가? 진짜 우리 형인가? 정말로? 점점 짙어지는 미소에 나는 딸꾹질을 했다. 빨리 대답 안 하냐는 그 눈빛에 나는 고개를 저으면서 힘겹게 입을 열었다.

"저, 씨발 개새끼라는 말은 안 했는데······."

"그럼 나머지 말은 다 사실이라는 거냐?"

"아, 아니요. 근데 혹시나 해서 묻는 건데 네가 우리 형이에요?"

내 물음에 예하라는 사람이 웃었다. 예의 그 부처의 미소였다.

"네 형이 뭐 어떻다고?"

그 미소에 나는 이 사람이 우리 형이고 나발이고 이러다가는 진짜 죽겠다 싶어 황급히 소리쳤다.

"우, 우리 형은 세상에서 제일 세고 멋지고 착한 사람이라고요!"

내 외침에 형이 손을 들어 내 이마를 퉁겼다. 딱! 소리가 날 정도로 맞은 이마가 아팠지만 나는 이상하게 웃음이 나왔다.

나는 병신처럼 울면서 웃었다.

솔직히 말해서 나는 제정신이 아니었다. 형이 죽었다는 생각에 병신처럼 울기만 하고 제대로 된 생각도 할 수가 없었다. 만약 내가 조금만 정신이 있었더라면 난생처음 보는 사람이 형일 거라고는 절대 생각하지 않았을 거다. 말투나 하는 행동이 비슷하다고는 해도 어쨌든 생긴 게 이렇게 완전 딴판인데 어떻게 이런 사람을 보면서 우리 형일 거란 생각을 하겠는가.

"이 새대가리 새끼가 찾는다는 공고 떴으면 빠딱빠딱 찾아올 것이지, 왜 병신처럼 굴다가 이제야 나타나고 지랄이야? 어?"

"……."

"너 지금 나한테 반항하냐? 부리에 꿀 물었어? 대답 안 해?"

부리……. 나 진짜 병아리 아닌데……. 나는 눈을 사납게 뜨고 형을 쳐다봤다.

"눈 깔아라, 너 그러다가 뒈지게 맞는 수가 있다."

"……형, 근데 형이 누나야?"

"뭐?"

"누나냐고!"

내가 버럭 외치자 형이 내 뒤통수를 후려갈겼다. 그대로 앞으로 고꾸라질뻔 했지만 내 운동신경으로 가까스로 중심을 잡았다. 대가리가 빠개질 것 같은 고통에 나는 머리통을 부여잡고 소리쳤다.

"왜 때려!"

"너 지금까지 어디 있었냐? 아르젠에 있었던 거 아니야?"

"아르젠이고 나발이고 그게 뭔데! 어떤 남자가 내 머리통을 갈겨서 기절했는데 일어나니까 어떤 놈이 내 눈깔 뺀다고……."

그때 일이 떠오르자 나는 다시 심란해졌다. 눈가에 다시 눈물이 차오르려고 했지만 꾹 참았다. 아까 병신처럼 운 것만 해도 낯짝을 들고 다닐 수가 없는데 또 울면 진짜 혀 깨물고 죽어야 한다. 쪽팔려서.

"형! 나 눈깔 뺀다고 한 사람들이 사람을 죽였어!"

"근데 너 지금 몇 살이냐? 몇 년이나 지난 거야?"

"아니 지금 내가 몇 살인 게 중요한 게 아니라 사람을 죽였다니까! 살인!"

"내 말에 토 달지 말고 대답해, 너 진짜 맞는다."

"……그러니까 열아홉 살이잖아. 넌 내 나이도 모르냐!"

교통사고 나더니 정신병자라도 된 건가, 어떻게 하나밖에 없는 동생 나이도 모른단 말인가. 물론 나도 아까는 정신이 없어서 형 나이가 생각이 잘 안 났던 건 사실이지만.

내 대답에 형이 인상을 구겼다.

"열아홉? 그 꼴에?"

"뭐?"

"그런 절벽 가슴으로 열아홉은 개뿔. 너 태어난 지 몇 년 지났어?"

"절벽 가슴?"

그 말에 나는 의아한 얼굴로 고개를 숙였다. 그리고 내 가슴을 쳐다보고 난 뒤에 깨달았다. 정신이 너무 없어서 내가 여자로 변한 것도 까먹고 있었다.

나는 사색이 된 얼굴로 형을 보면서 말했다.

"혀, 형. 나 가슴이 갑자기 왜 생겼지?"

"가슴이 생겨? 너 원래 가슴 없었냐? 하긴, 차라리 없다고 하는 게 낫겠다."

내 가슴을 보더니 형은 쯧쯧 혀를 차면서 말했다. 그걸 보면서 나는 반사적으로 팔을 들어 가슴을 가리며 외쳤다.

"무슨 개소리야! 내가 가슴이 있기는 어디에 있었다고! 씨발, 내가 가슴 있는 거 네가 봤어? 봤냐고! 나 몸도 작아졌잖아, 진짜 이거 뭐야, 넌 꼴이 왜 그러냐고! 혹시 우리 교통사고 났을 때 너무 많이 다쳐서 성형수술이라도 한 거야? 그럼 성형수술만 하지 왜 멀쩡한 남자를 여자로 만들어, 왜!"

"……."

내 말에 형의 표정이 심각해졌다. 하지만 나는 그런 걸 볼 여유가 없었다. 내가 가슴이 있다는 사실을 처음 깨달았을 땐 하도 정신이 없어서 깊게 생각할 수도 없었지만, 지금은 상황이 달랐다. 어쨌든 형도 찾았으니까 이제 이게 어떻게 된 일인지 생각할 때였다.

"우리 교통사고 났었잖아. 근데 정신 잃고 일어나니까 이런 몸이었어. 진짜야. 머리 아파서 일어나니까 이런 몸이었다고!"

내 말에 형은 가만히 날 보더니 이내 귀찮다는 듯 내게 말했다.

"알 게 뭐야, 아무튼 씻고 옷 좀 갈아입어라."

"야! 너 지금 네 몸 아니라고 막 지껄이지 말란 말이야! 멀쩡한 사내새끼가 갑자기 계집애가 됐는데……!"

"너 자꾸 소리 지르면 부리를 뽑아버리는 수가 있다. 저기 욕실이니까 가서 뽀득뽀득 씻고 나와, 알겠냐? 씻고 나왔을 때도 이 쓰레기 냄새가 계속 나면 물고문이 뭔지 몸소 직접 체험하게 될 거야."

"……."

나는 조용히 자리에서 일어나 형이 손짓한 욕실로 걸음을 옮겼다. 부정하고 싶었지만, 아까부터 나는 이 역한 냄새가 내 몸에서 나는 냄새라는 걸 나도 알았다. 찝찝한 것도 사실이었고 일단 씻고 얘기하자는 마음에 욕실로 들어간 나는 한숨을 내쉬었다.

별생각 없이 옷을 훌렁훌렁 벗고 물을 틀려는데 뭐가 좀 이상했다.

수도꼭지가 어디에 있지? 욕조는 보이는데 수도꼭지가 보이질 않았다. 나가서 형한테 물 좀 받아달라고 하면 네가 지금 나한테 명령하는 거냐면서 또 내 머리통이나 후려갈길 게 틀림없었다. 이리저리 수도꼭지를 찾다가 나는 문득 앞에 보이는 전신 거울로 시선을 옮겼다. 지문 자국 하나 없는 깨끗한 거울에 비친 내 모습이……

"으아아아아악!"

나는 그대로 뒤로 넘어갔다.

타일 바닥에 벌렁 자빠져 개처럼 기어서 커다란 수건으로 황급히 몸을 가렸다. 그리고 벌컥 문을 열고 밖으로 튀어 나갔다. 얼굴에 열이 몰려서 머리통이 터질 것만 같았다.

밖엔 형 말고 다른 사람도 있었지만 그딴 건 안중에도 없었다. 눈을 댕그랗게 뜨고 날 쳐다보는 남자를 무시한 채 일그러진 형의 얼굴을 보면서 나는 필사적으로 외쳤다.

"형!"

"……"

"너 미쳤냐?"

당장 안 들어가면 다리몽둥이를 분질러버리겠다는 눈빛이었지만 나는 울상을 지으면서 내가 생각해도 병신 같은 말을 지껄였다.

"나, 나 좀 씻겨줘!"

"……"

"……"

으어어어엉!

씨발, 난 여자들이 치마만 두르고 지나가도 눈이 돌아가는 대한민국 고등학교 남학생이었단 말이다! 내가 여자 몸을 어떻게 씻겨, 어떻게!

나는 욕실로 들어가 더러운 옷을 다시 껴입고 나와서 형을 보며 최대한 처량 맞은 얼굴로 말했다.

"내가 여자를 어떻게 씻겨!"

"……."

"형이 나 어렸을 때 씻겨줬잖아, 한 번만 씻겨 달라고! 와, 나 진짜 환장하겠네, 씨발! 내, 내가 진짜 어떻게든 용기를 내보려고 했는데…… 윽!"

나는 아까 거울 속에서 봤던 알몸을 떠올리고 황급히 고개를 돌렸다. 귀까지 벌게져 있는 게 다 느껴질 정도로 온몸이 불타오를 듯 뜨거워졌다.

쪽팔려서 뒈지겠다. 진짜 죽을 것만 같았다. 물론 내가 여자 알몸을 한 번도 안 봤다고 하면 그건 거짓말이었다. 상진이 새끼랑 야한 잡지 같은 것도 보고, 야동도 본 적은 있었다. 하지만 이렇게 실시간으로 진짜 몸을 감상한 건 내 인생 19년을 통틀어 처음이었다.

나는 갑자기 서러워졌다.

"으아아아악!"

나는 머리를 쥐어뜯으면서 발광했다. 입을 다물고 내 그런 미친 꼴을 지켜보기만 하던 형은 시끄럽다는 듯 귀를 막았다.

"입 안 닥쳐?"

"으아아악! 악, 아아악!"

한참 무언가를 생각하는 것 같던 형이 자리에서 일어났다. 그러더니 결심했다는 듯 내게 말했다.

"어차피 이렇게 된 거 이판사판이다. 기다려."

"어? 형! 어디가!"

형은 난데없이 밖으로 나갔다. 형이 나간 문을 한참 보고 있는데 갑자기 여자들이 들이닥쳤다. 그녀들은 날 보더니 싱긋 웃었다. 나는 의아한 얼굴로 누구냐고 물으려고 했는데 내가 말하기도 전에 그녀들이 내 몸을 잡았다.

"저, 저기 왜, 왜 그러……. 으악!"

"가만히 계시면 저희가 알아서 해 드릴게요."

"하지 마! 이러지 마세요! 저, 저한테 왜 이러세요! 형! 혀어어엉!"

그날, 나는 신세계를 경험했다.

축 늘어진 몸으로 나는 병신처럼 흑흑거렸다.

"내 순결이 더럽혀졌어……. 흑흑."

"이제 다시 말해봐, 그러니까 눈을 떴더니……."

"넌 씨발, 형도 아니야! 으어엉!"

내 말에 형은 길게 한숨을 내쉬었다. 귀찮아서 죽겠다는 얼굴로 연신 한숨을 내쉬던 형을 보면서 나는 다시 질질 짰다.

19년 평생을 살면서 그토록 무기력하게 여자들 손에서 놀아나게 될 줄은 꿈에도 몰랐다. 무슨 여자들이 힘이 그렇게 센 건지, 내 반항에도 그녀들은 마치 아기 씻기듯 날 씻겼다. 치욕스러웠다. 진짜 기분이 더러워서 눈물밖에 나오지 않았다.

"여자들이 씻겨준 거면 좋은 거잖아, 왜 자꾸 지랄이야, 지랄이. 그냥 좋게좋게 생각하면 될 걸 별 삽질을……."

쉽게 말하는 형을 보면서 나는 기가 막혔다.

"야! 내가 지금 여잔데 여자들이 씻겨줬다고 좋아하면 난 변태잖아! 그렇다고 내가 남자를 좋아할 수도 없고 난 이러나저러나 변태라고! 내 꼴이 이게 뭐야!"

"지금 병아리 네가 많이 혼란스러울 것 같아서 내가 그냥 넘어가고는 있는데 너 나한테 오늘 야라고 한 거 스무 번 넘는다."

"……."

"딱 다섯 번까지만 더 참고 다섯 번이 넘어가는 순간부터 넌 그 부리 째질 줄 알아."

"……."

씨발, 넌 진짜 형도 아니야. 나는 입을 꾹 다물고 흑흑거렸다.

"그건 그렇고, 지금 네 말 들어보니까 기억을 잃었다가 전생이 기억난 케이스거나, 아니면 빙의된 케이스 같은데. 너 혹시 머릿속에서 누가 뭐라고 지껄이거나, 아니면 무슨 소리 같은 거 안 들리냐?"

"들려, 내 머릿속에서 내 자아가 무너지고 있는 소리가."

나는 자포자기한 채 중얼거렸다. 진짜 소리를 지르고 울어도 나아지는 게 없었다. 꿈이라고 생각해도 끔찍하기만 한 이 현실 속에서 다행히 형을 찾아 조금 안정이 되기는 했지만 엿 같기는 매한가지였다.

한심한 새끼라는 눈으로 날 쳐다보는 형을 보면서 나는 다시 울상을 지었다. 염병, 네가 계집애가 돼도 그러나 보자.

"아무튼, 그건 그렇다고 쳐도 진짜 여기가 어디야? 바티칸이야? 아까 뭐 교황청 어쩌고 하는 거 보니까 그런 것 같은데. 나 왜 외국에 있는 거지?"

"여기 외국 아니야."

"그럼 여기가 한국이라고? 말이 되냐? 한국에 교황청이 어디 있어!"

내 말에 형은 마치 하늘이 참 푸르구나라고 말하는 것처럼 태연한 투로 내게 말했다.

"그냥 딴 세상이야. 여긴 한국도 아니고 지구도 아니라고. 딴 세계에 떨어진 거니까 그냥 그러려니 하고 살아."

"……뭐, 인마? 딴 세계에 떨어졌는데 그냥 그러려니 하고 살아?"

"네 번 남았다."

"……."

나는 가출한 정신을 다시 붙잡았다. 형은 정말 내가 저 네 번의 기회를 다 써버리면 내 주둥이를 째 버릴 사람이었다.

나는 형 말대로 그냥 그러려니 하고 살기로 했다. 앞으로가 걱정이 되긴 했지만 일단 궁금한 걸 물었다.

"그럼 형도 나처럼 눈 뜨니까 그런 사람이 된 거야?"

"아니, 난 여기서 태어났어."

"뭐? 진짜? 아예 태어났다고? 그럼 정신 차리니까 갓난아기였다는 거야?"

"그래, 그래서 교황이 되자마자 널 찾은 거야. 내가 여기서 태어났으니까 너도 태어났을 수 있을 거란 생각에. 그래서 지금 난 기분이 정말 엿 같은 상황이야. 너 때문에 난 5년이나 빵이 쳤어."

갑자기 험악해지는 눈빛에 나는 다시 입을 다물었다.

저 새끼는 진짜 악마가 틀림없다. 어떻게 다시 태어났는데도 저 더러운 성질머리는 조금도 죽지를 않았을꼬. 그리고 보통 반대 아니냐? 5년 만에 찾은 동생을 보면 반가워해야지, 시간을 허비한 엿 같은 기분이 동생을 찾은 기쁨보다 어떻게 더 클 수 있단 말인가.

"네가 날 5년이나 빵이 치게 만들어?"

"……내가 빵이 치게 하고 싶어서 그런 건 아니잖아. 나도 피해자야!"

나는 내가 피해자라는 걸 형에게 필사적으로 어필했다. 하지만 그딴 게 통할 사람이었으면 애초에 내가 형을 보면서 악마새끼라고 하지도 않았다.

"넌 앞으로 오십 년은 빵이 칠 생각 하고 있어라."

"야! 내가 너처럼 여기서 태어났으면 이랬겠냐!"

"두 번 남았다."

그 말에 나는 눈을 부릅떴다.

"두, 두 번이 아니라 세 번이야!"

"야랑 너라고 했으니까 두 번이지. 두 번만 더 야라고 해봐, 간만에 넌 나랑 밤새도록 인체의 신비를 경험하게 될 거야."

"……."

난 지금 진짜 심각하고 심란하고 혼란스러운데 하나밖에 없는 형이라는 새끼는 날 협박이나 하고 앉아 있고, 도대체 내 인생은 왜 이런 거니…….

나는 한참 인생을 한탄하다가 고개를 쳐들고 다시 물었다.

"근데 형이 교황이라고? 지금 몇 살인데?"

"스물여덟."

"웩, 아저씨잖아!"

"마지막이다, 너."

"왜! 아저씨라는 말이 뭐!"

"내 마음이다."

저 병신, 으아악! 짜증 나 죽겠네! 근데 더 짜증 나는 건 저 말에 찍소리도 못하는 나였다. 「형에게 반항은 곧 죽음이다!」는 내 신조는 형이 만든 거였다. 나는 속으로 온갖 욕지거릴 내뱉다가 다시 물었다.

"어, 그럼 형 결혼했냐?"

"안 했어."

"……."

하긴. 그 성질머리에 결혼하면 여자만 불쌍하지. 넌 그냥 세상 구원하는 셈치고 평생 독신으로 살아라.

"끝났다, 병아리 너 오늘 밤새도록 나랑 인체의 신비를 체험하자."

"뭐? 내, 내가 뭘 어쨌다고!"

"눈빛이 불손했어."

"그런 게 어디 있어, 이 성격 파탄자야!"

나는 결국 될 대로 되라는 심정으로 폭발했지만 형과 함께 인체의 신비를 체험하게 되는 미래는 결코 변하지 않았다.

01. 병아리와 유령

　나는 거울 속에 비친 내 모습을 보면서 어이가 없어졌다.

　그러니까 나이는 대충 열다섯에서 열여섯 정도, 키는 한 150에서 155센티미터쯤이었다. 머리카락은 붉은 기가 도는 금발에 눈은 초록색이다. 만약 내가 내 진짜 몸으로 이 여자애를 만났더라면 첫눈에 반했을 만큼 귀엽기 그지없는 얼굴이었다. 비 맞은 강아지를 연상케 할 정도로 커다랗고 물기 가득한 눈동자가 정말······.

　"흑."

　씨발, 귀엽게 생겼으면 뭐하냐고, 이건 내 몸인데! 아무리 그래도 그렇지 거울 속에 비친 내 모습을 보면서 얼굴이 벌게지면 어떡해! 내가 변태도 아니고! 정말 엿 같은 상황이 아닐 수가 없었다. 하지만 좋은 점도 있기는 했다.

예전엔 인체의 신비를 경험하자는 말이 떨어지면 그날은 형한테 뒈지게 맞는 날이었다. 머리며 팔뚝이며 사정 봐주지 않고 패는데 지금은 내가 여자라서 차마 그럴 수 없는지 날 때리는 파워가 평소와는 달랐다. 덕분에 멍이 들고 피가 터지는 사태까지는 가지 않았다.

예전에 학교에서 싸움을 벌였던 적이 있었다. 싸움이라고는 쥐뿔도 몰랐던 내가 얻어터지는 건 아주 당연한 결과였다. 내 꼴을 본 형이 그 즉시 우리 학교로 달려와 학교를 뒤집어 놓은 것에 나는 조금 감동을 받았다.

하지만 집에 돌아오자마자 형은 내게 물었다. 누가 이겼냐고. 나는 동정심을 유발하기 위해 나만 뒈지게 맞았다는 말을 했고, 형은 병신처럼 맞았다고 날 팼다.

음. 그때 진짜 하늘이 노래져서 죽는 줄로만 알았다. 정신을 차리니 병원에 입원해 있었다. 어떻게 동생을 병원에 입원할 때까지 팰 수가 있는가.

나는 하늘 같으신 형님께, 내가 맞아 뒈지는 한이 있더라도 날 팬 새끼를 먼저 뒈지게 하리라고 맹세한 뒤에야 편히 쉴 수가 있었다.

– 겨울아.

그때였다. 순간 머릿속으로 앳된 목소리가 들려온 건.

"어?"

나는 깜짝 놀라서 주변을 살폈지만 아무도 없었다. 처음에는 형이 날 부른 건가 싶었는데 우리 형은 저렇게 날 다정하게 부르지 않는다.

내가 환청을 들었나.

머리를 긁적거리면서 한숨을 내쉬는데 다시 머릿속으로 똑같은 목소리가 들려왔다.

– 한겨울.

"……."

– 겨울아, 내 말 들려?

"……."

– 겨울아?

"으……."

– 한겨울!

"으아아아악!"

귀신이다! 나는 비명을 지르면서 문을 박차고 뛰어나갔다. 형이 절대 이 방 밖으로 나오지 말라고 했던 말 따위는 안중에도 없었다. 나는 내가 어디를 가고 있는지도 모른 채 기다란 복도를 그저 달리기만 했다.

– 겨울아! 잠깐만!

"아아악! 귀신, 귀신이다!"

– 나 귀신 아닌데…….

"으아아아악!"

미친 듯 비명을 지르면서 복도를 달려 코너를 돌 때였다. 나는 무언가에 부딪쳐서 그대로 뒤로 넘어갔지만, 바닥에 구르지는 않았다. 눈을 뜨고 앞을 보자 형이 「이게 미쳤나.」라는 얼굴로 내 팔을 붙잡고 있었다. 나는 형을 보자마자 소리쳤다.

"귀, 귀, 귀……!"

"귀 뭐? 내가 나오지 말라고……."

― 겨울아, 나 귀신 아니야.

"으아아아악!"

형의 목소리와 머릿속에서 들리는 정체불명의 목소리가 겹쳐 들리자 다시 비명을 지르며 손을 뻗었다. 나는 형을 붙들고 지푸라기라도 잡는 심정으로 펄떡펄떡 뛰었다.

"귀신, 귀신, 귀신!"

"……."

"귀신이라고! 귀신!"

"너 부리 째질래, 닥칠래."

나는 꾹 입을 닥쳤다. 그러자 순간 머릿속에서 키득 하고 웃는 소리가 들려왔다. 이제는 하다못해 귀신까지 날 비웃는 상황이 왔다. 비참한 기분이 들었지만 「짜증이 나서 네 부리를 째지 않고서는 견딜 수가 없다.」라고 말하듯 날 쳐다보는 형의 시선에 입을 열 수가 없었다.

"귀신이 뭐?"

"머, 머릿속에서……."

"머릿속에서 뭐? 목소리가 들린다고?"

"헉! 너, 너 그, 그걸 어떻게……!"

금방이라도 형이 씨익 웃으면서 「아직도 내가 네 형으로 보이니?」라고 말할 것만 같은 기분이었다. 그렇지 않고서야 어떻게 내 머릿속에서 목소리가 들린다는 걸 저렇게 대번에 알 수가 있단 말인가.

내가 주춤주춤 뒤로 물러서자 형이 다시 말했다.

"역시 빙의."

그 말에 나는 기겁했다.

"비, 비, 비, 빙의? 빙의라고? 지금 내 몸속에 귀신이 있다고?!"

"네가 말한 귀신이 그 몸의 주인일 확률이 높지. 따지고 보면 너는 그 몸을 빼앗은 거니까. 어쨌든 알아서 찾아와줘서 수고는 덜었군."

"무슨 말이야?"

내 말에 형은 악마처럼 웃었다. 부처의 미소와도 닮은 그 모습에 나는 반사적으로 뒤로 물러섰다. 형이 저렇게 웃을 때 좋은 일이 일어난 적은 단 한 번도 없었기 때문이다.

그때 나와 똑같은 걸 느낀 건지 머릿속으로 불안한 듯한 목소리가 들려왔다.

– 왜 갑자기 오한이 들지?

나는 거의 반사적으로 입을 열었다.

"저, 저기요 귀신 님. 지금 우리 형 눈깔이 맛이 갔는데……. 도, 도망가는 게……, 조, 좋을 것 같은……."

형이 내 팔목을 덥석 잡는 그 순간, 갑자기 내 몸 주변에서 푸아악하고 빛이 터졌다. 놀라서 숨을 쉬는 것도 잊은 채 입만 어버버거리고 있는데 형이 혀를 찼다.

"도망갔군."

"너, 너 지금 무, 무슨 짓을!"

"야, 병아리."

헉하고 나는 숨을 들이켰다. 형은 날 보더니 미간을 좁히고 말했다.

"너 방금 뭐라고 했냐. 뭐? 우리 형 눈깔이 맛이 갔다고? 도망을 가?"

그건 거의 반사적으로 튀어나온 말이었다. 그 야차 같은 눈깔을 보고 도망 안 갈 사람이 어디에 있냐고! 마치 영화 『쏘우』에 나오는 직쏘 같은 얼굴이었다.

"난 지금 나쁜 짓을 하려는 게 아니라 떠도는 귀신을 성불시켜주려 하는 거야. 무슨 말인지 알겠냐?"

"……."

아니요, 모르겠어요. 네 얼굴만 보면 그냥 멀쩡하고 착한 유령을 찢어 죽이려고 하는 것 같았어요……. 나는 다행히 머릿속에서 맴도는 말을 입 밖으로 꺼내는 멍청한 짓은 하지 않았다.

"여기엔 아주 슬픈 전설이 있어."

난데없이 형은 슬픈 전설 드립을 쳤다.

"교황청에서 백 년 전에 마녀사냥을 했는데 그때 죽은 무고한 여자들의 혼령이 아직도 떠돌고 있는 거야. 너한테 붙은 그 귀신은 그때 죽은 여자고. 귀신이 하는 말에 대답하면 너도 귀신이 되는 거야. 그러니까 뭐라고 지껄이든 어떤 걸 물어보든 넌 그냥 쌩 까야 돼. 알겠어?"

"……."

나는 대답하지 않고 눈만 데룩데룩 굴렸다. 저 말이 거짓말이라는 걸 모를 정도로 멍청하지 않았지만 여기서 형한테 "지랄 쌈 싸먹고 있네." 등의 말을 지껄였다가는 바로 「인체의 신비 2」를 찍게 될 게 뻔했다.

나는 이리저리 시선을 돌리다가 그제야 형 뒤에 사람들이 있다는 걸 깨달았다. 사제처럼 보이는 사람 네 명이 허탈하다는 얼굴로 이쪽을 보고 있었다. 저 사제들도 형이 하는 소리가 개소리라는 걸 깨달은 모양이다.

"너 지금 반항하냐, 대답 안 해?"

"……."

"모가지가 반으로 꺾여야 대답을……."

"알았습니다, 형님. 절대로 대답하지 않겠어요."

나는 결국 힘에 굴복하고야 말았다. 내 착실한 대답이 마음에 든 건지 형은 고개를 끄덕이면서 굽히고 있던 허리를 폈다. 그리고 내 어깨를 밀며 말했다.

"방에 가, 그 귀신 성불할 때까지 넌 감금이다."

"네, 전 그때까지 감금……. 뭐 인마? 감금?"

"십 초 센다, 그때까지 네 몸이 방에 도착 안 하면 날개 부러질 줄 알아."

날개라면 내 팔을 말하는 게 분명했다. 하지만 팔이 부러지는 한이 있어도 따질 건 따지고 봐야겠다.

"내 팔을 네가 뭔데……!"

"십, 구, 팔, 오, 삼……."

"지, 지금 가려고 했어."

나는 눈물을 머금고 몸을 돌렸다. 힘이 없는 게 서럽다는 건 내 예전부터 알았지만 그래도 이렇게나 서러울 줄은 몰랐다.

감금이라니, 이게 뭔 개소리란 말인가.

나는 터벅터벅 걷다가 슬쩍 뒤를 돌아봤다. 날 노려보다시피 쳐다보고 있던 형이 빨리 안 가냐는 듯 미간을 좁혔다. 나는 울상을 짓고 걸음을 옮겼다.

　－겨울아, 겨울아.

무시.

　－겨울아.

무시. 무시.

　－겨울아, 대답 좀 해봐.

무시. 무시. 무시.

나는 마치 들리지 않는다는 듯 내 할 일만 하고 있었다. 참 신기한 일이었다. 나는 분명히 이곳의 글자를 모르는데 술술 잘만 읽혔다. 책을 보는 건 취미가 아니었지만, 이 방에서 할 수 있는 건 한정되어 있었다.

　－겨울아아아아아.

"음. 이 나라 이름이 아르젠이었군."

나는 책을 보면서 고개를 끄덕거렸다.

이 나라는 신성제국이라고 불리는 아르젠이라는 나라였다. 교황을 필두로 밑으로는 일곱 명의 신성사제가 있고, 전 세계 각지에 건립된 부교황청에는 성녀와 추기경이 있었다. 아르젠에서 섬기고 있는 건 이 세상의 유일신 라 아르만틴이라는 신이었다.

그런데 진짜 의문이다. 어떻게 사탄의 아들이라고 해도 믿을 수 있을 정도로 사악하고 못돼 처먹은 형이 교황이 된 거지? 진짜 세상은 요지경이다.

– 겨울아, 내 말 들리는 거 알아. 응? 내 말 좀 들어줘.

그리고 우리 형은 대표적인 무신론자로 세상에 신이라는 건 존재하지 않는다고 믿는 사람이었다. 신을 믿을 바에 자기 자신을 믿겠다는 개소리를 지껄이면서 그걸 나한테까지 강요했던 놈이었다. "신을 섬길 거면 차라리 나를 섬겨라."라고 거만하게 말했던 형을 떠올리며 나는 혀를 찼다. 자기가 세상의 중심인 줄 아는 놈이 잘도 신을 섬기겠다.

– 나는 사랑하는 사람이 있어.

"엉?"

아, 실수. 나는 느닷없는 귀신의 고백에 멍청하게 대답해버렸다. 귀신은 내 대답 같은 건 별로 상관없다는 듯 계속 말을 이어나갔다.

– 그 사람에게 고백하고 싶어.

"……"

– 비록 형체가 없는 유령이 됐지만 내 사랑은 여전해. 그 사람에게

한 번만이라도 고백할 수 있다면 나는 아무런 미련 없이 세상을 떠날 수 있어. 정말이야. 나를 믿어줘.

나는 대답하지 않고 고개를 들어 거울을 쳐다봤다. 아직도 어색하기만 한 귀여운 소녀의 모습이 비치는 거울을 보다가 한숨을 내쉬었다.

"좋아하는 사람한테 고백만 하면 다시는 나한테 말 안 걸 거야?"

─ 응, 정말이야. 너는 내 몸을 빼앗은 게 아니야. 네가 내 몸을 차지하기 전에 나는 이미 죽었어. 독약을 먹었거든.

"독약을 왜 먹어?"

─ 이딴 부조리한 세상에서 더는 살고 싶지 않았어.

"······."

그 말에 나는 입을 다물었다. 딱 봐도 어려 보이는데, 부조리한 세상에서 살고 싶지 않다고 독약을 먹다니. 기가 막히기도 하고 조금 불쌍하기도 했다.

"너는 몇 살이야? 아니, 이름은 뭐야?"

─ 제시. 제시 메르헨. 따지고 보면 스물네 살이겠네.

"제시 메르헨. 스물네 살."

나는 그 말을 계속 읊조렸다. 이름이 제시였구나. 근데 생각보다 나이가 엄청 많았다. 누가 이 얼굴을 보고 스물네 살이라고 생각하겠어?

─ 몸은 내가 죽기 전, 열일곱 살의 모습 그대로야. 내가 이렇게 된 것도 벌써 7년이나 지났네.

"죽은 지 7년이나 지났는데 몸이 그대로야? 냉동 인간이라도 됐었던 거야?"

회상에 젖어 있는 그 목소리에 나는 의아해서 물었다. 내가 여자 몸에 빙의가 됐다는 것도 어이가 없어 죽겠는데 하필 들어와도 7년이나 시체였던 몸이라니. 마음에 걸렸다.

– 냉동 인간이 뭐야? 그리고 몸이 왜 그대로인 건지는 나도 잘 모르겠어. 빙의가 된 사람을 보는 건 나도 처음이라서…….

그냥 빙의가 되면서 썩었던 살이 다시 생긴 건가? 이게 상식적으로 가능한 일인지 의문이 들었지만, 애초에 내가 이 이상한 곳으로 와서 여자 몸에 빙의를 했다는 것 자체가 상식적으로는 불가능한 일이었다. 일일이 이런 것을 논리적으로 따지고 들면 머리가 터질 것 같아서 나는 그냥 좋게좋게 생각하기로 했다.

– 나는 성녀였어. 하지만 신의 표식이 사라져서 교황청이 날 버렸지. 버려진 뒤에 여기저기 떠돌면서 세상이 얼마나 부조리하고 더러운지 깨달았어. 이 세상은 썩었어.

"성녀? 성녀라면 엄청 중요한 신분 아니야?"

내가 이런 걸 잘 아는 건 아니었지만, 보통 성녀라면 세상을 구원하는 구원자나 뭐 이런 비슷한 거 아니었나? 표식이 뭔지는 모르겠지만 그게 사라졌다고 버리다니, 그건 너무 이상했다. 성녀가 무슨 일회용도 아니고 필요할 땐 쓰다가 필요가 없어지면 버리다니…….

– 중요한 신분인 건 맞아. 하지만 필요 이상으로 성녀가 많으니까 교황청도 손해 볼 건 없는 거지. 표식이 사라진 성녀는 더 이상 쓸모가 없으니까 데리고 있을 필요가 없잖아. 교황청은 자선단체가 아니야. 신의 이름을 빌려 나라를 유지하기 위한 돈을 버는 집단에 불과해.

제시가 교황청을 싫어하는구나. 고개를 끄덕이는데 갑자기 제시가 시무룩한 목소리로 말했다.

– 미안해. 다른 사람이 내 몸을 쓸 줄 알았더라면 조금은 더 깨끗하게 쓸 걸. 정말 미안해.

그 말에 나는 눈을 깜박였다. 무슨 말인지 잘 이해가 가지 않았다.

– 내가 표식이 사라진 건 임신을 했기 때문이었어. 신의 표식을 가지고 태어난 사람이 성관계를 맺는 건 신의 표식을 버리겠다는 뜻이거든.

"……뭐라고?"

– 강간당했어. 교황에게.

그 말에 나는 망치로 뒤통수를 후려 맞는 충격을 받았다.

"강간이라니? 우리 형이 널 강간했다고? 그게 무슨 말이야! 우리 형이 널 왜 강간해? 네가 지금 뭘 착각하고 있나 본데, 우리 형이 성격이 거지 같아서 그렇지 인간의 도리도 모르는 놈은 아니……."

내 다급한 외침에 제시가 웃었다.

– 아니, 지금 교황 말고, 그전의 교황이. 그자는 교황의 표식을 가지고 태어난 사람이 아니었어. 아르젠에서 교황의 자질을 가지고 태어나는 아이가 없어서 임시로 맡고 있던 사제였는데……. 교황은 성녀처럼 표식이 나타나. 그게 태어날 때부터 생길 수도 있는 거고 살면서 생길 수도 있어. 이번 교황은 태어나고 한참 지난 뒤에 표식이 갑자기 생긴 케이스야. 표식이 생기고 신에게 기도를 올려 신의 말을 들을 수 있는 사람이 비로소 교황이 될 수 있는 거야. 성녀랑은 개념이

전혀 달라. 성녀는 신의 말은 듣지 못하고 단지 신의 힘을 빌려 사람들을 치유해줄 수 있는 사람들을 말하는 거거든.

그 말에 나는 안도했다. 형이 사탄의 아들이라고 할 정도로 막 나가고 못된 놈이기는 했지만, 여자를 강간할 정도로 쓰레기는 아니었다. 그 강간범이 형이 아니었다는 사실에 안도하면서도 한편으로 화가 났다.

"그 쓰레기가 아직도 사제 노릇을 하고 있어? 아니지?"

― 그 사람은 신성사제가 됐어. 표식이 없기는 했지만 그래도 몇 년간 임시라도 교황 노릇을 했기 때문에 직위를 내려준 것 같아.

"신성사제는 뭐야? 그건 표식이나 그런 게 없어도 되는 거야?"

― 신성사제는 교황청에 일곱 명밖에 없는 아주 고위 관직이야. 하지만 성녀나 교황처럼 딱히 표식이 필요한 자리는 아니지. 그러니까 오랫동안 교황청에 있었던 사람이나, 뭐 그런 거. 신성력이 높아서 신성사제가 되는 경우도 있지만.

정말 어이가 없었다. 나는 제시에게 더 묻고 싶었지만 그녀가 그때의 상황을 떠올리게 하고 싶지 않았다. 어렸을 때부터 형이 내게 교육을 한 게 몇 가지가 있는데 그중 하나가 바로 여자에 관한 문제였다. 그래서 그런지 나는 더욱 화가 났다.

― 처음에는 복수하려고 했어. 하지만 실패했지. 내가 복수하려고 한다는 걸 안 그놈이 내 아이를 유산시켰어. 나중에 아이를 낳았을 때 친자 검사라도 하면 큰일이니까. 그 쓰레기 자식 때문에 가진 아이라고 해도 나는 낳아서 기를 생각이었는데……. 그런 거 있잖아, 왜. 배에서

막 아기가 발을 차는데 도저히 미워할 수가 없더라. 애가 무슨 잘못이야.

"……."

– 너한테 이런 얘기해서 미안해. 우리가 아주 가까운 사이도 아닌데……. 그렇지만 네가 내 몸을 하고 있어서 그런지 몰라도 되게 친근감이 드는 것도 사실이야. 너한테 미안하기도 하고.

나는 어떤 반응을 해야 하는 건지 알 수가 없었다. 위로를 해야 하는 건가, 아니면 그 쓰레기 자식에게 욕을 해야 하는 건가.

– 복수는 안 할 거야. 쓰레기에게 복수하려면 나도 쓰레기가 되어야 하는 게 복수니까. 내가 쓰레기가 되면 죽어버린 내 아이를 볼 면목이 없잖아.

복수를 하려면 진창에 굴러야 한다는 말이었다. 그 말에 나는 공감했다. 공감은 하지만 억울했다. 나는 만약 내가 강간을 당하면 그 새끼에게도 내가 느꼈던 치욕스러운 모멸감을 똑같이 느끼게 해주고 싶었을 거다.

도대체 얼마나 시간이 지나고 얼마나 괴로워하면서 인내하면 저런 말을 할 수 있는 건지 알 수 없었다. 괜히 화가 나기 시작했다.

– 우울한 얘기해서 미안해. 이상하네. 너한테는 미안한 말인데, 너한테 이런 말 하고 나니까 한결 마음이 가벼워진 것 같아. 아마 네가 내 얼굴을 하고 있어서 그런가 봐.

그 말에 나는 웃을 기분이 아니었지만, 괜히 내가 우울하게 있으면 제시가 미안해할까 봐 가볍게 웃으며 말했다.

"근데 너는 뭘 먹고 커서 이렇게 예쁘냐? 완전 내 이상형인 것 같아."

– 정말이야? 내가 좀 예쁘기는 예쁘지. 나 피부도 엄청 좋아. 인기도 얼마나 많았다고. 그래도 거울 보면서 얼굴 붉어지고 그러지 마. 괜히 내가 기분 이상해지잖아.

"……야, 그건 남자로서 어쩔 수 없는 본능과도 같은……."

그때 갑자기 문이 벌컥 열렸다. 문을 열고 들어온 건 형이었다. 더이상 머릿속에서 목소리는 들려오지 않았다. 형을 보고 무서워서 도망이라도 간 것 같았다.

나는 혀를 차면서 형을 노려봤다. 하여튼 진짜 눈치는 약에 쓸래도 없지, 왜 하필 지금 들어오고 난리야.

"뭘 봐, 눈깔 빠지고 싶냐?"

내가 노려보자 형은 인상을 쓰면서 말했다. 저저 성질 더러운 거 봐라. 저래 가지고 교황은 개뿔이다. 나는 다시 쯧쯧쯧 혀를 차며 고개를 저었다. 형은 그런 날 보면서 뭐라고 더 말을 하려다가 뒤에 들어오는 사람 때문에 입을 다무는 것처럼 보였다. 나는 형을 보다가 시선을 옮겨 들어오는 사람을 쳐다봤다.

"인사해라. 이 사람은……."

그때였다. 순간 심장이 미친 것처럼 쿵쾅쿵쾅 뛰기 시작했다. 멋대로 얼굴이 붉어지면서 심장이 터질 것처럼 뛰고, 뛰다가 못해 심장이 입 밖으로 튀어나올 것만 같았다.

갑작스러운 신체변화에 나는 식겁을 하고 숨을 들이켰다. 이, 이게 뭐야?

"너 듣고 있냐? 인사하라니까 사람 앞에 세워 두고 뭐하는 짓이야?"

형이 너 뭐하냐는 눈으로 날 쳐다보고 있었다. 나는 형을 보다가 다시 시선을 돌렸다. 흑단처럼 새카만 머리카락에 하늘을 그대로 옮겨 놓은 듯 푸르른 눈동자가 나를 보면서 웃고 있었다. 나는 나도 모르게 외쳤다.

"사, 사랑해요!"

"……."

"……."

그리고 깨달았다. 제시가 사랑하는 사람이라는 게 이 사람이라는 걸.

어색하다 못해 땅을 파고 기어들어가고 싶을 정도로 이상한 분위기를 잠재운 건 형이었다.

형은 내 말은 듣지 못했다는 것처럼 남자에게 태연히 자리를 권했다. 남자가 어색한 얼굴로 웃으며 자리에 앉고 나서야 나는 내가 무슨 소리를 지껄인 건지 깨달았다.

"예하, 이분은 누구십니까?"

남자가 입을 열었고, 형의 시선이 내게 닿았다. 형은 「저런 쪽팔리는 새끼.」라고 생각하고 있는 것처럼 날 보곤 단호하게 말했다.

"모르는 사람."

"……."

내가 아무리 부끄러워도 그렇지 어떻게 날 모르는 사람이라고 해? 넌 형도 아니야, 이 자식아!

하지만 남자는 이미 날 아는 듯했다.

"이분이 예하께서 찾으시는 그 병아리라는 분이십니까?"

"저기요, 저 병아리 아닙니다."

"그 병아리가 이 병아리 맞다."

"아씨, 병아리 아니라고!"

도대체 병아리의 그늘에서 벗어나려면 어떻게 해야 하는 건지 너무 궁금했다. 암만 생각해도 저 자식을 죽이는 것밖에는 답이 없었다.

"조사를 좀 해봤더니, 이 몸의 원래 주인은 제시 메르헨이라는 성녀였다. 지금 그 유령 나부랭이가 이 몸에 붙어 있어."

형이 남자를 보며 말했다.

"히끅."

그 말을 들은 나는 딸꾹질을 했다. 내가 딸꾹질을 하자 형이 살벌한 얼굴로 날 빤히 쳐다보기 시작했다.

"딸꾹."

그 시선에 다시 딸꾹질을 하자 형은 확신이라도 한 듯 내 머리통을 한 손에 쥐고 입을 열었다.

"이 병아리 새끼가 말은 지지리도 안 듣네."

"마, 말 안 했어!"

"너 부리 째지고 싶냐? 거짓말까지 해?"

"아니, 사실 말했는데 별말은……. 그냥 서로 통성명이나 하고 뭐 그런……."

내 머리통을 잡고 있던 형의 손아귀에 점점 더 힘이 들어가는 게 느껴졌다. 이대로 내 머리통을 짜부라뜨리기라도 할 것 같아서 나는 어색하게 웃으면서 다시 말했다.

"그냥 인생 얘기를 좀 했어."

"너 죽을래?"

"제시가 나쁜 유령은 아닌 것 같아."

내 말에 형이 내 머리통을 쥐고 있던 손을 내렸다.

그냥 넘어가는 건가, 아니면 내 말을 믿는 건가.

그딴 생각을 하고 있던 나는 화사하게 웃는 형의 얼굴을 보고 내 생각이 멍청했음을 깨달았다. 이대로 넘어가면 악마새끼라는 별명이 아깝지, 그래.

"오늘 병아리 관 하나 짜라."

형은 남자를 보면서 말했다. 이대로 있다가는 내 발로 관 속으로 기어들어가야 할 것 같아서 나는 다급하게 외쳤다.

"형! 형은 이름이 뭐예요?"

"라 아르만틴의 일곱 번째 종인 알카이아입니다."

"알카이아? 그럼 알카 형! 형 몇 살이에요?"

"……올해 스물셋……."

"형! 좋아하는 음식은요? 무슨 색깔 좋아해요? 생일은 언제예요? 혈액형은? 지금 사귀는 사람……, 악!"

한참 질문하고 있는데 뒤통수가 당겨서 고개를 돌리자 형이 다시 내 머리통을 쥐고 있는 게 보였다. 이대로라면 목이 쑥 빠질 것 같아서 나는 소리쳤다.

"아파!"

"너 지금 뭐 하냐?"

어처구니가 없다는 얼굴인 형을 보며 나는 입을 다물었다. 마음 같아서는 "제시가 좋아하는 사람이 바로 이 사람이란 말이야!"라고 소리치고 싶었지만 그럴 수는 없었다. 어디까지나 이건 제시의 사생활이었으니까.

내가 입을 꾹 다물자 형이 내 주둥이를 잡았다.

"시끄러우니까 닥치고 얌전히 있어."

"……."

"대답."

"……."

네가 손을 놔줘야 대답을 하지, 이 자식아.

속으로 욕지거릴 내뱉으며 고개를 끄덕거리자 그제야 형이 내 주둥이를 놓더니 알카 형에게 다시 말했다.

"제시 메르헨은 신의 표식이 사라진 성녀다. 파문당한 후로 뭘 하고 다닌 건지는 알 수가 없어. 어쨌든 중요한 건 유령 나부랭이가 계속 활개를 치고 다니게 할 수는 없다는 거다. 이 병아리 새끼는 정신머리가 글러 먹은 놈이라서 몸이 빼앗기는 건 순식간이야. 하루라도 빨리 성불을 시키든 소멸을 시키든 해야 돼."

"제시 메르헨은 죽은 사람입니까?"

"죽었으니 유령이 됐겠지. 아니면 지금 병아리가 주인을 내쫓고 이 몸에 무허가로 들러붙어 있다고 말하는 거냐?"

"설마요."

살벌하게 말하는 형을 보면서 알카 형은 어색하게 웃었다.

황급히 부정하는 걸 보면 알카 형도 형의 성질머리를 잘 아는 듯싶었다. 그래, 무슨 부귀영화를 누리자고 저 악마새끼 말에 거역을 할까. 그랬다가는 살아 있는 지옥을 보게 될 텐데.

"혼에 관한 건 네가 제일 잘 아니까 널 데리고 온 거다."

"여부가 있겠습니까. 목숨을 걸고 성불시키겠습니다."

"목숨까지 걸 필요는 없어."

"감사합니다."

"……."

그들의 대화에 나는 얼이 빠졌다. 목숨까지 걸 필요는 없다는 말에 감사하다고 도리어 인사를 하는 알카 형도 참……. 그걸 또 당연하게 받아들이는 형도 웃겼다. 저 인간은 죽었다가 깨어나도 저러고 사는구나.

"예하, 그런데 파문당한 성녀에게 축복은 아무런 소용이 없습니다."

알카 형의 말에 형은 짐작했다는 듯 말했다.

"안다, 그러니까 널 데리고 왔지. 지금 당장 엑소시즘을 하든 뭘 하든 그 유령을 끌고 와라."

"예?"

"끌고 와서 성불하라고 해도 안 하면 그냥 소멸시켜."

그 말에 나는 기겁했다. 소멸이라면 죽는 거 아닌가? 아니, 어차피 죽은 애를 왜 또 죽이려고 하는 거야? 이 피도 눈물도 없는 새끼!

"형, 제시……."

"너 입 닥치라고 말했어, 안 했어? 진짜 부리 째지고 싶냐?"

사납게 눈을 치켜뜬 형이 날 노려봤다. 무섭기도 했지만 여기서 물러날 수는 없었다. 나는 일단 불의의 기습에 대비해서 형과의 거리를 벌려놓은 채 말했다.

"내가 제시랑 말해봐서 알아. 제시가 하고 싶은 게 하나 있는데 그 것만 하면 간다고 했단 말이야! 너는 왜 사람 말도 안 들어보고 네 마음대로 제시를 소멸시키라 마라 하는데! 네가 제시를 알아? 네가 제시랑 말 한마디라도 해봤냐고!"

나는 갑자기 서러워져서 빽 소리쳤다. 강간을 당하고도 죽은 아기를 볼 면목이 없다고 복수까지 포기한 여자였다. 목소리뿐이었지만 그때 그 말을 하던 제시는 우는 법을 잊어서 웃기만 하는 사람 같았다.

"저기…… 병아리 님?"

그때였다. 알카 형이 어색하게 웃으며 말했다. 씩씩대다가 그 말에 나는 다시 버럭 소리쳤다.

"아, 병아리 아니라고요!"

"이거 큰일 났군요. 벌써 동조현상이 나타나는 걸 보면 아무래도 꽤 오래된 것 같습니다."

알카 형은 형을 보면서 말했다. 그러더니 내 몸을 샅샅이 훑기 시작했다. 그 시선이 갑자기 부담스러워서 나는 움찔 몸을 떨었다. 왜, 왜 그렇게 쳐다보는 건데?

"감정동조인 것 같습니다."

"알고 있어, 그러니까 병아리 새끼가 나한테 저딴 개소리를 늘어놓지. 감정동조가 없었으면 이딴 말을 할 리가 없어, 제 목숨 소중한 줄은 아니까. 맞아 죽고 싶은 게 아니면 나한테 바락바락 소리를 지를 리가 없지."

"……."

어, 그러니까 일단 나는 제시에게 감사의 인사를 했다. 감정동조가 뭔지는 모르겠지만 어쨌든 제시 덕분에 목숨을 건진 것 같은 기분이 들었다.

"병아리."

"으응?"

나는 아까 버럭 소리를 질렀다는 건 장난이었다는 얼굴로 비굴하게 대답했다. 그런 날 보더니 형이 말했다.

"한 번만 더 대들면 그땐 제신지 나발인지 그 유령이랑 싸잡아서 죽여 버리는 수가 있다."

"……."

내 짧은 반항은 그렇게 끝이 났다.

나는 지금 밥이 목구멍으로 넘어가는 건지 콧구멍으로 넘어가는 건지 알 수가 없었다. 뭔가를 자꾸 씹어서 삼키고 있기는 하는데 그게

무슨 맛인지도 모르겠고 내가 뭘 먹고 있는 건지도 모르겠다. 결국 이 침묵에 참다못한 나는 입을 열었다.

"형."

내 부름에 형이 고개를 들어서 날 쳐다봤다. 아직도 화가 안 풀린 건지 일그러져 있는 미간은 펴질 줄을 몰랐다. 나는 어색하게 웃으면서 말했다.

"잘못했어."

나는 순순히 잘못을 인정했다. 평소 같았으면 '그래, 네가 이기나 내가 이기나 한번 해보자.'라고 생각했겠지만, 형이 잠시 나갔을 때 알카 형에게 들은 말이 있었기 때문이었다.

보통 빙의가 되면 그 귀신과 동조현상이 일어난다고 했다. 그 귀신이 느끼는 감정이나 살아생전 겪었던 일들이 마치 주마등처럼 눈앞에 그려진다고. 나는 아직 제시가 겪었던 일들이 눈앞에 그려지는 건 아니었지만, 제시가 느꼈던 감정을 조금은 느낀 것도 같았다.

귀신과 동조현상이 지속될 경우 결국 그 귀신과 동화해 목숨을 잃게 되거나 서로 융합한다고 했다. 동화해서 목숨을 잃나, 융합하나, 둘 다 끔찍한 결말이었다.

게다가 형이 말하지 말라고 하는 건 다 이유가 있었다. 귀신이랑 대화하는 건 정신력 소모가 굉장히 심한 일이라서 기를 다 빼앗기고 결국 시름시름 앓게 된다고 했다.

방에서 나오지 말라고 했던 것도 마찬가지였다. 이 방에는 주술이 걸려 있어서 웬만한 귀신들은 들어오지도 못한다고 했다.

그런데도 들어오는 걸 보면 제시의 한이 굉장히 커다란 거라고 알카 형이 말해줬다.

하지만 그 말을 듣고도 제시가 나쁜 유령이 아닌 것 같다는 생각이 드는 건 동조현상 때문인 건가. 제시는 정말로 나쁜 유령이 아닌 것 같았다. 그냥 사랑한다는 말을 하고 싶을 뿐이라고…….

그럼 그냥 알카 형한테 가서 사랑한다고 말하면 되는 거 아닌가? 근데 나는 아까 알카 형을 처음 봤을 때 사랑한다는 말을 했다. 그런데도 몸에 아무런 변화가 없는 걸 보면 제시가 직접 말하고 싶어 하는 걸 수도 있었다.

제시에게는 미안했지만 나는 형에게 솔직히 털어놨다.

"형, 근데 제시가 알카 형을 좋아하나 봐. 나한테 사랑하는 사람이 있다면서 사랑한다고 말이라도 하고 싶다고 그랬었거든? 한 번만이라도 고백하면 아무런 미련도 없다고……. 헉!"

그때였다. 가만히 날 쳐다보기만 하던 형이 손을 뻗어서 내 머리통을 뚫었다. 어?

"으아악! 지, 지금 뭐, 뭐, 뭐하는……!"

형 손이 내 머리통을 관통했다. 말만 그런 게 아니라 정말로. 내 머리통을 뚫고 안으로 들어간 형의 손이 무언가를 찾는 것처럼 속에서 이리저리 움직이기 시작했다. 너무 놀라고 무섭고 기분이 더러웠지만, 도무지 몸을 움직일 수가 없었다.

이제 더는 참을 수 없다는 느낄 때쯤, 형이 손을 거두었다.

"왜 나, 남의 머릿속을 그렇게……!"

떡 주무르듯이 주무르는 건데! 말을 다 잇지 못하고 나는 기겁을 했다. 형의 손에는 시커먼 무언가가 넘실넘실거리고 있었다. 마치 검은색 안개 같았다.

"이것 때문에 그렇게 멋대로 쳐들어올 수 있었군. 넌 진짜 머저리도 아니고 머리통에 이런 게 심어질 때까지 뭘 한 거야? 하여튼 병신 같아 가지고."

"내가 뭘! 그게 도대체 뭐야! 그게 뭔데 내 머릿속에 있었던 거냐고!"

"사념이다. 이런 게 머리통에 들어 있으니까 그렇게 빨리 동조가 되지. 이제 됐으니까 그냥 모이나 주워 먹어."

"야! 넌 그런 걸 보고 밥이 넘어가겠냐! 내가 비위가 얼마나 약한 사람인데!"

별거 아니라는 듯 닥치고 밥이나 처먹으라는 형을 보면서 나는 기가 막혔다. 남의 머리통에서 이상한 걸 끄집어내 놓고 모이나 주워 먹으라고? 그런 걸 두 눈 시퍼렇게 뜨고 봤는데 지금 목구멍으로 밥이 넘어가겠냐!

내 외침에 형은 아직도 손에 감겨 있는 시커먼 안개를 보다가 내게 말했다.

"왜? 다시 처넣어줄까?"

"……아니, 다시 처넣어달라는 건 아니었어."

애초에 저런 놈이 내 섬세한 멘탈을 이해할 수 있을 리가 없었다. 나는 그냥 조용히 다시 밥을 먹었다.

형이 내 머리통에서 시커먼 무언가를 끄집어낸 이후로 제시는 나타나지 않았다. 내심 기다리고 있었는데 목소리가 들리질 않아 조금 심심했다.

이 방에 주술이 걸려 있다는 말만 안 들었어도 나는 진작 탈출을 감행했을 테지만 한 번만 더 대들면 제시랑 나랑 같이 싸잡아서 죽이겠다고 선포한 형의 얼굴이 떠올라서 도저히 나갈 수가 없었다.

심심해서 내장이 꼬일 것만 같은 기분이 들던 찰나에 노크 소리가 들려왔다. 고개를 돌리자 알카 형이 들어왔다. 참 엿 같지만 저 형을 볼 때마다 심장이 두근거리는 건 제시가 알카 형을 좋아하기 때문인 게 틀림없었다.

내가 설마 남자를 보면서 가슴을 졸일 줄이야. 근데 난 지금 여자를 보면서 두근두근해도 변태였다. 이런 빌어 처먹을 세상.

"병아……."

나는 다시 날 "병아리 님"이라고 부르려는 알카 형의 입을 틀어막고 외쳤다.

"병아리 아니에요, 병아리 아니라고요!"

"······성함이 어떻게 되십니까?"

이놈의 병아리! 이게 다 형 때문이다. 아니다, 따지고 보면 이건 전부 강가을 그놈 때문이다! 그 새끼가 병아리를 사 들고 우리 집에 오지만 않았어도 내게 병아리라는 끔찍한 별명이 생길 일도 없었는데!

근데 가을이 형은 잘 사는지 모르겠다.

"저 한겨울이요. 그냥 겨울이라고 부르시면 돼요."

"그럼 겨울 님. 그때 이후로 제시라는 영혼과 접촉하신 적이 있으십니까?"

"없어요. 형이 내 머리에서 뭐 끄집어낸 뒤로는 안 나타나던데요?"

"그러시군요. 앞으로 이틀 후 그 영혼을 성불시키는 의식이 진행될 예정입니다. 그때까지 조금만 기다려주십시오."

그 말에 나는 멀뚱멀뚱 알카 형을 쳐다봤다. 이틀 뒤에 성불이라면 이제 제시는 볼 수 없는 건가? 나는 내 머릿속에서 울리던 제시의 목소리를 떠올렸다. 고백 한 번만 하면 미련없이 세상을 떠날 수 있다고 했던 그 목소리를.

"저기, 형. 근데 사실 이 몸이 원래 제시 거였잖아요. 따지고 보면 제가······. 근데 저는 왜 제시 몸에 들어와 있는 거예요?"

"알 수 없습니다. 예하께서 함구하라고 명하셨으니까요."

"우리 형이요? 근데 저 제가 이 몸을 막 빼앗으려고 그런 거 아니거든요. 그냥 눈 뜨니까 여기에 있었어요. 진짜예요. 근데 제시가 그러던데 제가 이 몸에 들어오기 전에 제시가 죽었대요. 독약을 먹고 죽었는데······."

술술 말하던 나는 갑자기 눈에서 뭔가가 뚝뚝 떨어져서 당황했다. 이건 눈물이었다. 내가 지금 왜 울고 있는 거지?

갑자기 가슴이 아파지기 시작했다. 너무 아파서 숨도 쉴 수가 없었다. 갑작스러운 고통에 가슴을 부여잡고 허리를 구부리자 알카 형이 나를 붙잡았다.

"괜찮으십니까? 동조현상이 생각보다 많이 진행된 것 같습니다."

"아, 안 괜찮은데요. 가슴이 아파 죽겠어요, 이, 이거 갑자기 왜……!"

"아무래도 독약을 마셨을 때의 기억이……."

뭐? 독약을 마셨을 때의 기억? 나는 기가 막혀서 알카 형을 쳐다봤다. 그런 말은 뭐 그렇게 태연하게 하는 거야, 당신은! 독약을 먹고 죽은 거면 죽을 만큼 아픈 거 아니야?

나는 사색이 된 얼굴로 가슴을 부여잡았다. 그때 알카 형 손에서 빛이 터져 나왔다. 엄청 따뜻한 기운이 내 몸 전체를 감싸 안자 고통이 점차 사그라지기 시작했다.

"제시에 대한 기억은 되도록 하지 않는 게 좋을 것 같습니다. 말을 하면 할수록 동조현상이 심해질 테니까요."

그 말에 나는 식은땀을 흘리면서 고개를 끄덕거렸지만, 이상한 기분이었다. 머리로는 그게 이해가 되는데 가슴으로는 이해가 되질 않았다. 제시가 불쌍하기만 할 뿐이었다.

알카 형이 방에서 나간 뒤 계속 창밖만 봤다. 노을이 지기 시작하는 하늘은 주황색으로 물들어서 예쁘기만 했다.

이렇게 한가하게 풍경을 감상하는 건 꽤 오랜만이었다. 아니, 어쩌면 처음 있는 일일 수도 있었다. 나는 이곳에 오기 전까지는 이 시간에 매일 학교에만 있었으니까.

오랜만에 찾아온 평화롭고 한가한 시간을 마음껏 즐기고 있는데 짹짹하고 새가 우는 소리가 들려왔다. 나는 슬쩍 창문을 열고 고개를 내밀었다. 창틀 바깥에서 자그마한 새 한 마리가 울고 있었다. 연한 하늘색 깃털을 부리로 다듬던 새는 나와 눈이 마주쳤다. 신기해서 손을 뻗었는데도 새는 도망가지 않았다. 검지로 슬슬 머리를 쓰다듬자 새가 다시 짹짹하고 울었다.

귀신이 곡할 노릇이었다. 이 세상은 새가 경계심이 없는 건가? 보통 새든 뭐든 동물은 사람이 손을 뻗으면 도망가기 마련인데.

그때였다. 새가 갑자기 "째액!" 하고 커다랗게 울더니 밑으로 고꾸라질 듯 비틀거리기 시작했다. 나는 깜짝 놀라서 손을 뻗었지만 그만 새를 놓치고 말았다.

"어어?"

밑으로 떨어지는 새를 따라 나도 모르게 팔을 뻗은 순간 내 몸이 창밖으로 반 이상 튀어나와 있다는 걸 깨달았다.

"어? 어? 어?"

깨달았을 땐 이미 늦었다. 나는 추락하고 있었다. 여기가 몇 층이더라. 그런 생각이 머릿속을 스쳐 지나갔고 나는 다가올 충격에 대비해 질끈 눈을 감았다. 곧 엄청난 충격이 몸을 강타했고 폐가 짜부라지는 느낌에 나는 급하게 숨을 들이켰다.

정신이 흐려지려고 했지만 나는 가까스로 정신을 차렸다. 끙끙거리며 상체를 일으키자 여기저기 생채기가 나서 벌겋게 부어 있는 살갗이 보였다. 고개를 들자 아득하게 높은 건물이 보인다. 제일 위쪽쯤에 삐죽이 열려 있는 창문도.

"……미친 거 아니냐, 저 높이에서 떨어졌는데 난 왜 이렇게 멀쩡한 거야?"

기가 막혔다. 저기서 떨어지면 적어도 뼈 몇 군데는 부러져야 정상인데 상처가 난 것 말고는 몸에 아무런 이상도 없었다. 벌떡 일어나서 발을 굴러 봐도 조금 욱신거리기만 할 뿐 아무렇지도 않았다. 신기하다. 근데 이거 왠지 형이 알면 내 머리통을 후려치면서 멍청한 새끼라고 욕을 할 것만 같았다.

나는 뻐근한 어깨를 잡고 빙글빙글 돌리다가 주변을 살폈다. 여기가 어디지? 근데 나 진짜 괜찮은 거 맞나?

– 겨울아.

그때 머릿속으로 제시의 목소리가 들렸다. 나는 주변을 살피다 말고 반가운 마음에 외쳤다.

"제시! 야, 너 진짜 오랜만이다. 그동안 뭐했어?"

– 괜찮아? 미안해, 네가 보고 싶어서 편법을 좀 썼어.

"……."

그, 그 말은 지금 네가 날 저 아찔한 높이에서 떨어지게 만들었다는 거냐? 아니, 아무리 그래도 그렇지 어떻게 저 높이에서 사람을 떨어 뜨릴 생각을 해! 이 지독한 여자 같으니라고! 하지만 나는 웃으면서 쿨하게 맞받아쳤다.

"하하! 괜찮아. 그럴 수도 있지, 뭐."

– 으음.

제시는 침음을 내더니 말했다.

– 그래도 미안해. 어디 다친 곳은 없어?

"없어, 멀쩡해. 근데 우리 형이 내 머릿속에서 뭐 이상한 시커먼 걸 꺼내던데 그거 네가 집어넣은 거야?"

만약 여기서 제시가 「응, 내가 넣었어.」라고 말하면 아무리 나라도 쿨하게 넘어갈 수는 없을 것 같았다. 내 허락도 없이 멋대로 내 머릿속에 그런 거나 넣고.

하지만 제시는 다행히도 모르겠다는 듯 말했다.

– 시커먼 거? 그게 뭐야?

"모르면 됐어. 별거 아니니까. 그리고 나 알카 형 만났어."

– 응. 그 사람 엄청 멋지지 않아?

으음. 솔직히 멋지다기보다는 예쁜 사람이었다. 알카 형한테는 미안한 말이었지만 약간 기생오라비 같기도 하고.

근데 솔직히 기생오라비 하면 우리 형이 최강이었다. 처음에 형을 봤을 때 누나라고 불러야 하냐는 말을 했던 것도 다 그 이유에서였다. 머리가 짧아서 다행이지 만약 형이 머리까지 길었더라면 나는 영락없이 누나라고 불렀을 거다. 생긴 건 계집애처럼 생겼으면서 힘은 뭐 그리 무식하게 센 건지,

나는 내 머리통을 한 손에 쥐고 협박을 하던 형을 떠올리며 치를 떨었다.

"저기, 제시. 내가 알카 형 만났을 때 나도 모르게 사랑한다고 외쳤는데……. 갑자기 막 심장이 두근두근 거리고 그랬거든. 근데 아무튼 네가 좋아하는 사람이니까 네가 말하는 게 맞기는 한데, 그럼 그땐 어떻게 말하려고 그래? 내 몸에 다시 들어올 거야?"

내 말에 웃음소리가 들려왔다.

– 나는 다시 산 사람 몸에는 들어갈 수 없어. 이미 죽었으니까. 그냥 네가 나 대신 말해주면 옆에서 그 사람이 어떤 표정을 짓고 어떤 말을 하는지 보고 듣고 싶어.

"알카 형이랑 만나게 해줄까?"

– 겨울이는 내가 빨리 없어졌으면 하는구나.

웃음기가 섞인 그 목소리에 나는 당황했다. 빨리 없어졌으면 해서 알카 형이랑 만나게 해주려고 한 게 아니었다. 나는 변명을 하는 것처럼 말했다.

"아니, 그런 게 아니라. 그러니까 사실 지금 우리 형이 엄청 벼르고 있거든. 이틀 뒤에 무슨 의식 같은 걸 한다고 하던데 우리 형 성격이면 진짜 널 없애버릴지도 몰라. 성격이 워낙 개 같아서……."

– 날 걱정해주는 거야?

"제시. 이거 정말 진심인데……. 나는 만약 우리 형이 벼르고 있는 게 사람이 아니라 길바닥에 기어 다니는 개미라고 해도 그 개미가 걱정될 거야."

나는 진지하게 말했다. 어렸을 때부터 생각했던 건데 만약 형이랑 등지게 되는 상황이 온다면 차라리 세상 모든 사람을 적으로 만드는 게 낫지, 형이랑은 절대 등지지 않으리라고 다짐했다. 형이랑 적이 된다는 건 정말 생각만으로도 끔찍했다.

– 교황이 그렇게 무서워?

"네가 우리 형을 몰라서 그래. 우리 형은 주둥아리를 째 버린다고 하면 진짜 주둥이를 양손으로 붙잡고 옆으로 쭉 찢어발길 사람이라고."

– 그렇구나. 교황이 무서운 사람이구나. 교황이 무서운 사람…….

제시는 마치 엄청난 걸 깨달았다는 듯 연신 중얼거렸다. 나는 의아하게 생각하며 다시 말했다.

"그러니까 널 생각해서 하는 말이야. 이틀이 지나면 이제 정말 빼도 박도 못한다고. 너만 괜찮으면 빨리 알카 형한테 고백하는 게 낫지 않을까?"

– 응, 걱정해줘서 고마워. 오늘 그 사람을 만나러 가고 싶은데 괜찮아?

"난 당연히 괜찮지. 알카 형한테 지금 갈까?"

– 응, 고마워.

나는 싱글벙글 웃으면서 걸음을 옮겼다. 형이 제시랑 말하지 말라고 했던 게 떠올랐지만 무시했다. 이건 내 문제였기 때문이다.

제시가 죽은 뒤 내가 이 몸에 들어왔다고 해도 어쨌든 이 몸의 주인은 제시였다. 앞으로 쭉 이 몸을 내가 쓰게 될지도 모르는데 이 정도 부탁은 들어주고 싶었다. 어려운 것도 아니고 그냥 고백하고 싶다는 건데.

"근데 알카 형이 어디에 있지?"

– 그 사람이라면 지금쯤 기도의 방에 있을 거야.

기도의 방? 거기가 어디지? 근데 이렇게 돌아다니다가 만약 형이랑 마주치면 난 질질 끌려서 방에 패대기쳐질 텐데.

– 길은 내가 알아. 여기서는 그냥 계속 쭉 가기만 하면 돼.

나는 제시가 가라고 하는 방향으로 빠르게 걸음을 옮겼다. 그렇게 얼마나 걸었을까. 커다란 건물을 한 세 개는 지나친 것 같았다. 나는 교황청이라는 곳이 이렇게 넓은 곳인지 몰랐다. 체력의 한계가 와서 조금 숨이 차려던 그때, 제시의 목소리가 머릿속을 울렸다.

– 여기가 기도의 방이야.

건물 안으로 들어와 커다란 문 앞에 선 나는 그 앞을 막아서고 있는 사제를 보며 당황했다.

"누구십니까?"

"……."

사람이 있을 거라는 말은 안 했잖아. 도대체 뭐라고 해야 하는 거지?

나는 당황했다는 것을 감추고 최대한 태연한 얼굴로 말했다.

"이곳에 혹시 알카 형……, 아니. 알카이아? 알카이에?"

– 알카이아.

"알카이아 님 계십니까?"

내 말에 사제가 날 이상한 눈으로 쳐다봤다. 미안하다, 내가 이름이 헷갈렸어.

"혹 실례가 되지 않는다면 누구신지 여쭤도 될까요?"

한겨울이라고 말해봤자 이 사제가 나를 알 턱이 없었다.

'형 이름이나 팔아볼까?'

이판사판으로 그렇게 생각하다가 나는 엄청난 난관에 봉착했다. 이곳에서 형이 무슨 이름을 쓰는지 모른다. 결국 나는 눈물을 머금고 개소리를 지껄였다.

"저 병아리요……."

"예?"

"제가 사실 병아린데……. 알카이아 님을 좀 뵙고 싶어서……."

속으로 이 수법이 먹힐지 조마조마한 마음으로 말했는데 다행인지 불행인지 사제는 화색을 하며 나를 반겼다.

"아! 병아리 님이 당신이셨군요! 이런, 제가 길을 막아 죄송합니다. 들어오십시오."

"……."

나를 반기는 사제를 보면서 도대체 기뻐해야 하는 건지 아니면 슬퍼해야 하는 건지 감을 잡을 수가 없었다.

병아리 한 단어에 이렇게 엄청난 힘이 있을 줄이야. 진짜 내 인생이 서글퍼졌다. 어쨌든 무사히 안으로 진입한 나는 또다시 길게 이어지는 복도에 한숨을 내쉬었다.

– 실은 병아리라는 별명이 마음에 들었구나?

웃으며 말하는 제시의 목소리에 나는 정색했다.

"제시, 그런 끔찍한 소리는 함부로 하는 거 아니야."

– 아니야? 왜, 병아리 귀엽고 좋잖아.

"장난하냐! 남자가 귀여우면 뭘 해! 그리고 그 자식은 내가 지랄하는 거 보는 게 좋아서 날 병아리라고 부르는 거라고! 진짜 다시 생각해도 열 받네, 병아리가 뭐야, 병아리가! 으아악! 그 망할 새끼!"

나는 길을 걷다 말고 복도 한복판에서 머리를 쥐어뜯었다. 내가 원래 이렇게 감정 기복이 심한 사람이 아닌데 병아리라는 말만 나오면 도저히 정신을 차릴 수가 없었다. 진짜 진심으로 짜증 나고 열 받고 정말로 싫었다. 병아리가 뭐냐고, 병아리가!

– 겨울이는 웃기도 잘 웃고 화도 잘 내는 것 같아. 사랑받고 자랐다는 게 눈에 보여.

그 말에 나는 다시 한 번 정색할 수밖에 없었다.

"제시, 그럼 네가 우리 형 사랑을 한 번 받아볼래? 그 사랑 하루만 받아도 너는 나가떨어질 거라는 데 나는 내 목숨도 걸 수 있다."

– 아하하, 그게 뭐야.

즐겁다는 듯 웃는 제시의 목소리에 나도 웃었다. 길게 난 복도를 빠르게 걷다 보니 서서히 복도의 끝이 보이기 시작했다.

그 끝에는 또다시 커다란 문이 보였다. 안에서 무슨 소리가 희미하게 들리는 것도 같았다.

나는 조심스럽게 문고리를 잡고 밀었다. 생각했던 것보다 훨씬 더 커다란 소리를 내면서 천천히 문이 열렸다. 그리고 안을 보고 나는 그대로 쩡하고 굳어버렸다.

"……제시."

– 이런. 오늘이 대 기도의 날이었구나. 미안해. 깜빡했어.

안에서는 엄청난 수의 사람들이 갑자기 열린 문을 바라보고 있었다. 그러니까 그 문을 연 나를. 그중에는 사나운 눈으로 날 쳐다보는 형도 있었다. 그 옆에 알카 형도 있네.

– 겨울아, 미안해.

그 뒤로 제시의 목소리는 들려오지 않았다. 나는 다시 온 힘을 다해 문을 닫았다. 그리고 반대쪽으로 필사적으로 뛰었다.

야, 이년아! 미안하다고 하면 단 줄 알아? 너 때문에 난 「인체의 신비 2」를 찍게 됐다고, 지금!

내가 뛸 수 있는 최고 속도로 달리다가 나는 슬쩍 고개를 돌려 뒤를 쳐다봤다. 하지만 문은 여전히 닫힌 채였다. 어, 하면서 나는 점점 속도를 줄였다. 안 따라오나?

나는 아예 발을 멈추고 굳게 닫힌 문을 빤히 보고 있다가 안도의 한숨을 내쉬었다. 아무래도 산 모양이다.

그렇게 생각하며 다시 한 번 안도의 한숨을 내쉬려고 숨을 들이켰을 때였다.

콰아아아앙!

"으아악!"

갑작스럽게 들려온 폭음에 나는 비명을 지르면서 바닥에 주저앉았다. 바닥이 흔들릴 정도로 굉음은 어마어마했다. 사나운 정신을 추스르고 고개를 들자 자욱한 연기가 서서히 걷히고 있었다.

연기 사이로 보이는 건 아까 내가 열고 닫았던 커다란 문이었다. 그러니까 그 멀쩡했던 문이 박살이 나서 바닥에 나뒹굴고 있었다.

"⋯⋯."

나는 입을 다물지도 못하고 쩍 벌린 채 문이 있어야 할 자리에 서서 날 쳐다보고 있는 형과 눈이 마주쳤다. 그제야 나는 형의 한쪽 다리가 들려 있다는 걸 깨달았다.

설마 이 커다란 문을 발로 차서 이렇게 박살을 낸 건 아니겠지? 형은 천천히 다리를 내리면서 말했다.

"저 새끼."

나는 주춤주춤 일어났다. 내가 일어나는 걸 확인한 형이 마치 사형 선고를 내리듯 말을 끝마쳤다.

"잡아와."

그 말에 나는 이미 도망가기에는 늦었다는 걸 깨달았다. 여기서 괜히 도망을 쳐서 저 미친놈 화를 돋우기보다는 차라리 먼저 선수를 치는 게 훨씬 나았다. 내 발로 형에게 가려고 했지만 언제 온 건지 남자 두 명이 내 팔뚝을 잡았다.

"어? 어, 자, 잠깐, 저, 저기, 잠시⋯⋯!"

그리고 나는 그대로 공중에 떴다. 양쪽으로 팔뚝을 잡힌 채 공중에 떠서 점점 악마가 칼을 갈고 있는 곳으로 다가가고 있었다. 형과의 거리가 점점 좁혀질수록 나는 내가 얼마나 미친 짓거리를 했는지 깨달았다.

형은 입도 열지 않고 다짜고짜 손부터 올렸다. 저럴 줄 알았다. 때릴 줄 알았다. 맞을 줄 알았다. 씨팔!

나는 황급히 몸을 숙였다. 순간 내 머리통을 향해 날아오던 주먹이 허공을 갈랐다. 허공에서 멈춘 살벌한 주먹을 보다가 나는 그 주먹에 순간 푸른 핏줄이 튀어나오는 걸 목격했다. 더 열 받은 게 분명했다.

나는 고개를 돌려 내 팔뚝을 잡고 있는 남자의 손을 물었다. 그건 생존본능에 가까웠다.

"윽!"

손을 물린 남자가 잇새로 신음을 내며 내 팔뚝을 놓았다. 힘이 쏠려서 반대편에 있는 남자 역시 내 팔뚝을 놓았고 자유의 몸이 된 나는 고개도 들지 않고 그대로 개구리처럼 엎드렸다.

"죽을죄를 지었습……!"

말을 하다가 말고 나는 엄청난 속도로 내 얼굴을 향해 날아오는 발을 보고 몸을 뒤로 피했다. 그 거대한 문을 개박살 낸 형의 발이 허공을 갈랐다.

나는 고개를 들어 사색이 된 얼굴로 말했다.

"그, 그걸로 맞으면 나 뼈 부러질 거 같은데……."

"뼈만 부러지겠냐?"

네가 지금 날 무시하냐는 눈으로 내게 말하는 형을 보면서 나는 이 대로 있다가는 정말 죽을 것 같아서 외쳤다.

"형아! 형! 형님! 대장님! 한 번만 봐주세요!"

내 외침에 형은 다시 발을 들었다. 나는 결국 최후의 수단을 쓸 수 밖에 없었다. 맞지 않으려면 동정심에 호소하는 수밖에는 더 이상 방법이 없었다.

"형! 나 창문에서 떨어졌어!"

"뭐?"

먹힌 건지 형이 들었던 다리를 내렸다.

이 야박한 년! 너 도와주겠다고 여기까지 온 날 버리고 혼자만 튀었다 이거지? 나는 속으로 제시를 욕하며 애처롭게 말했다.

"제시가 나 보고 싶다고 날 창문에서 떨어뜨렸어!"

"……."

"거기서 내가 밑으로 그냥 뚝 떨어졌다고! 거기서 떨어져서 나 기절했었단 말이야, 지금 환자를 패겠다는 거야, 뭐야! 나 병자라고, 병자! 그리고 난 지금 여잔데 네가 여자를 때릴 수 있어? 여자 패는 남자들은 전부 개새끼라고 네가 어렸을 때……!"

빠악! 내 뒤통수에서 불이 났다. 나는 빠개질 것 같은 머리를 부여잡고 이를 갈았다.

미안하다, 내가 잠시 잊고 있었다.

"시끄러우니까 소리 그만 질러."

"이 깡패 새끼!"

네가 환자든 여자든 그냥 열 받으면 쥐 패는 미친놈이라는 걸 내가 잠시 잊었다! 머리통을 부여잡고 내가 버럭 소리치자 형이 한숨을 내쉬면서 내 앞에 쪼그리고 앉았다.

"너 뒈지고 싶냐?"

"아니요……."

"근데 왜 도망을 가?"

"……."

씨발, 너 지금 그걸 질문이라고 하니? 나는 기가 막혀서 입을 다물었다. 무서워서 입을 다문 건 절대로 아니었다. 진짜 어이가 없었다. 저렇게 사람 300명은 죽일 것 같은 눈으로 노려보는데 어떻게 도망을 안 가! 네가 사람 새끼냐, 이 사탄의 자식아!

"창문에서 떨어졌다고? 그 높이에서 떨어졌는데 왜 사지가 다 붙어 있어?"

"내 사지가 다 붙어 있는 게 불만이냐?"

"불만이면 너 지금 여기서 사지가 한 번 다 부러져볼래?"

"잘못했어요."

나는 그냥 닥치고 용서를 빌기로 했다. 형은 한심하다는 눈으로 쳐다보다가 나를 일으켰다. 날 일으킨 형이 내 다리를 보다가 허탈하게 웃었다. 그러더니 내 겨드랑이에 손을 넣고 그대로 번쩍 들어 올렸다. 순식간에 허공에 뜬 나는 기겁해서 외쳤다.

"너 지금 여기서 나 던지면 진짜 사람 새끼도 아니야!"

"진짜 이걸 머리부터 밑으로 처박을 수도 없고."

"……."

"다리는 병신 꼴을 해 가지고 여기까지 기어오긴 왜 기어와?"

그 말에 나는 슬쩍 무릎을 들고 고개를 숙였다. 아까 떨어졌을 때 다친 건지 무르팍에서 피가 철철 나고 있었다. 상처가 난 줄 몰랐을 땐 별로 아픈 것 같지도 않더니 상처를 보니까 갑자기 무릎이 너무 아파져 왔다. 나는 형을 보며 말했다.

"형. 근데 지금 무릎보다 너한테 맞은 내 대가리가 더 아파."

"무릎 안 아프다고? 여기서 한 10센티만 더 찢어지면 아마 죽을 것처럼 아플걸."

그 말은 즉, 지금 당장 그 입을 닥치지 않으면 무릎에 난 상처를 10센티미터 더 추가시켜주겠다는 뜻이었다. 다행히 그 말의 뜻을 알아들은 나는 얌전히 입을 닥쳤다. 저 새끼는 진짜 상처를 찢고도 남을 놈이다. 어쩌다가 저런 개차반 같은 성질머리를 가진 놈이 우리 형이 된 건지 나는 아직도 의문이었다.

너 혹시 내가 모르는 뭐 출생의 비밀 같은 거 있니? 그러니까 원래 진짜 부모가 악마라던가, 사탄이라던가, 괴물이라던가, 뭐 그런 거.

"여긴 왜 왔어?"

"……."

"거짓말하면 부리 째진다."

그놈의 부리 째진다는 소리 하도 들어서 이제는 별 감흥도 없습니다. 나는 속으로 비웃었다.

형은 내 마음속을 읽기라도 한 듯 덧붙였다.

"내가 그 부리를 예쁘게 째놓으면 넌 그걸 오늘 저녁으로 먹어야 할 거다."

……저거 진짜 사람 새끼 맞냐?

방에 도착하자마자 내 상처는 말끔하게 사라졌다. 이건 자꾸 봐도 참 신기한 일이었다. 형 손에서 빛이 터지면 상처가 사라졌고, 몸도 가벼워졌다. 정말 내 눈으로 봐도 믿을 수가 없는 광경이었다.

"그러니까 고백만 하면 미련없이 세상을 뜨겠다고 했다고?"

"응, 고백만 하면."

내 말에 형은 웃었다.

"지랄하고 있네."

"……."

"넌 그걸 믿냐? 누가 새대가리 아니랄까 봐 생각하는 꼬락서니 하고는."

그러니까 병아리 아니라고, 이 자식아. 아니, 내가 백 번 양보해서 좋아. 병아리는 그렇다고 쳐. 제발 그놈의 부리나 모이나 그딴 개소리만 좀 안 하면 안 되냐? 내가 너 때문에 쪽팔려서 살 수가 없다고!

"근데 제시 진짜 나쁜 애 아니라니까!"

"그래서?"

"그냥 그렇다고……."

내 말에 형은 피곤하다는 듯 한숨을 내쉬었다.

"제시고 나발이고 지금 그 유령이 나쁜 유령인지 좋은 유령인지 그딴 게 중요한 게 아니야. 그건 논외다. 그게 천사든 악마든. 알겠어?"

"그게 왜 논외야? 말이 되냐? 어쨌든 이건 제시 몸인데 따지고 보면 내가 제시 집에 쳐들어와서 살고 있는 거잖아! 뭐 대단한 거 들어달라는 것도 아닌데 그냥 좀 해주면 어디가 덧나냐? 고백만 하면 진짜 간다고 했단 말이야."

내 말에 이번에도 「너 지금 나한테 반항하냐.」 같은 소리를 할 줄 알았는데 형은 의외로 조용했다. 가만히 입을 다물고 날 쳐다보기만 했는데 그게 솔직히 더 무서웠다. 제 발을 저린 나는 다시 입을 열었다.

"그러니까 고백 한 번만 해보자. 너도 옆에 있으면 될 거 아니야. 알카 형이랑 너랑 나랑 제시랑 이렇게 넷이서. 어?"

"병아리."

"어, 응?"

"너 아까부터 자꾸 너라고 하는데 진짜 뒈지게 맞아야 정신 차릴래?"

"……."

지금 그딴 게 뭐가 중요하냐고 소리치고 싶었지만 이러다가는 진짜 내 머리통이 작살날 것 같아서 참았다.

형은 어디 네 멋대로 한 번 설쳐보라는 눈으로 내게 말했다.

"그럼 지금 그 유령 불러봐."

그 말에 나는 화색이 됐다가 다시 시무룩해졌다. 생각해보니까 아까 제시한테 우리 형은 진짜 미친놈이라고 강력하게 어필했던 일이 떠올랐기 때문이다. 나는 조심스럽게 말했다.

"형, 근데 형이 있으면 제시가 무서워서 안 올 것 같은데……."

"내가 왜 무서워?"

"……."

너 지금 그거 진심으로 하는 소리냐? 그럼 네가 무섭지, 안 무서워? 어?

가만히 있어도 살벌한 놈인데 거기에다가 저놈 진짜 제대로 미친놈이라고 단단히 못을 박아놔서 제시는 내가 이 방을 나가도 나타나지 않을 것 같았다. 그 예로 형을 보자마자 내게 미안하다고 하고 꽁지 빠지게 도망가지 않았는가.

"아니, 됐다. 어차피 이틀 뒤에 제 발로 안 기어오면 끌고 올 거야. 그때 고백하라고 기회를 주고 아니면 그냥 소멸을 시키든 어쩌든 하면 되니까."

그 말에 나는 고개를 끄덕였다. 어차피 지금 제시를 불러오나 이틀 뒤에 불러오나 똑같았다. 형이라면 지금 제시를 불러와서 고백하게 해보고 그래도 성불하지 않으면 당장 소멸을 시키고도 남을 사람이었으니까.

"넌 그때까지 여기에서 얌전히 있어라. 한 번만 더 귀찮게 하면 진짜 죽는다."

"여부가 있겠습니까, 목숨을 걸고 얌전히 있겠습니다."

나는 언젠가 알카 형이 했던 말을 그대로 따라 하면서 말했다. 내 말이 기분이 나쁜 건지 형은 인상을 팍 쓰더니 곧 한숨을 내쉬었다. 나는 나가려는 형의 등을 보면서 말했다.

"근데 나 심심해. 여긴 컴퓨터나 텔레비전이나 뭐 그런 거 없냐?"

"심심하면 책을 읽어서 그 돌대가리에 상식이라는 걸 좀 키워."

"내 대가리가 돌이면 네 대가리는 썩은 나무……. 책 볼게."

나는 고개를 돌려서 날 쳐다보는 형의 시선에 눈을 깔고 책을 찾았다. 하지만 저벅저벅 내 앞으로 다가온 형의 손이 내 머리통에 닿았다.

"형님 머리는 썩은 나무토막이 아니라……, 윽!"

반사적으로 네 머리는 금이라고 아부를 하려는 순간 머리에서 이상한 느낌이 났다. 저번에도 느껴본 기분이었다. 그러니까 형이 내 머리통을 손으로 뚫고 마치 떡을 주무르듯 주물렀던 그 느낌 말이다.

나는 형 팔목을 양손으로 잡고 외쳤다.

"야!"

"네 뇌 한 번도 본 적 없지?"

"……."

"움직이지 마라."

나는 잡고 있던 형 팔목을 놓고 꼿꼿하게 섰다. 저건 진짜 사람 협박하는 스킬 만렙 찍은 놈이다. 내 신세가 어쩌다가 이렇게 됐을까. 저놈만 우리 형이 아니었더라면 내 인생은 탄탄대로였을 텐데.

속으로 흑흑거리면서 얌전히 있는데 형이 인상을 쓰면서 손을 거뒀다.

형 손에는 저번에 한 번 봤던 시커먼 안개가 칭칭 휘감겨 있었다. 검은 안개는 곧 완전히 사라졌고 그걸 보면서 나는 말했다.

"형, 그거 제시가 한 거 아니래."

내 말에 날 빤히 보던 형이 손을 들어서 내 뒤통수를 후려갈겼다. 빠악! 그 소리와 함께 앞으로 허리가 꺾인 나는 머리통을 부여잡고 소리쳤다.

"왜 때려!"

"내가 때린 거 아니야."

"야!"

내 외침을 무시한 채 형은 방을 나가버렸다. 나는 빠개질 것 같은 머리를 붙잡고 한참을 끙끙거렸다.

이틀 동안 제시는 나타나지 않았다.

그동안 열심히 책을 보고 먹고 자면서 시간을 보낸 나는 몸에서 가시가 돋을 것만 같았다. 오늘 아침 아홉 시부터 제시를 불러오는 의식을 한다는데 지금은 고작 새벽 여섯 시였다. 하릴없이 뒹굴뒹굴거리니까 잠도 오지 않았다.

내가 새벽 여섯 시에 멀뚱멀뚱 눈을 뜨고 있을 줄이야. 학교 다닐 땐 그렇게 아침에 일어나기 싫더니.

"으아아아아아."

나는 별 의미도 없이 입을 벌려 이상한 소리를 냈다. 침대에 벌러덩 누워서 천장만 보고 있는데 문득 제시와 했던 말이 떠올랐다.

제시는 성녀였다고 했다. 그런데 표식이 없어져서 파문을 당했고, 그 이후로 밖에서 뭘 하고 살았는지는 모르겠지만, 세상이 부조리하다는 걸 깨닫고 독약을……

하긴 세상을 욕하고 썩었다고 할만도 했다. 강간당하고 애까지 강제로 유산당하고……. 끔찍했다. 여자 혼자 몸으로 그런 걸 어떻게 다 감당을 했나 싶기도 했다. 여자애들은 워낙 약해서 힘을 세게 주고 잡기만 해도 멍이 시퍼렇게 들고 그러던데.

나는 고등학교 때 반 여자애랑 장난을 치다가 모르고 힘을 꽉 줬던 일을 떠올렸다. 자꾸 내 얼굴에 뭘 처바르려고 해서 하지 말라고 팔목을 잡았더니 여자애 허리가 꺾이면서 앞으로 고꾸라졌다. 내 악력이 그렇게 센 것도 아니었는데 그 여자애 팔목은 시뻘겋게 물들어서 부어 있었다.

우리 집에는 여자가 없었다. 그리고 사촌 중에도 여자라고는 한 명뿐이었다. 죄다 남자여서 그런지 우리는 어렸을 때 만나도 진짜 난장판을 치면서 놀기만 했다. 치고받고 싸우는 건 예삿일이었다.

솔직히 곱게 컸다고 빈말이라도 할 수 없는 게 나는 진짜 형한테 맞고 컸으니까.

생각하니까 또 열 받는다. 근데 생각해보면 내가 다 잘못을 해서 맞은 것 같기도 하고……. 근데 좀 말로 하면 어디가 덧나느냐고. 그러고 보니까 내가 말로 하면 못 알아들었나?

아무튼, 여자애들은 약하다. 그게 내 생각이었다.

제시를 그렇게 만든 그 개새끼가 아직도 사제 노릇을 하고 있다고 하던데 그건 정말 말도 안 되는 일이었다. 여자 강간한 놈이 사제는 뭔 놈의 사제야, 씨발.

제시는 복수를 하지 않는다고 했지만 나는 자꾸만 속에서 열불이 나서 가만히 있을 수가 없었다.

그 사제 놈은 근데 누구지? 제시한테 물어볼 수도 없는 노릇이고. 혹시 알카 형을 봤을 때처럼 내가 그 사제랑 맞닥뜨리면 또 심장이 막 쿵쾅쿵쾅 하고 뛰지 않을까? 좋아서 그런 게 아니라 열 받아서.

만약 형한테 말하면 형은 뭐라고 할까? 형 밑에서 일하는 어떤 개새끼가 제시를 강간했대. 그것도 모자라서 임신한 애를 유산시켰다고 하더라. 그렇게 말하면 형은…….

순간 나는 누워 있다가 벌떡 일어났다. 고개를 숙이자 작고 새하얀 팔이 보였다. 쥐기만 해도 부러질 것처럼 연약해 보이는 팔을 보다가 나는 일어나서 거울 앞으로 갔다. 어깨쯤까지 내려와 굽실대는 붉은 기가 도는 금발. 댕그랗게 크기만 더럽게 큰 초록색 눈동자가 날 쳐다보고 있다. 여자라기보다는 아직 소녀라는 말이 어울릴 정도로 작고 연약해 보이기만 하는 「제시」의 모습이.

"……."

이럴 수가. 거울 속에 비친 제시가 눈을 커다랗게 뜨는 게 보였다. 거울을 볼 때면 늘 내가 아닌 다른 사람을 보는 것만 같았다. 당연했다. 거울 속에 비치는 건 내가 아니었으니까. 하지만 지금은 내가 이 몸의 주인이다. 제시의 모습이 아니라 이건 내 모습이었다.

그러니까 강간을 당한 건 나였다.

정확하게 아홉 시가 되자 문이 열렸다. 문을 열고 들어오는 사람은 알카 형과 우리 형이었다. 달칵하고 문이 닫히자마자 알카 형이 문에 손을 대고 뭐라고 중얼중얼 거리기 시작했다. 뭐라고 하는지 제대로 알아들을 수는 없었지만 처음 듣는 말이었다.

곧 알카 형이 문에서 손을 떼고 내게로 다가왔다. 웃긴 건 나는 지금 충격의 도가니 속에서 허우적대고 있는데도 심장은 형을 보자 멋대로 뛰기 시작했다는 점이다. 걱정하지 말라는 것처럼 알카 형이 다정한 손길로 내 어깨를 잡자 심장이 터질 것처럼 뛰었다.

기분이 썩 좋지만은 않았다. 이건 이 몸에 기억된 버릇과도 같은 거였다. 의식하지 않아도 마치 버릇처럼 제시의 심장은 알카 형을 보면 두근두근 뛴다. 시간이 지나면 이것도 괜찮아지겠지.

그때였다. 형이 날 보더니 입을 열었다.

"시작해라."

그 말에 나는 화들짝 놀랐다.

"자, 잠깐만. 나한테 무슨 설명이라도 좀 해주고……!"

"설명 들어봤자 네 돌대가리로 이해나 하겠냐? 어차피 네가 할 건 아무것도 없으니까 그냥 몸에 힘 빼고 얌전히 있기나 해."

그게 무슨 말이야! 내가 이해를 못하면 이해를 할 때까지 나한테 설명을 해줘야지! 이건 어쨌든 지금은 내 몸인데! 나는 필사적으로 항의를 하려고 했지만 곧 입을 다물 수밖에 없었다. 내 몸을 중심으로 갑자기 그림 같은 게 바닥에 그려지기 시작했다. 어린 시절 만화영화를 볼 때 봤던 마법진이랑 비슷한 모양이었다.

저절로 바닥에 그려지는 그림을 넋이 나가서 보고 있는데 완성이 된 건지 마법진에서 빛이 터졌다. 그때였다. 귓가로 제시의 목소리가 들려온 건.

ㅡ 겨울아.

제시!

나는 눈을 커다랗게 뜨고 아무것도 없는 허공을 쳐다봤다. 나는 무당이 아니기 때문에 혼령이나 그런 건 볼 수가 없으니까 제시를 볼 수 없는 건 아주 당연한 일이었다. 하지만 이상하게 곧 허공에서 흐릿한 무언가가 보이기 시작했다. 저게 혹시 제시인가 하고 생각하고 있는데 형이 갑자기 혀를 찼다.

"칠 년 전에 죽었다는 게 사실이었나 보군."

어? 나는 의아해서 형을 쳐다봤다. 그리고 다시 고개를 돌려 제시라고 추정되는 흐릿한 형체를 보려고 하는데 갑자기 시야가 어두워졌다. 갑자기 눈이 보이질 않아서 나는 당황한 목소리로 소리쳤다.

"불 껐어? 나 갑자기 눈이 안 보여!"

갑자기 역한 냄새가 사방으로 진동하기 시작했다. 난생처음 맡는 냄새에 나는 반사적으로 손을 들어 코와 입을 가렸다. 이렇게 지독한 냄새는 처음이다. 마치 음식물 쓰레기가 썩으면서 나는 냄새 같았다.

– 겨울아.

윽. 토할 것 같아. 나는 잔뜩 인상을 쓰고 숨을 참고 다시 내쉬었다가 숨을 참기를 반복했다. 제시가 날 부르는 소리가 들렸지만 나는 입을 열 수가 없었다. 입을 열면 그대로 토악질이 나올 것만 같았다.

– 겨울아.

아, 아니, 제시야. 내가 대답을 하고 싶은데 지금 이 이상한 냄새 때문에 입을 열 수가……. 나는 입을 열려고 하다가 다시 꾹 다물었다. 진짜 토할 것만 같았다. 그때 귓가로 지금까지와는 조금 다른 목소리가 들려왔다.

– 겨울아, 미안해.

어? 순간 어두웠던 시야가 확 트였다. 나는 아까 흐릿하게 형체만 보였던 곳으로 시선을 돌렸다. 그곳에는 이미 아무것도 없었다.

"뭐야, 죽었나?"

"이상하네요, 스스로 성불할 생각이었다면 왜 지금까지……."

이상한 냄새도 나지 않았다. 마치 처음부터 나지 않았던 것처럼.

나는 눈도 깜박이지 않고 형을 보면서 물었다.

"형, 제시 어디로 갔어? 근데 나 아까 눈이 안 보였는데……."

내 말에 대답을 한 건 알카 형이었다. 알카 형은 끝났다는 듯 내 어깨에서 손을 떼더니 내게 말했다.

"영혼은 시간이 지나면 지날수록 시체가 부패하듯 썩습니다. 제시라는 영혼의 모습이 맨정신으로 보기에는 무리가 있어서 예하께서 시야를 가리셨습니다. 이제 혼은 성불했으니 걱정하지 마세요."

"네? 제시 죽었어요?"

뭐야, 이거 뭐가 이렇게 빨라? 나는 얼떨떨한 기분으로 알카 형을 보다가 인상을 구겼다. 아까 토할 것 같아도 마지막 작별인사는 좀 할걸 그랬다. 근데 제시가 나한테 왜 미안하다고 한 거지? 그리고 고백한다더니 고백도 안 하고…….

"혼이 완전히 사라졌으니 겨울 님께서 겪지 않았던 일이 마치 겪었던 일처럼 떠오르게 될 겁니다."

"뭐라고요?"

"자아에 혼란이 올 정도는 아니니 걱정하지 않으셔도 됩니다. 연극을 보는 것처럼 떠오르다가 시간이 지나면 완전히 없어지니까요."

"……!"

나는 사색이 된 얼굴로 알카 형을 쳐다봤다. 내가 겪지 않았던 일을 내가 겪었던 일처럼? 자아에 혼란이 올 정도는 아니니까 걱정하지 말라고? 씨발, 지금 내가 강간당하게 생겼는데 걱정을 하지 말라고? 그게 말이 되냐!

"얼굴 질린 거 봐라, 겁은 많아 가지고."

형이 내 머리를 툭 치면서 말했다. 겁이 많다고? 겁이 없어도 이건 엿 같은 일이잖아!

"내가 지금 남자한테……!"

강간당하게 생겼다고 이 씨발 놈아! 나는 입술을 꾹 깨물었다.

"남자한테 뭐?"

"아, 아니. 지금은 아무렇지도 않은데 이거 언제 기억나는 거야?"

"다 나는 건 아니고 드문드문. 아마 조만간."

"조만간 언제! 내일? 모레? 글피? 언제 나는 거냐고!"

나는 초조해졌다. 천운으로 그 기억이 나지 않을 수도 있다고 해도 불안했다. 사색이 된 얼굴로 내가 발만 동동 구르자 형이 얼굴을 구겼다. 그리고 나는 그런 형과 눈이 딱 마주쳤다. 나도 모르게 움찔하고 몸을 떨자 형의 표정은 아까보다 훨씬 더 일그러졌다.

"알카이아."

"예?"

"지금 당장 제시 그 계집애가 무슨 짓을 하고 다녔는지 하나도 빠뜨리지 말고 전부 다 알아와. 무슨 짓을 하고 무슨 짓을 당하고 어떻게 죽고 어떻게 살았는지 전부 다."

형의 살벌한 목소리에 나는 깨닫고 말았다. 제시가 나한테 사과를 한 이유를.

앞으로 기억이 날 거라는 사실이 미안해서 제시는 내게 사과를 한 게 아니었다.

나는 마치 파노라마처럼 제시와 했던 말들이 떠오르기 시작했다.

– 교황이 그렇게 무서워?

– 그렇구나. 교황이 무서운 사람이구나.

– 겨울이는 사랑받고 자란 게 티가 나.

– 겨울아, 미안해.

나는 제시의 의도를 깨닫고 망연자실했다. 복수는 하지 않겠다고 한 제시의 말은 사실이었다. 스스로 복수하지 않고 그 복수를 지금 우리 형한테 대신 떠넘기겠다는 말이었다. 나는 주먹을 꽉 쥐었다. 미안하다고 하면 단 줄 알아, 이 약아빠진 년아!

"조사를 해봤지만 별다른 일은 없었습니다. 딱히 파문당한 것 이외에 일이라고는……."

"근데 병아리가 왜 저 지랄을 해?"

"글쎄요?"

알카 형이 날 쳐다봤다. 난 슬금슬금 시선을 피하면서 생각했다. 물어볼까?

형은 만약에 내가 남자한테 강간당했다고 하면 어떻게 할 거야?

만약 그렇게 물어보면 형이 할 말이야 뻔했다. 「왜? 제시가 남자한테 강간이라도 당했다디?」

그래. 형은 눈치가 빨라서 내가 그렇게 물어보면 금세 눈치를 깔 게 분명하다. 굳이 따지고 보면 내가 진짜 당한 건 아니었지만 나는 이 몸으로 살아야 하고, 또 그런 기억이 난다면 정말 내가 당한 것처럼 느껴질 수도 있었다. 진짜 환장하겠다.

"그러고 보니까……."

그때 형이 눈을 가늘게 뜨면서 날 쳐다봤다. 나는 숨을 삼키고 조마조마한 눈으로 형을 쳐다봤다.

"너 아까 남자한테, 그 뒷말이 뭐였어?"

"……제시가 남자한테 고백을 엄청 많이 받았다고 했는데 그 기억까지 나면 내가 남자한테 고백받은 기분이 들어서 기분이 더러워지잖아."

차마 "제시가 강간을 당했대." 하고 말할 수가 없어서 나는 일그러진 얼굴로 거짓말을 했다.

나는 눈앞에 보이는 문을 벌컥 열고 다짜고짜 외쳤다.

"형!"

이곳으로 와서 형 방에 들어가는 건 지금이 처음이었다. 내 방과는 비교도 할 수 없을 정도로 커다랗고 화려한 방은 마치 미로와도 같았다. 문을 열었음에도 불구하고 형은 보이지 않았다.

거대한 방을 이리저리 돌아다니면서 나는 기차 화통을 삶아 먹은 것처럼 커다란 목소리로 빽빽 소리쳤다.

"형! 야! 으악!"

"시끄러우니까 닥쳐."

어느샌가 나타나 내 뒤통수를 후려갈긴 형이 이를 갈면서 말했다. 나는 머리통이 아픈 걸 느낄 겨를도 없이 외쳤다.

"나 이거 기억 좀 안 나게는 못 해주냐? 아, 진짜 기분 더럽단 말이야!"

"넌 잊어버리고 싶다고 기억이라는 걸 멋대로 잊어버리냐? 아예 기억상실증 걸리게 망치로 대가리를 박살을 내줄까?"

"대, 대가리 박살나면 기억을 잃는 게 아니라 죽어……."

나는 그제야 아파오는 머리통을 붙잡고 중얼거렸다.

제시가 성불한 지 일주일이 지났다. 그 일주일 동안 나는 마치 연극을 보는 것처럼 눈앞에 그려지는 상황에 치를 떨었다. 처음에는 '오오, 신기하네.' 하고 별 시답잖게 생각했지만, 제시는 좋게 말해도 순탄하다고는 못할 정도로 인생을 기구하게 살았다.

그렇다고 길거리에서 쓰레기통을 뒤지면서 산 건 아니었지만, 부모라는 것들이 정말 친부모가 맞나 싶을 정도로 제시를 무시하고 욕설을 내뱉었다. 마치 내가 욕을 듣고 무시당하는 것 같은 기분이었다. 싫어하는 게 아니라 증오한다는 표현이 맞을 정도였다.

"도대체 제시 부모라는 것들은 제시를 왜 이렇게 싫어하냐고!"

"내가 제시 부모가 아니라서 모르겠다. 바쁘니까 네 방으로 꺼져."

"나 진짜 열불나 죽겠다니까!"

"그럼 네가 제시 부모 찾아가서 패대기라도 치던가."

태연하게 말하는 형을 보면서 나는 어이가 없어졌다.

진짜 기억 안 나게 하는 방법은 없나?

그냥 형한테 제시가 사실 강간을 당했고 그 기억이 나면 내가 환장할 것 같아서 그러는데 좀 어떻게 해주라고 말이라도 해볼까? 그렇게 말하면 형은 그 사제를 잡아다가 감방에 처넣던가, 어쩌면 내가 알 게 뭐냐는 식으로 말을 할 수도 있었다.

"그냥 영화라도 본다고 생각해. 일일이 열 받지 말고."

"그게 안 되니까 이러는 거 아니야!"

"병아리야. 내가 지금 너무 귀찮아서 실수로 네 머리통을 쪼개면 어쩌지?"

"……."

웃으면서 말하는 형을 보다가 나는 입을 다물었다. 더 건드렸다가는 진짜 폭발할 것 같았다.

제시야, 네가 정말 착각을 해도 크게 했구나. 너는 내가 사랑을 받으면서 컸다고 했지? 그래, 네 입장에서는 이게 그렇게 보일 수도 있겠구나.

너는 내가 사랑을 받으면서 커서 만약 네 몸을 가지고 있는 내가 강간을 당했다고 하면 우리 형이 존나게 열이 받아서 그 사제 놈을 어떻게든 해줄 거라고 생각한 거지? 그래, 너는 그렇게 생각할 수도 있어. 사실 나도 처음엔 그럴 줄 알았거든. 근데 내가 지금 생각을 해보니까 그 사실을 알아도 우리 형은 「그래서?」 하고 존나 쿨하게 말할 것 같은 기분이 드는구나.

생각해보면 교황인 우리 형이 「성관계를 하면 표식이 사라진다.」는 사실을 모를 리가 없었다.

제시가 파문당했다는 걸 안다는 건 제시가 강간이든 합의든 어쨌든 성관계를 했다는 걸 안다는 거였다. 지금 내가 그 기억이 나든가 말든가 우리 형은 별 상관도 없다는 뜻이었다.

그걸 그냥 야한 영화 본다는 생각으로 보라는 거냐, 이 미친 새끼야?

"제시가 만약 사람을 죽이기라도 했으면 내가 살인이라도 한 기분이 드는 거잖아!"

내 외침에 형은 태연하게 말했다.

"걔 사람 죽인 적 없어."

"야! 그걸 네가 어떻게 장담해!"

"난 지금 제신지 나발인지 그 계집애 머리털 개수도 다 알고 있어. 무슨 말인지 알겠냐? 태어난 시간부터 뒈진 시간까지 알고 그 계집애가 태어나서 죽을 때까지 뭘 처먹고 살았는지도 다 안다고. 한 번만 말할 테니까 똑바로 들어. 제시는 사람을 죽인 적도 없고 몸에 병이 있는 것도 아니고 정신이 나갈 때까지 누구한테 맞은 적도 없고 부모를 제외하고 다른 사람한테 어떤 이유로 정신적인 충격을 받은 적도 없고 알레르기 있는 음식 같은 것도 없고 아직 생리도 안 하는 꼬맹이라고. 네가 지금 지랄하고 있는 그 부모에 대한 기억 말고 다른 건 별 거 없으니까 그만 설쳐라, 좋게 말할 때."

책을 읽는 것처럼 내게 말하는 형을 보면서 나는 얼이 빠졌다. 그걸 언제 다 알아본 거야? 아니, 그건 그렇다고 쳐도 생리도 안 하는 꼬맹이라고? 생리 안 하면 임신 안 되는 거 아니야? 생리도 안 하는데 어떻게 임신을 하고 유산까지 할 수 있는 거야?

제시가 생리를 안 하는 꼬맹이라는 말에 나는 혹시나 싶어 물었다.

"그럼 걔가 남자랑 그걸 한 적도 없는 거야?"

"없어."

내 말을 용케 알아들은 건지 형은 짧게 대답했다. 하지만 나는 그 말에 더 충격을 받았다.

"제, 제시가 처녀라고?"

내 말에 형은 이 새끼 이거 봐라 하는 얼굴로 날 쳐다봤다.

"처녀라서 아쉽냐?"

"그게 아니라……. 아, 아니, 씨발! 지금 날 어떻게 보고! 왜 그렇게 쳐다보는 건데! 제시가 파문당한 성녀라고 했잖아! 표식은 성관계하면 없어지는 거 아니었어?"

"자연스럽게 사라지는 경우도 있는데 제시는 그 경우였어. 제발 이제 그만 떠들고 좀 나가라, 진짜 부리를 쥐 뜯어버리기 전에."

형은 제시가 파문당한 게 그냥 표식이 자연스럽게 사라져서라고 알고 있는 건가? 아니면 제시가 나한테 거짓말을 했나? 근데 제시가 나한테 거짓말을 왜 해? 나는 다시 한 번 형을 보면서 말했다.

"그, 그거 확실해?"

"뭐가?"

"아, 제시가 처녀라는 거 확실하냐고!"

내 말을 어떻게 받아들인 건지 형은 내가 불쌍하다는 얼굴로 한숨을 내쉬었다. 그러더니 내 머리에 손을 올리고 말했다.

"불쌍한 새끼, 그러게 남자였을 때 여자랑 한 번이라도 자보지 그랬냐."

"뭐, 뭐 이 새끼야? 네가 그걸 어떻게 알아! 나 여자랑 자봤어, 자봤다고!"

"제시는 처녀라서 네가 제시 기억을 다 떠올린다고 해도 그런 광경이 네 눈앞에서 리플레이 될 일은 없으니까 단념해라. 내가 불쌍한 널 위해서 포르노 비디오라도 구해줄 테니까."

"내가 지금 그거 보고 싶다고 이러는 게 아니라고, 이 미친 새끼야!"

내 발악에도 형은 쯧쯧쯧 하고 혀를 차면서 날 불쌍하다는 듯이 쳐다볼 뿐이었다.

꿈

나는 머리를 쥐어뜯으면서 복도를 걷고 있었다. 말도 안 돼. 정말 제시가 나한테 거짓말을 한 건가? 그러면 그건 진짜 다행이기는 한데……. 아니, 도대체 자기가 강간당하고 임신까지 했다는 거짓말을 왜 해? 그런 거짓말해서 자기가 얻는 게 뭔데? 진짜 거짓말인가? 아니면 형이 조사를 잘못한 건가?

나는 제시가 나한테 미안하다고 했던 말을 떠올리며 확신했다. 형이 지금 뭔가를 잘못 알고 있는 거야. 그때 제시가 했던 말은 전부 사실이다.

솔직히 형한테 그냥 한마디만 하면 다 끝날 일이었지만 입이 떨어지지가 않았다. 제시가 강간을 당했다는 건 내가 강간을 당했다는 것과 똑같은 말이었기 때문이다. 어쨌든 지금 이 몸은 내가 쓰고 있으니까. 형한테 어떻게 내가 강간당했다는 말을 할 수 있단 말인가? 그런 말은 입이 찢어져도 못한다.

이왕 이렇게 된 거 차라리 내가 내 눈으로 직접 보는 게 나았다. 신성사제는 일곱 명이라고 했으니까 형한테 말해서 신성사제 일곱 명 구경이나 좀 시켜달라고 해야겠다. 그리고 그 일곱 명을 보면 무슨 기분이 들든 들겠지. 내가 알카 형을 보면서 가슴이 두근거렸던 것처럼.

다시 걸음을 돌려 형 방으로 가려고 하는데 뒤에서 누군가가 나를 불렀다.

"제시 메르헨."

마치 거머리가 들러붙는 것 같은 느낌이 손에서 느껴졌다. 고개를 돌리자 웬 남자가 내 팔목을 붙잡고 있었다.

뱀처럼 죽 찢어진 날카로운 눈매를 보는 순간 심장이 철렁하고 내려앉았다. 짙은 암갈색 눈동자는 잔뜩 불쾌하다는 눈으로 날 쳐다보고 있었다.

"아니, 넌 제시 메르헨이 아니지. 넌 누구냐?"

"……."

"내가 모를 거라고 생각했다면 오산이다."

너구나, 그 개 쓰레기 같은 새끼가.

나는 이를 아득 갈았다.

내 팔을 잡고 있던 손을 뿌리치고 다짜고짜 턱주가리에 주먹을 꽂아 넣으려고 하는데 갑자기 뒤통수에서 어마어마한 충격이 느껴졌다. 순식간에 시야가 뒤집혔고 천장이 보였다. 그제야 나는 내가 머리통을 맞았다는 걸 깨달았다.

도대체 머리통을 얼마나 맞는 거야. 이러다가 내 뇌세포 다 죽겠다.

점점 흐려지는 시야로 뱀처럼 웃고 있는 쓰레기 새끼가 보였다.

노크도 없이 벌컥 열린 문에 교황은 쓰고 있던 안경을 벗으며 고개를 들었다. 여러 장의 종이를 손에 쥐고 다급하게 들어오는 알카이아를 보며 교황은 낯을 찌푸렸다.

교황이 뭐라고 입을 열기도 전에 알카이아가 탁자에 종이를 놓더니 입을 열었다. 교황의 집무실에 난입해서 인사말 한 마디도 없이 다짜고짜 말을 한다는 건 평소라면 있을 수도 없는 일이었다.

"예하, 파한입니다."

"파한? 세 번째 신성사제? 걔가 왜?"

평소 행실이 바른 알카이아가 이럴 정도면 급해도 정말 급한 일일 것이라고 생각하며 교황은 그에게 물었다.

알카이아는 숨을 몰아쉬며 대답했다.

"다시 조사해보라고 하셔서 제시 메르헨에 대해서 조사를 하던 중에 그녀의 행적이 이상하다는 것을 알았습니다. 표식이 사라져 교황청을 나간 후부터 그녀가 독약을 마시고 스스로 목숨을 끊기까지 사이에 공백이 있어요. 그래서…….."

"결론만 말해. 그래서 결론이 뭔데?"

무겁게 가라앉은 그 목소리에 알카이아는 잠시 숨을 고르고 한 발자국 뒤로 물러섰다. 그리고 조심스럽게 말했다.

"제시 메르헨이 파문을 당한 건 표식이 사라졌기 때문이었습니다."

"그건 이미 알고 있는 사실이다."

"자연스럽게 표식이 사라진 게 아니라, 임신을 해서요."

그 말에 교황은 말의 뜻이 이해가 되지 않는다는 얼굴로 멀뚱멀뚱 알카이아를 쳐다보기만 했다. 알카이아는 상황을 설명했다.

"세 번째 신성사제 파한이 그녀를 강간했습니다. 그녀가 임신을 하고 표식이 사라지자 말이 새어나갈 것이 두려웠는지 유산을 시키고 그녀를 내쫓았던 겁니다."

"강간을 당했다고? 제시 메르헨이?"

교황이 의자에서 일어났다. 알카이아는 반사적으로 한 발자국 더 뒤로 물러섰다. 교황은 책상 옆에 놓여 있는 검을 들며 물었다.

"제시 메르헨에 대해서 조사하라고 했을 때 그걸 조사한 놈이 누구냐?"

"파한입니다."

"그 새끼 지금 어디에 있어?"

차갑게 가라앉은 교황의 얼굴을 보며 알카이아는 숨을 삼키며 말했다.

"동쪽 개인 별궁에 있다고 합니다."

곧바로 집무실을 나와 동쪽으로 향하는 교황의 뒤를 따르며 알카이아는 낯을 찌푸렸다.

하루에 교황청을 들락거리는 성녀만 오백 명이 넘는다. 그중에서 표식이 사라지거나 새로 표식이 생기는 성녀들도 많았다. 보통 성녀의 수명은 길어봐야 삼 년.

그 수명이라는 것은 표식이 나타났다가 사라지는 기간을 말했다. 그렇기 때문에 특별히 신성력이 높은 성녀가 아니면 표식이 생겨도 일반인처럼 살다가 표식이 자연스럽게 사라져 다시 일반인으로 돌아가는 경우가 대부분이었다.

제시 메르헨은 특출나게 신성력이 높은 성녀가 아니었다.

임신해서 파문을 당했어도 신성사제 중 한 명인 파한이 그녀의 행적을 마음먹고 지운다면 교황청에서 제시 메르헨이 어떤 일을 당했는지 모를 수밖에 없다.

그 많고 많은 성녀 중 하나가 사라진다고 해서 문제가 될 건 아무것도 없었으니까.

아픈 머리통을 부여잡고 정신을 차리자 온몸이 욱신거리기 시작했다. 끙끙거리고 있는데 귓가로 차분한 목소리가 들려왔다.

"넌 뭐하는 놈이냐?"

"뭐, 이 새끼야? 강간범 주제에!"

"교황이 5년이나 찾던 병아리라는 애새끼가 왜 하필 이 몸에 빙의를 한 거지?"

병신 새끼, 뭔 개소리야. 나는 한숨을 내쉬고 주변을 살폈다. 이곳은 화려한 방이었다. 화려하고 어둡고 거대한 방. 난생처음 보는 방인데도 가슴이 술렁이는 게 기분이 이상했다. 내가 주변을 살피면서 인상을 쓰자 남자가 웃었다.

"여기가 어딘지 짐작이 가나보지? 빙의를 하면 그 신체에서 있었던 일들이 떠오른다고는 하더군."

여기가 어딘데? 나는 가볍게 주먹을 쥐었다가 폈다. 진짜 병신이구만. 납치를 했으면 묶어놔야지 이렇게 그냥 내버려두면 어떡해? 맞아 뒈지려고 환장을 했군. 내가 주먹을 쥐었다가 펴면서 비실비실 웃자 남자가 덩달아 웃었다.

"넌 여기서 아이를 가졌지."

그 말에 나는 굳어버렸다. 내 굳어버린 얼굴이 재미있기라도 한 건지 남자는 다시 한 번 웃으며 덧붙였다.

"여기서 아이를 잃었고."

"……."

"그리고 넌 여기서 죽게 될 거다."

순간 칼을 쥔 손을 번쩍 든 남자를 보다가 나는 한숨을 내쉬면서 발을 휘둘렀다. 퍽 하는 소리와 함께 가슴을 발로 차이고 나자빠진 남자가 칼을 놓쳤다. 나는 자리에서 일어나 엎어진 남자를 보면서 말했다.

"날 죽이려면 사지를 꽁꽁 묶어 놨어야지, 등신아."

"네가 아무리 발버둥쳐도 여기서 벗어날 수는 없다! 널 죽여서 사건을 은폐하면 교황도 증거 없이 날 죽이지는 못할 테지."

"너 도대체 뭘 믿고 그렇게 깝을 치냐? 내가 여자라서 그래? 여자라서 너한테 힘으로는 안 될 것 같냐?"

내 말에 남자가 다시 일어나려고 했다. 그걸 보면서 나는 다시 발을 들었다. 그리고 그대로 남자 가랑이 사이로 발을 내리찍었다. 순간 히익 하고 간신히 피한 남자가 말했다.

"너, 너 지금 무, 무슨 짓을……!"

"무슨 짓이기는."

나는 씨익 웃으면서 다시 다리를 들어 올렸다.

"이 미친년이! 경비병! 경비병, 들어 와!"

남자는 비명을 지르면서 개처럼 기었다. 곧 문이 열리는 소리가 들렸고 나는 혀를 찼다. 사람이 있을 거라고는 생각했다. 설마 바보도 아니고 나를 묶어놓지도 않고 혼자 이곳에 있었을 리는 없으니까. 근데 나는 지금 여기서 맞아 뒈지는 한이 있어도 네놈이 고자가 되는 꼴은 보고 뒈져야겠다.

"다리 안 벌리냐, 이 새끼야!"

"으아악! 이 미친년이 지금 뭐 하는 거야!"

"다음 해 오늘이 너보다 먼저 세상 하직한 네 거시기 제삿날이 될 거다!"

버둥거리는 남자 배를 발로 후려친 나는 씩씩대면서 소리쳤다. 그때 귓가로 어이없다는 목소리가 들려왔다.

"거시기 제삿날이라는 게 따로 있나?"

"……모르겠습니다."

익숙한 목소리에 고개를 돌리자 날 미친년처럼 보는 형과 알카 형이 있었다. 형의 발밑에는 시체처럼 쓰러져 있는 사람들이 보였다. 배를 차여서 그런지 콜록콜록 기침을 하던 남자는 형을 보더니 눈을 까뒤집고 경련하기 시작했다. 마치 괴물이라도 본 것처럼.

그걸 보면서 어이가 없어졌다. 지금 네가 무서워해야 할 건 형이 아니라 나 아니냐? 널 팬 것도 나고 네놈 고자 만들려고 한 것도 난데.

근데 형은 여길 어떻게 알고 온 거지?

그때 형이 다시 입을 열었다.

"멀쩡한 남의 거시기 제삿날까지 챙기는 걸 보면 저 거시기에 원한이라도 있나 보군."

순간 나는 반쯤 돌아버렸던 머리가 차갑게 식는 걸 느꼈다. 형 손에서 피가 뚝뚝 떨어지는 기다란 검이 보였기 때문이다.

"병아리 넌 저놈을 처음 보는 거니까 아마 제시가 아는 사람이겠지."

"혀, 형?"

"그럼 저 거시기로 제시한테 무슨 짓이라도 했나 보군. 너는 그걸 알고 지금 저 새끼 거시기 제삿날을 챙기고 있었던 거고."

"형, 자, 잠깐⋯⋯."

"그럼 저 거시기로 제시한테 무슨 짓을 했는지가 관건이네."

저 칼에서 떨어지고 있는 게 진짜 피라는 건 자세히 보지 않아도 알 것만 같았다.

내가 뒤로 주춤주춤 물러났다. 이건 거의 생존본능에 가까웠다. 본드로 붙인 것처럼 다리를 꽉 다물고 있는 남자의 가랑이 사이에 고정되어 있던 시선이 내게 닿았다. 나는 헉하고 숨을 들이켰고 형은 날 보면서 물었다.

"넌 알고 있었나 보군."

뭘 알고 있어? 나는 슬금슬금 뒤로 물러서며 형 눈치만 살폈다. 그때 형이 날 보며 직설적으로 말했다.

"제시가 강간당한 거."

"⋯⋯."

야, 너 말 좀 순화해서 하면 안 되냐? 나는 떨떠름한 얼굴로 고개를 돌렸다. 직접 겪은 일은 아니었지만 지금은 내가 이 몸을 쓰고 있었다. 더구나 제시의 기억들이 조금이나마 떠올라서 그런지 꼭 내가 강간을 당한 것처럼 수치심이 들기 시작했다. 이럴 줄 알고 내가 형한테 말하지 않은 거다.

"근데 그걸 어떻게 알았⋯⋯."

"기억은?"

나는 최대한 태연한 척 물어보려고 했다. 하지만 말을 끝맺기도 전에 귓가로 형이 이 가는 소리가 들려와서 나는 입을 다물 수밖에 없었다.

날 찢어 죽일 것처럼 쳐다보는 형을 보며 나는 필사적으로 고개를 저었다.

"아, 안 났어요……."

"그래, 그럼 일단……."

형의 말이 끝나기도 전에 밖에서 우르르 사람들이 몰려오기 시작했다. 방에 들어온 사람들이 남자를 둘러싸자 형은 짧게 내뱉었다.

"저 새끼 바지 벗겨."

검에 묻은 피를 털면서 형이 말했고, 그 말에 우르르 몰려왔던 사람들이 남자의 사지를 붙잡고 바지를 벗기기 시작했다. 그걸 넋 놓고 보던 나는 깨달았다. 형이라면 저 새끼 거시기만 자를 게 아니라 모가지도 같이 자를 거라는 걸.

바지가 벗겨지고 팬티만 남은 남자는 눈물 콧물 다 짜면서 외쳤다.

"예하! 저년이 먼저 유혹했습니다! 저는 억울하으아아악!"

그때 기다란 검이 남자 가랑이 사이에 꽂혔다. 다행히 바닥에 꽂혔을 뿐이었다. 하지만 그것만으로도 받은 정신적인 충격이 어마어마했던 건지 남자는 비명을 질렀다.

나는 불안해졌다. 설마 진짜 죽이는 건 아니겠지? 죽이면 살인자 되는 거야. 감방 간다고.

나는 불안한 얼굴로 형을 보다가 표정이 정말 살벌하다는 걸 깨닫고 조심스럽게 말했다.

"저기 형, 사람 죽이면……."

"너도 같이 뒈질래?"

그 말에 나는 기겁해서 말했다.

"너 미쳤냐? 진짜 사람 죽이게?"

내 말에 형은 바닥에 꽂혀 있던 검을 뽑아들었다. 남자는 이미 거품을 물고 기절을 한 상태였다.

"저 새끼 지금 자는 거냐?"

……네 눈에는 지금 저게 자는 걸로 보이니? 기절한 거잖아, 이 자식아! 다들 그렇게 생각하고 있는 건지 멀뚱멀뚱 형을 쳐다보기만 했다.

일그러져 있던 얼굴이 별안간 풀리더니 형은 웃었다. 그걸 보면서 나는 기겁했다.

"뭘 보고만 있어. 깨우라는 말이잖아, 씨발."

꽃이 휘날리는 착각이 들 정도로 상큼하게 웃는 형을 보면서 나는 뒷걸음질 쳤다. 맛이 갔구만. 저건 완전히 맛이 갔다.

나는 옆에서 별 표정 변화도 없이 그 광경을 지켜보던 알카 형에게 말했다.

"형이 좀 말려주시면 안 돼요?"

"저도 목숨 소중한 줄 아는 사람입니다."

"……그래도 진짜 죽이지는 않겠죠?"

"으아아아악!"

그때였다. 기절해 있던 남자가 깨어나 형을 보자마자 다시 비명을 지르기 시작했다. 처절하게 비명을 지르는 남자를 보던 알카 형이 용기를 냈는지 입을 열었다.

"예하."

그 목소리에 형이 고개를 돌려서 알카 형을 쳐다봤다.

"신성사제의 처분은……."

그때 형이 다시 남자 가랑이 사이에 검을 꽂았다. 푹 하고 바닥에 검을 꽂아놓은 채 형은 느닷없이 옷을 벗기 시작했다.

"……나머지 여섯 분 전원의……."

겉옷을 벗는 형을 보면서 알카 형의 목소리가 점점 작아지기 시작했다. 겉옷을 벗고 반지를 빼고 팔찌까지 푼 형은 아무렇지도 않게 그걸 바닥에 툭 던졌다. 그러더니 계속해보라는 듯 알카 형을 쳐다봤다.

"……전원의 동의가……."

전투태세가 완료된 사람처럼 형의 몸은 가벼워 보였다. 거추장스러운 옷은 다 벗고 정말 셔츠 하나에 바지만 입고 있는 형은 알카 형을 보다가 아직도 정신을 놓고 있는 남자의 얼굴을 그대로 발로 까버렸다.

퍼어억! 엄청난 소리와 함께 머리통이 축구공처럼 날아갔고, 뒤따라 몸도 같이 날아가더니 남자는 그대로 구석에 처박혔다. 남자가 신음을 내면서 꿈틀대기 시작했다. 형은 알카 형에게 다시 시선을 옮기며 물었다.

"전원의 동의가 뭐?"

"……있어야 하지만, 파렴치한 짓을 한 놈이 그딴 사치를 누릴 필요는 없겠지요. 방해해서 죄송합니다, 부디 속행하십시오."

……알카 형, 이해합니다. 제가 그 기분을 이해해요.

나는 괜히 나섰다가 같이 죽을 뻔한 알카 형을 위로하며 한숨을 내쉬었다.

"병아리 너 안 가냐? 진짜 뒈질래?"

"어? 가라고?"

"가기 싫으면 이참에 이 새끼랑 나란히 세상에서 살아 숨 쉬고 있다는 걸 후회하는 시간이라도 가져볼래?"

"……갈 거야. 가. 간다고. 지금 가려고 했어."

나는 후다닥 방을 벗어났다. 뒤로 엄청난 비명이 들려왔지만 나는 형을 믿기로 했다. 아무리 그래도 설마 사람을 죽일 리는 없으니까. 솔직히 죽는 것만 아니면 그딴 개새끼 진짜 고자라도 돼 봐야 정신을 차리지. 헹, 꼬시다!

형한테 개떡이 되도록 얻어터진 남자의 이름은 파한이라고 했다. 라 아르만틴의 세 번째 종 파한은 죽기 직전까지 얻어터진 것도 모자라서 48가지의 죄를 지었다는 이유로 형량 720년을 선고받고 지하 감옥에 갇혔다. 나는 그 남자가 48가지나 죄를 지었다고 생각하지 않았다. 분명히 형이 없는 죄를 만들어서 뒤집어씌운 것이 틀림없었다.

모든 일이 제시의 생각대로 진행됐지만 나는 제시가 미워지지는 않았다.

알카 형한테 고백하는 것도 포기하고 복수를 택하기까지 얼마나 많은 고민을 했을까. 차라리 알카 형한테 고백이라도 하고 없어지지.

나는 거울을 보면서 쯧쯧쯧 혀를 찼다.

"제시, 어쨌든 고마워. 내가 네 몫까지 이 몸으로 행복하게 살 테니까."

너는 하늘나라에서 아기랑 행복하게 살아. 그렇게 생각하며 싱글벙글 웃고 있는데 갑자기 문이 열리면서 형이 들어왔다. 형은 양손에 붕대를 칭칭 감고 있었는데 그게 또 살벌하게 보여서 나는 기겁을 하고 뒤로 물러섰다.

"소, 손이 왜 그래?"

"병아리 너 내가 거짓말하면 부리 째진다고 말했던 거 기억나지?"

"어?"

"그 째 놓은 부리 저녁으로 먹어야 한다는 말도 기억날 테고."

"내, 내가 무슨 거, 거짓말을 했다고……!"

손에 붕대가 왜 감긴 건지 나는 어렴풋이 알 수가 있었다. 파한인지 나발인지 그 남자를 자기 손이 저렇게 개떡이 될 때까지 쥐어 팼다는 말이었다.

갑자기 살인자 얼굴을 하고 내 방에 쳐들어온 주제에 거짓말은 무슨 거짓말이야! 내가 무슨 거짓말을 했다고!

"뭐? 남자한테 고백받는 거 같아서 기분이 더러워? 너 지금 장난하냐?"

나는 황급히 커다란 탁자 반대편으로 가서 탁자를 사이에 두고 소리쳤다.

"야! 그게 어떻게 거짓말이야! 그러게 애초에 네가 조사를 똑바로 했으면……, 아니. 내 말은 그게 아니라, 자, 잠깐만! 이건 거짓말이 아니라 나는 그냥 제시의 사생활을 존중……!"

"너 때문에 씨발, 지금 내 손이 걸레가 됐어."

그게 왜 나 때문이야! 내가 주먹질하라고 시켰냐! 그게 왜 나 때문이냐고! 그 잘난 마법 같은 거 써서 고치면 되잖아!

나는 날 잡으려고 눈을 부릅뜨고 쫓아오는 형을 피해 탁자를 잡고 빙글빙글 돌면서 외쳤다.

"기억도 안 났고, 그 새끼도 감방에 처넣고, 그럼 된 거지 왜 나한테 성질이야!"

내가 버럭 소리치자 형이 뚝 멈췄다. 나는 숨을 헉헉거리면서 잔뜩 경계를 하면서 형을 쳐다봤다. 형은 손을 들어 개새끼한테 오라고 하듯 손가락을 까딱까딱거렸다.

"좋게 말할 때 기어 와라."

"……."

"네 발로 안 오고 나한테 잡히면……."

그 뒤에 말은 듣지 않아도 어차피 뻔했기 때문에 나는 얌전히 형한테 갔다. 일단 적어도 한 대는 맞을 것 같아서 충격을 대비해 눈을 질끈 감자 형이 비웃는 소리가 들려왔다. 슬쩍 눈을 뜨자 그때야 형이 내 머리통을 후려갈겼다. 뻐억 하는 소리와 함께 허리가 꺾인 나는 뒤통수를 붙잡고 이를 갈았다.

치사한 자식, 시간차 공격을 하다니.

"아, 진짜, 이 귀찮은 새끼."

나는 다시 고개를 들어 빽 소리쳤다.

"야! 내가 뭘 잘못했다고 자꾸 나한테 승질이야! 내가 언제 귀찮게 했다고! 내가 언제!"

"제시가 강간당했다는 걸 왜 말 안 해?"

그 말에 나는 어이가 없어졌다.

"넌 네가 남자한테 강간당했다고 생각해봐, 그걸 나한테 쪼르르 달려와서 말할래? 그런 말을 어떻게 해, 씨발! 쪽팔리게!"

말이 끝남과 동시에 다시 머리통을 맞은 나는 훌쩍거리면서 인상을 구겼다. 나쁜 새끼, 저건 진짜 형도 아니야.

형이 날 보다가 한숨을 내쉬며 내 이마에 손을 올렸다. 까끌한 붕대의 감촉에 정말 눈물이 날 것만 같았다. 내가 도대체 이게 무슨 고생이야……

그때였다. 갑자기 핫 팩이라도 닿은 것처럼 이마가 뜨거워지기 시작했다.

"넌 도대체 언제 닭이 될래."

"……"

닭이나 병아리나 어차피 조류잖아, 씨발.

"제시 기억 완전히 봉인하면 넌 이제 완전 네 기억으로만 살아야해. 무슨 말인지 알겠냐?"

"아니, 모르겠어."

"그렇겠지, 넌 멍청하니까."

형이 다시 한숨을 내쉬었다. 그걸 보면서 나는 인상을 썼다.

아니, 그럼 지금 제시 기억 봉인할 수 있는데 내가 그런 기억들을 보게 했다는 거야? 기억이라는 걸 잊어버리고 싶다고 멋대로 잊어버릴 수 있는 거냐고 내 머리통 후려갈길 땐 언제고! 이 자식이!

"야! 봉인할 수 있었으면 진작 좀 해주지 왜 이걸 지금 해주고 난리야!"

내 외침에 형의 손에 힘이 들어갔다. 점점 이마가 아파오는 걸 느낀 나는 입을 꾹 다물었고 그런 날 보면서 형이 말했다.

"이거 봉인되면 넌 이제 글도 못 읽어. 당연히 내 말도 못 알아듣고 네가 하는 말을 사람들도 못 알아듣겠지. 네가 쓰는 건 이 나라 언어가 아니니까. 넌 처음부터 새로 다 배워야 돼. 알겠냐, 이 병아리 새끼야."

"어? 뭐라고? 지금 나더러 언어를 새로 배우라고?"

"여기서 살려면 어쩔 수 없어. 아무튼 봉인한다. 마지막으로 할 말은?"

형은 마치 마지막 유언을 말해보라는 사람처럼 내게 말했다. 나는 식겁을 하고 몸을 뒤로 뺐다.

"보, 봉인 안 하면 안 돼?"

"네 마음대로 해."

그 말은 즉, 제시가 강간당하는 기억을 보고도 멀쩡하게 있을 수 있으면 마음대로 하라는 말이었다. 그때 제시가 느꼈던 기분만큼은 아니겠지만 그래도 어느 정도 영향을 받을 게 틀림없었다. 나는 조심스럽게 물었다.

"그것만 봉인하고 다른 건 그냥 내버려두면 안 돼?"

내 말에 형은 짜증 난다는 듯 인상을 썼다.

"기억 봉인하는 게 무슨 인형 뽑긴 줄 알아, 골라서 하게?"

그건 그렇겠지. 무슨 인형 뽑기도 아니고 그런 걸 골라서 할 수는……

나는 한숨을 내쉬었다. 내가 이렇게 형이랑 말을 하고 책도 읽을 수 있었던 이유는 이 몸에 원래 있었던 제시가 글을 읽을 수 있어서 그랬나 보다. 하긴, 난생처음 보는 글이 읽혀서 나도 놀라기는 했지.

"나 말하는 거 가르쳐 줄 거지?"

내 말에 형은 혀를 찼다. 곧 이마를 잡고 있던 손에서 빛이 터졌다.

빛이 사그라질 때쯤 눈을 뜨자 형이 내게 뭐라고 말했다. 무슨 말인지 하나도 알아들을 수가 없었다. 나는 멀뚱멀뚱 형을 보다가 말했다.

[야, 너 내 말 뭔 말인지 못 알아듣겠냐?]

내 말에 형은 인상을 썼다. 못 알아듣겠나 보다. 하긴 지금 스물여덟이면 여기서 28년을 산 건데 한국어 같은 건 다 까먹었겠지. 나는 실실 웃으면서 형을 쳐다봤다.

[야, 야 인마. 병신, 바보, 똥개, 밥통……, 악!]

형이 느닷없이 내 머리통을 후려갈겼다. 나는 눈을 동그랗게 뜨고 형을 쳐다봤다.

왜 때려? 뭐라고 하는지도 모르면서 괜히 왜 때리냐고! 나는 억울하다는 얼굴로 형을 쳐다봤고 형은 그런 날 노려보면서 입을 열었다.

[병아리, 너 뒈지고 싶냐?]

형의 입에서 나온 건 놀랍게도 한국말이었다. 나는 기가 막혔다. 28년이나 안 쓴 말을 어떻게 이렇게 완벽하게 구사할 수 있단 말인가? 나는 형을 보면서 소리쳤다.

[네가 한국말을 어떻게 알아?]

[내가 너처럼 멍청한 줄 알아? 그 돌대가리에 이 나라 언어 쑤셔 넣으려면 20년은 걸리겠다. 내일부터 방에 처박혀서 공부만 해라, 알겠냐?]

[…….]

딴 세상까지 와서 공부냐. 나는 갑자기 서러워졌다.

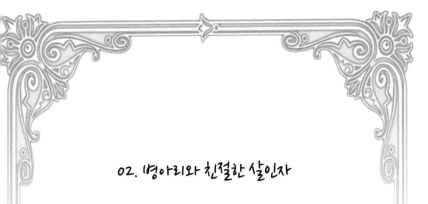

02. 병아리와 친절한 살인자

안녕하세요, 저는 대한민국 평범한 남고생 한겨울입니다. 지금부터 제가 요 한 달간 겪은 일에 대해 설명을 해 드리려고 해요. 아마 듣고도 믿지 못하실 겁니다. 왜냐고요? 그야 당연히 내가 생각해도 이건 말이 안 되는 일이니까!

[미친 거 아니냐고! 한자보다 획수가 많은 글자를 내가 무슨 수로 외워! 나 한자 싫어해서 중국어랑 일본어는 거들떠도 안 본 거 몰라서 그래? 못해, 안 해, 배 째!]

나는 깃펜을 바닥에 패대기치며 소리쳤다. 형은 그런 날 보고 한숨을 내쉬더니 의자에서 몸을 일으켜 바닥에 떨어진 깃펜을 주워들었다.

나는 씩씩거리면서 다짐했다. 이번만큼은 절대로 못 넘어간다. 내가 글을 배우지 않겠다는 건 아니었다.

글은 배워, 배우는데 이 살인적인 스케줄은 도대체 뭐냐고! 내가 수능 준비하는 내 친구들 시간표를 봤는데 걔들도 이렇게까지 타이트하게 공부 안 했다고! 내가 지금 수능 쳐? 수험생이냐고!

의자에 앉아서 절대 한 발자국도 물러서지 않겠다는 의지를 가득 담고 형을 노려보고 있는데 형이 느닷없이 내 멱살을 쥐었다.

멱살이 잡힌 나는 그제야 내가 무슨 짓을 한 건지 깨닫고 형의 팔목을 잡았지만, 형은 그대로 날 일으켜서 책상 위로 패대기를 쳤다.

책상 위에 벌러덩 누운 나는 반사적으로 배를 움켜쥐었다.

내가 미쳤다. 아니, 아무리 미쳐도 그렇지 어떻게 배 째라는 말을 할 수가!

[배, 배 째라는 말은 취소할게…….]

[오늘까지 이 다섯 장 다 못 외우면 배때기 째질 줄 알아.]

[내가 컴퓨터냐, 한 번 보고 머리통에 입력이 되게! 이걸 어떻게 다……! 아, 알았다고, 외우면 될 거 아니야.]

나는 빼곡하게 적혀 있는 책을 보면서 눈물을 머금었다.

나는 언어에 약했다. 쪽팔리는 말이었지만 올해 수능을 쳐야 하는 수험생임에도 불구하고 한국에서는 필수라고 여겨지는 영어조차 모르는 사람이었다. 당연히 알파벳은 알지만, 그 수준이 정말 요즘 중학생과도 비교가 되지 않을 정도였다. 한국 사람이 한글만 알면 되지 뭐하러 남의 나라 말을 공부해! 한글도 제대로 모르겠는데!

그렇게 19년 평생을 살았지만, 이제는 그 변명도 통하지 않았다. 나는 훌쩍거리면서 종이에 단어들을 쓰기 시작했다.

[내가 왕이 돼서 이 나라 언어를 한글로 바꾸고야 말겠어. 세종대왕님의 위대한 업적을 이 이상한 나라에도 내가 전부 다 전파시키겠다고!]

[알았으니까 오늘 저녁까지 그거 다 외워, 내일 기상 시간은 새벽 다섯 시다.]

[……형님, 제 멍청한 머리로 생각해본 결과 지금 이 다섯 장 다 외우려면 오늘 새벽 세 시쯤은 돼야 할 것 같은데 그럼 지금 제 취침시간이 두 시간이라는 말입니까?]

나는 믿을 수 없다는 얼굴로 형을 보면서 물었다. 최대한 불쌍한 얼굴로 형을 보면서 '제발 아니라고 말해줘.' 라고 속으로 빌고 또 빌었다. 불쌍한 내 얼굴을 보면서 형은 웃었다. 그 웃는 얼굴에 나는 급속도로 기분이 바닥을 치는 걸 느꼈다. 진짜 두 시간만 자야 한다는 말이구나.

[말이 통해도 자기 앞가림 제대로 못 하는 병아리 새끼가 부리가 병신이 돼서 말도 못한다. 그나마 자기 의사표현 하나 말고는 할 수 있는 게 아무것도 없는 병신 병아리는 도와달라는 말 한마디도 못 내뱉는 상황에서 과연 어떻게 될 것인가. 문제니까 맞춰봐.]

[……]

[음, 어려워하는 것 같으니까 특별히 객관식으로 바꿔주지.]

형은 마치 인심 쓴다는 얼굴로 날 보면서 말했다.

[1. 죽는다. 2. 뒈진다. 3. 사망한다. 4. 하늘 같으신 형님께 고개를 조아려 도움을 요청한다.]

[……]

고작 네 문항밖에 없는 객관식임에도 불구하고 나는 대답할 수가 없었다. 4번이 정답이라는 걸 너무 노골적으로 말하고 있었기 때문이다. 하지만 형의 바람대로 4번을 선택했다가는 또 무슨 엄청난 일이 벌어질지 몰랐다. 내가 우물쭈물하고 있는데 형이 다시 입을 열었다.

[모르겠으면 1번부터 4번까지의 상황극이라도 만들어서 직접 체험하게 해줄까?]

장난하냐? 그럼 지금 나더러 죽고 뒈지고 사망하는 상황극의 주인공이 되라고? 당장에라도 날 죽이는 시늉을 한답시고 내 머리통을 작살낼 것 같은 형을 보면서 나는 다급하게 외쳤다.

[4번!]

[4번이 뭔데?]

[하늘 같으신 형님께 고개를 조아려 도움을 요청한다!]

내 말에 형은 만족했다는 듯 고개를 끄덕였다. 정답을 맞힌 제자를 칭찬하듯 내 머리통을 슬슬 쓰다듬는 걸 보면서 나는 긴장했다. 내 머리통 위에 있는 게 사람 손이 아니라 전기톱 같은 기분이 들었기 때문이다. 저 손으로 내 머리통을 언제 쪼갤지 몰라서 잔뜩 긴장하고 있는데 형이 다시 말했다.

[맞아, 할 줄 아는 건 쥐뿔도 없는 네놈은 날 귀찮게 하는 짓거리밖엔 못하겠지. 근데 네가 알다시피 나는 이 나라 교황이다. 교황이라는 게 뭔지 멍청한 네가 알 턱이 없으니 내가 설명을 해줄 테니까 잘 들어라.]

[네가 뭘 하고 살든 그게 나랑 무슨 상관……]

[뭐?]

[형님이 무슨 직종에 종사하고 있는지 너무 궁금해서 미쳐버리겠다고요.]

좁아진 형의 미간을 보며 나는 빠르게 말을 고쳤다. 내 말에 형이 한 번 봐준다는 눈으로 날 보더니 다시 입을 열었다.

[난 바빠.]

······그러니까 네가 바쁘든 말든 그게 나랑 뭔 상관이냐고. 나는 목구멍 끝까지 올라온 말을 억지로 삼키며 그 말에 동조하듯 고개만 끄덕였다.

[얼마나 바쁘냐면 정말 많이 바빠. 뒈지게 바쁘지. 몸이 열 개라도 모자라. 환장하게 바빠서 할 수만 있으면 교황청에 핵폭탄이라도 날리고 싶은 심정이다.]

[······.]

[이제 내 말이 무슨 말인지 알겠냐? 알아들었으면 삼일 밤낮을 세고 식음을 전폐하면서 글을 깨우치는데 정진해라. 일주일 뒤부터 배운 걸로 일기 쓰고 꼬박꼬박 검사받아.]

[······.]

나는 지금 도대체 뭐부터 말해야 할지 감을 잡을 수가 없었다. 네가 바쁜데 내가 왜 글을 빨리 깨우쳐야 하는지도 모르겠고, 일주일 뒤부터 왜 너한테 일기검사를 받아야 하는지도 모르겠고, 도대체 고작 일주일 배운 걸로 무슨 수로 일기를 쓰라고 하는 건지도 모르겠다.

[형님, 질문이 있습니다.]

[때려쳐, 네 질문에 대답해줄 시간 없다. 아무튼 너 이거 오늘 다섯 장 다 외우기 전까지는 잘 생각하지 마라.]

[뭐? 아니, 궁금해서 그러잖아! 선생님이면 학생이 질문했을 때 성심성의껏 대답을 해줘야지!]

[네가 내 학생이었으면 그 멍청한 머리를 들고 지금까지 살아 있었을 거라고 생각하냐?]

내가 머리를 들고 다니냐? 저런 독재자 같은 새끼. 전부 자기 마음대로 하고 난리야. 나는 투덜대면서 펜을 쥔 손에 힘을 줬다.

내가 진짜 딱 네 나이만 되면 넌 죽을 줄 알아. 내가 스물여덟이 되면 형은 마흔에 육박하는 나이가 된다. 그때가 되면 분명히 지금보다 힘도 약해질 거고 늙어서 골골대겠지. 저건 담배도 많이 피우니까 분명히 폐활량도 안 좋을 거야. 그때만 되면 내가 널 기필코 바닥에 패대기를 치고 말겠다.

나는 미래에 일어날 일들을 상상하면서 실실 웃었다.

[그 기분 나쁜 얼굴 치우고 빨리 물어볼 거나 물어봐.]

내가 기분 나쁘게 웃는 게 마음에 들지 않는 건지 형이 말했다. 그 말에 나는 고개를 들어 형을 쳐다봤다. 바빠서 가야 한다고 하더니 그래도 들어주기는 들어주려나 보다.

잔뜩 인상을 쓴 얼굴이었지만 형이 바로 나가지 않은 데에 감동을 받아서 나는 내가 계획했던 미래를 조금 수정하기로 했다. 바닥에 패대기치는 건 빼야겠다.

[일기 안 쓰면 안 돼? 그건 내 프라이버시…….]

[일기 쓸래, 독후감 쓸래?]

[일기 쓸게요.]

나는 한 치의 망설임도 없이 내 프라이버시를 포기했다.

[근데 일기는 일기고, 내가 여태까지 너무 정신이 없어서 잠깐 현실을 잊고 살았는데 생각해보니까 난 지금 여자가 된 거잖아.]

[그래서?]

[……와, 진짜 완전 남 일처럼 말하네. 야! 갑자기 여자가 됐는데 어떻게 그러려니 하고 살아!]

여자들이 내 몸을 애 씻기는 것처럼 씻기는 건 도저히 두고 볼 수가 없어서 결국 나는 그 뒤로 지금까지 혼자 씻었다.

머리를 감거나 세수를 하는 건 괜찮은데 문제는 몸을 씻을 때다. 아무리 타월이 있다고는 하지만 몸을 문지르는 짓까지는 할 수가 없어서 결국 욕조에 물을 받아놓고 거품을 푼다. 그 후 고개를 위로 쳐들고 그 안에 들어가 있다가 나와서 역시 물을 끼얹고 그대로 목욕 가운을 입고 밖으로 나온다. 물기가 다 마를 때까지 목욕 가운을 입고 있다가 다시 고개를 위로 쳐들고 옷을 입는다.

원래 씻는데 시간이 그렇게 많이 걸린 건 아니었지만 내가 만약 한국에 있었으면 빨리 씻기 기네스 기록이라도 세웠을 것 같다.

그 짓거리를 내가 지금 어언 한 달을 반복하고 있었다. 도대체 언제까지 이렇게 살아야 하는 건가. 다시 생각해보니까 진짜 서러워 죽겠다.

[어쩔 수 없다는 건 아는데 이건 정신적인 문제야.]

내 침울한 목소리에 형은 한숨을 내쉬었다.

[그래, 그것참 안 됐구나. 힘내.]

[…….]

누가 너한테 위로해달라고 이딴 말을 꺼낸 줄 아냐? 짜증 나고 귀찮게 죽겠다는 얼굴로 마음에도 없는 말을 내뱉는 형을 보면서 나는 덩달아 한숨을 내쉬었다.

[어쩔 수 없지. 이왕 이렇게 된 거 여자로 살 수밖에.]

으흐흐 하고 웃으면서 말하자 형은 날 빤히 보더니 느닷없이 내 머리통을 후려쳤다. 빠악 하는 소리와 함께 영문도 모른 채 얻어맞은 나는 머리를 부여잡고 억울하다는 얼굴로 형을 쳐다봤다.

[왜 때려!]

[목욕탕 갔다가 코피 질질 흘리면서 내 앞에 나타나면 넌 죽는다.]

그 말에 나는 흠칫했다. 내가 여탕에 가려고 한 걸 어떻게 안 거지? 내 얼굴에 그렇게 티가 많이 났나? 나는 애써 태연한 척 말했다.

[근데 여기에 진짜 여탕 있어?]

그 질문에 나는 다시 광속으로 날아오는 형의 손에 내 머리통을 고스란히 내줘야만 했다.

아니, 난 지금 여잔데 여탕 간다는 말이 뭐 이상하다고 때리는 거야! 머리통을 부여잡고 징징거리고 있는데 형은 갑자기 내게 제안을 했다.

[병아리 네가 일주일 안에 제대로 된 문법과 문장, 단어로 일기를 쓴다면 여탕 출입을 허락하지.]

[뭐? 진짜? 아, 아니, 야! 넌 씨발, 도대체 날 어떻게 보고!]

[싫으면 때려치워.]

[아니, 누가 싫대? 시, 싫다는 건 아닌데……. 야! 근데 내가 목욕탕 가는 걸 왜 너한테 허락을 받고 가야 돼!]

생각해보니까 진짜 웃긴다. 내가 내 마음대로 목욕탕도 못 가? 서러워 죽겠다. 글 못 읽고 못 쓴다고 목욕탕도 못 가게 하는 게 말이 돼? 글 못 읽고 못 쓰는 사람은 인권도 없다 이거냐, 지금?

[그래서 안 한다고?]

[……해, 할 거야. 누가 안 한 대?]

나는 속으로 욕지거리를 내뱉으면서 펜을 들었다. 오로지 여탕에 가겠다는 일념 하나로 학교 다닐 때도 한 번도 해보지 않은 내 밤샘 공부는 그렇게 시작됐다.

공부를 시작한 지 정확하게 5일째 되는 날이었다. 추레한 몰골로 종이를 보며 미친 듯 필기를 하고 있는 날 보다가 형이 말했다.

[……너 여탕이 그렇게 가고 싶냐?]

[말 시키지 마, 지금 공부하는 중이잖아.]

[…….]

내 말에 형은 더 이상 말을 걸지 않았다. 자꾸 옆에서 시선이 느껴졌지만 나는 전부 무시해버렸다.

공부를 해야만 한다. 공부를 해야 돼!

나는 눈에서 이글이글 불을 내뿜으며 미친 듯 학업에 정진했다. 이제 간단한 문장은 쓸 수 있다. 거의 문장 위주로 배워서 가능한 일이었다. 제일 처음 영어를 배울 때처럼 「제 이름은 겨울입니다.」 따위의 문장을 배우고 그 안에서 단어와 문법을 공부했다.

형은 속성으로 내게 필요한 것만 가르쳐줬다. 성격이 더러워서 그렇지 선생님으로서는 최고였다.

나는 고개를 돌려 형을 보면서 닷새 동안 배운 말로 형에게 말을 걸었다.

"제 이름은 한겨울입니다."

"……."

[맞아? 이거 맞지?]

내 말에 형은 떨떠름한 얼굴로 고개를 끄덕였다.

"저는 여자입니다. 저는 과자가 좋습니다. 저는 당근이 좋습니다. 저는 열아홉 살입니다. 저는 좋은 나무가 되겠습니다. 저는 목욕탕에 가겠습니다."

"……."

[다 맞아?]

[……맞아. 맞는데 나무가 되겠다는 게 무슨 말이냐? 너 커서 나무 될래?]

[엥? 아니야. 「난 좋은 사람이 되겠습니다.」라고 한 건데? 잘못 말했나?]

내 말에 형은 날 가만히 보더니 말했다.

"저는 병아리가 되겠습니다."

[엉? 그거야?]

[그래, 다시 말해봐.]

어쩐 일로 형이 이렇게 친절한 건지는 모르겠지만 나는 아까 형이 했던 말을 기억하고 최대한 또박또박 형을 보면서 말했다.

"저는 병아리가 되겠습니다."

[잘했다. 앞으로 사람들 만나면 그렇게 말하면서 인사하는 거야. 처음에 「안녕하세요.」라고 인사하고 그 뒷말을 하면 되는 거다.]

[초면에 「저는 좋은 사람이 되겠습니다.」 이 말을 하라고? 왜?]

[여기 인사법은 그게 맞아. 아니면 너 지금 내가 너한테 거짓말하고 있다는 거냐?]

누가 그렇대? 하면 되잖아, 하면…….

나는 형을 보면서 꼭 예의 바르게 인사를 하겠다고 약속을 한 후에 다시 공부를 하기 시작했다. 오늘따라 형이 이상했다. 평소라면 내가 이렇게 공부를 하고 있는 걸 구경하거나 쓸데없이 시간을 보내는 사람이 아닌데 왜 안 가고 자꾸 쳐다보고 있지? 나는 힐끗힐끗 형을 쳐다보며 물었다.

[도와달라는 말은 뭐야?]

내 말에 형은 입을 열었다.

"삐약."

[어?]

"삐약."

[······.]

순간 불길한 예감이 들었다. 왜 저렇게 말이 짧은 거지? 나는 의심이 가득한 눈으로 형을 쳐다봤다.

[말이 왜 그렇게 짧아?]

내 말에 형은 날 한심하다는 얼굴로 쳐다봤다.

[영어로 도와달라는 말이 뭐야?]

[······헬프?]

[그게 몇 글잔데.]

[······두 글자.]

여긴 도와달라는 말이 영어처럼 짧은가 보다.

나는 고개를 끄덕이면서 다시 펜을 잡은 손에 힘을 줬다. 꼭 기억해야 하는 건 인사말과 내 소개, 그리고 도와달라는 말이다. 그리고 미안하다는 말도.

[근데 여기 글자 왜 이렇게 어려워?]

[네가 멍청해서 그런 거다. 아무튼 난 지금 가봐야 하니까 나한테 인사해봐.]

그 말에 나는 형을 보면서 말했다.

"안녕히 가세요."

[예의 바르게.]

"……안녕히 가세요. 저는 병아리가 되겠습니다."

내 말에 형이 고개를 돌렸다. 갑자기 왜 저러나 싶어 고개를 갸웃하는데 급기야 형이 등까지 돌렸다. 갑자기 저게 미쳤나, 나는 잔뜩 인상을 구기고 말했다.

[뭐야? 왜 그래?]

[도와달라고 할 때 어떻게 말하라고?]

"……삐약?"

[생각했던 것보다는 머리가 좋네. 그래, 공부 열심히 해라.]

[…….]

느닷없이 칭찬을 하는 형을 보면서 나는 불길한 예감에 사로잡혔다. 저 인간이 왜 날 칭찬하지? 뭐 잘못 먹었나?

내 의심 가득한 눈에도 형은 별말 하지 않고 방을 나갔다. 문이 닫히는 소리와 함께 나는 다시 종이로 시선을 고정했다.

……근데 왜 이렇게 기분이 더럽지?

공부를 시작한 지 일주일이 지났다. 나는 두근대는 마음을 진정시키고 새하얀 종이 위에 꾹 펜을 고정했다.

일단 오늘 날짜를 적었다. 날씨는 맑으니까 맑음. 그리고 그 옆에 해 모양도 그렸다.

뭘 쓰지? 일기 써본 지 너무 오래돼서 뭘 써야 할지 막막했다. 음. 일단 오늘 뭘 먹었는지 쓰자. 근데 내가 먹은 게 뭐지? 아무리 생각해도 그 음식의 이름을 알 수가 없어서 나는 일단 종이에 짧게 문장을 썼다.

오늘은 고기를 먹었습니다.

[……]

그렇게 쓰고 할 말이 없어서 나는 고개를 젓고 펜으로 줄을 좍좍 그었다. 최대한 길게 써야 한다. 짧으면 또 성의 없어 보인다고 형이 괜히 시비를 걸 수도 있으니까.

나는 일단 이제는 익숙한 내 소개를 적기 시작했다. 그리고 오늘 몇 시에 일어나서 몇 시에 밥을 먹고 앞으로 무엇을 할지도 적어 넣었다. 마지막으로 예의 바르게 끝인사까지 쓴 나는 곰곰이 생각하다가 약간 아부의 말도 써넣었다.

나는 처음으로 완성한 일기를 뿌듯하게 보면서 혹시나 틀린 말이 없는지 열 번도 더 감사를 한 뒤에 펜을 놓았다.

이제 이것만 통과하면 내 여탕 투어가 시작되는 거다. 혼자 실실 웃고 있는데 막상 진짜 목욕탕에 갈 생각을 하니까 걱정부터 앞섰다. 생각해보면 난 지금 내 몸도 못 보고 있는데 여탕 가면 어떻게 되는 거지? 형 말대로 진짜 코피나 질질 흘리면서 과다출혈로 뒈지는 거 아니야?

막상 일기가 완성이 되자 암울해졌다. 여자로 살겠다고 결심은 했는데 일단 난 19년을 남자로 살았다. 결심한다고 해서 내가 순식간에 여자처럼 되는 것도 아니고……. 그렇다고 진짜 여탕에 가서 좋아하자니 그건 내 자존심 문제였다. 난 지금 여잔데 여탕 가서 뭐 좋을 게 있다고…….

아, 갑자기 인생의 회의가 든다.

혼자 흑흑거리고 있는데 문이 열렸다. 형인 줄 알고 나는 일기를 쓴 종이를 쥐고 문쪽으로 뛰어갔다. 하지만 들어온 건 알카 형이었다. 알카 형은 그 이후로 처음 보는 거였다.

나는 오랜만에 만난 알카 형을 멀뚱멀뚱 보다가 손을 들어 가슴에 대봤다. 심장이 멀쩡했다. 터질 것처럼 뛰질 않는 걸 보니 나는 이제 제시의 영향을 받지 않나 보다.

나는 일단 고갯짓으로 인사를 하고 배운 대로 입을 열었다.

"안녕하세요."

"예, 오랜만이네요. 제시의 기억을 지우면서 부작용으로 언어능력을 잃었다고 하시던데, 그리 심각한 상황은 아닌 것 같아 다행이네요."

"……."

고속으로 말하는 알카 형을 보면서 나는 눈만 깜박였다. 알아들은 말이라고는 앞에 "오랜만이네요." 밖에 없었다. 내가 멀뚱멀뚱 가만히 있자 알카 형이 어색하게 웃었다.

"지금 예하께서 대륙공용어로 자동 번역되는 아티팩트를 구하고 계시니까 답답하시더라도 조금만 기다려주시면 됩니다."

도통 뭐라고 하는지 알 수가 없었다. 어차피 되물어 봐야 알아듣지도 못하니까 형에게 검사받기 전에 알카 형한테 먼저 검사나 받아야겠다는 생각으로 입을 열었다.

"이거, 일기! 일기!"

"예?"

"일기, 일기!"

알카 형이 일기 좀 먼저 봐줘! 내 간절한 눈빛 공격에 알카 형은 의아한 얼굴로 날 보다가 내 손에 들린 종이를 엉겁결에 받았다.

"이걸 제게 주시는 겁니까?"

"읽어!"

"네?"

"읽어주세요."

"아……."

알카 형은 뭔가 굉장히 복잡해 보이는 얼굴로 조심스럽게 종이를 폈다. 그러더니 글을 읽었다. 가만히 내가 쓴 일기를 보는 알카 형을 보면서 나는 마음을 졸였다. 몇 번이나 확인했으니까 틀린 건 없겠지?

하지만 내 예상과는 다르게 알카 형은 내가 쓴 일기를 읽으면 읽을수록 점점 사색이 되어가고 있었다.

"저기, 이게……. 뭡니까?"

[알카 형, 그거 내가 쓴 일긴데 틀린 거 없나 좀 봐주세요. 틀린 거 많아요?]

"예?"

[아 씨, 그러니까…….]

나는 머리를 벅벅 긁다가 입을 열었다.

"일기……. 읽어주세요. 읽어주세요!"

"……읽었습니다만, 이게 일깁니까?"

"오답! 오답!"

틀린 거 있으면 좀 찾아달라고요! 아, 답답해! 나는 손으로 계속 내가 쓴 일기를 가리키며 말했다.

알카 형은 여전히 모르겠다는 얼굴로 내게 말했다.

"오답이요? 일기가 아닙니까?"

"일기! 읽어! 오답! 탐색!"

"……예?"

아오, 답답해! 나는 내 지식을 총동원해서 문장을 만들기 시작했다.

"일기를 읽어주세요! 오답을 탐색해 주세요!"

"……."

"삐약! 삐약!"

"……."

나 좀 도와달라고요! 내 간절한 부탁에도 형은 입을 다물고 있기만 했다. 내가 하는 말을 못 알아들은 건가?

"삐약! 안녕하세요. 저는 병아리가 되겠습니다!"

"……."

나는 최대한 정중하고 예의 바르게 다시 도움을 요청했다. 하지만 알카 형은 날 가만히 쳐다보기만 했다. 정말 답답해 죽겠다.

그때 알카 형이 순간 고개를 획 돌렸다. 그러더니 입을 가리고 등까지 돌렸다. 나는 의아한 얼굴로 알카 형의 등을 쳐다봤다.

가는 건가? 좀 도와달라니까 이 형 이거 생각보다 되게 야박하네. 그때 형의 어깨가 들썩이기 시작했다. 나는 그제야 형이 필사적으로 웃음을 참고 있다는 걸 깨달았다. 왜 웃지? 내가 말한 게 뭐 잘못됐나?

그러다가 문득 나는 내가 예의 바르게 인사를 했다는 사실을 떠올렸다. 너무 답답해서 말이 잘못 튀어 나갔다. 도와달라고 해놓고 갑자기 예의 바르게 인사를 하니까 웃길 만도 하지. 나는 손을 뻗어 알카 형의 어깨를 잡으며 말했다.

"죄송합니다. 미안해요. 잘못했어요."

"예? 아, 아니……. 윽."

알카 형은 눈물까지 그렁그렁 고인 눈으로 날 쳐다보다가 황급히 입을 틀어막았다. 아니, 갑자기 예의 바르게 인사했다고 웃어도 너무 웃는 거 아니야? 사람이 살다 보면 실수도 좀 할 수도 있는 거고 그런 거지 무안하게 뭐 이렇게 웃어. 나는 알카 형을 보면서 미간을 좁혔다.

"미워요, 나빠요!"

"예?"

"일기 오답을 탐색해 주세요."

"그러니까 이게 지금 일기라는 말씀이십니까?"

알카 형의 말을 알아들은 나는 화색이 된 얼굴로 고개를 끄덕였다.

"그렇습니다! 일기입니다!"

"그리고 이게 일긴데, 오답을 탐색해 달라는 말이……. 아! 혹시 틀린 부분을 찾아달라는 말씀이십니까?"

정확하게 알아듣지는 못했지만 대강 맞는 것 같아서 나는 다시 고개를 끄덕였다. 그러자 알카 형의 시선이 다시 내가 쓴 일기 쪽에 닿았다. 형은 내가 쓴 일기를 보자마자 다시 웃었다. 아, 그만 좀 웃으라고요!

"그러니까 일단 처음 문장에……, 여기 인사부분에서……, 안녕하세요. 제 이름은 한겨울입니다. 저는 병아리가……, 되겠습니다. 이부분이……."

알카 형이 자꾸만 웃어서 뭐라고 하는지 제대로 알아듣지도 못하겠다. 알카 형은 숨이 넘어갈 것처럼 웃기만 했고 그걸 보다가 나는 한숨을 내쉬면서 일기를 빼앗았다. 내가 다시는 알카 형한테 일기 봐달라는 말 하나 봐라.

근데 이 형 진짜 이상한 데서 빵 터지네. 갑자기 인사한 게 그렇게 웃기나?

그때 열린 문 사이로 형이 보였다. 형이 입을 열기도 전에 알카 형은 배를 부여잡고 형에게 뭐라고 말을 했다.

"예하, 혹시 글을 가르치신 게 예하십니까?"

"맞는데, 왜?"

"아, 아니……. 별 게 아니라……."

[쟤 왜 저렇게 웃냐?]

[몰라, 인사 한 번 잘못했다고 되게 웃네. 그만 좀 웃으라고 해! 진짜 무안해 죽겠네.]

투덜거려봤지만 형은 딱히 알가 형이 웃는 걸 말릴 생각이 없는 건지 내 손에 들린 종이를 낚아채듯 빼앗아 갔다. 그러더니 무표정한 얼굴로 일기를 쭉 훑었다.

[이게 일기냐?]

[왜? 어디 틀렸어?]

[일기 쓰라고 했더니 자기소개를 써놨네.]

……그건 내가 분량 좀 늘리려고 그런 거야. 뒤에 읽어보면 오늘 한 일도 있다고! 그리고 내일 할 일도 다 써놨는데.

나는 조마조마한 눈으로 내가 쓴 일기를 보고 있는 형을 쳐다봤다. 다 읽은 건지 형이 내게 종이를 건네며 말했다.

[잘했다, 100점.]

[진짜야?]

[그래, 목욕탕을 가든 뭘 하던 이제 네 마음대로 해.]

[우와아아아!]

고진감래라고 했던가. 일주일간 고생하며 글을 배웠던 시간이 마치 주마등처럼 눈앞에 그려지기 시작했다. 역시 노력은 배신을 하지 않는다니까.

나는 뿌듯한 마음에 실실 웃으면서 말했다.

[이 정도면 이제 괜찮겠지?]

[당연하지, 예의 바르게 인사하고 도와달라는 말만 할 수 있으면 어디 가서 굶어 죽지는 않을 거다.]

그 말에 나는 순간 환희에 찼던 머릿속이 싸늘하게 식는 걸 느꼈다.

진짜 뭔가 이상하다. 형이 저렇게 날 칭찬하는 것처럼 말할 리가 없는데⋯⋯. 나는 의심이 가득한 눈으로 물었다.

[⋯⋯진짜 된 거 맞아?]

[맞아.]

[⋯⋯.]

[눈빛이 왜 그따위야? 싫으면 앞으로 일주일 동안 나랑 둘이서 보충수업이라도 할래?]

[⋯⋯아니요, 전 그냥 독학으로 글을 깨우치겠습니다.]

형이랑 둘이서 보충수업을 하면 내 머리통은 부서지다 못해 가루가 될 게 뻔했다. 내가 황급히 부정하자 형은 아직도 웃고 있는 알카 형에게 말했다.

"아티팩트는 찾았다. 거기에 입력해야 할 말이 있으니까 가지고 내 방으로 와. 아, 저 멍청한 병아리 새끼 때문에 내가 이게 무슨 고생이야."

형은 짜증 난다는 얼굴로 머리를 쓸어넘겼다.

"예하, 그런데⋯⋯. 그 삐약이라는 말은 도대체⋯⋯."

그때 알카 형이 형을 보면서 도와달라는 말을 했다. 뭘 도와달라는 거지? 알카 형은 여전히 웃고 있었다. 혹시 배가 아파서 그만 웃고 싶으니까 나 좀 도와달라고 한 건가?

"그게 도와달라는 말이니까 삐약삐약 거리면 그냥 뭐든 도와주면 돼."

형도 덩달아 도와달라는 말을 해서 나는 의아해졌다. 그런데 갑자기 알카 형이 박장대소를 하기 시작했다. 미친 것처럼 웃는 알카 형을 보다가 나는 형에게 시선을 돌렸다.

형은 여전히 무표정한 얼굴이었다. 아무래도 알카 형은 아직도 내가 인사 잘못한 것 때문에 웃긴가 보다.

⁂

오랜만에 밖에 나온 나는 광합성을 하면서 길게 기지개를 켰다. 여탕에 가기 위한 일념 하나로 일주일 동안 좀비처럼 공부만 하다가 간만에 나오니까 정말 살 것 같았다. 봄이 끝나고 여름이 시작되려고 하는 건지 조금 덥기는 했지만 못 견딜 정도는 아니었다.

나는 쭉 길을 따라 걷다가 커다란 느티나무 아래에 그림처럼 놓여 있는 나무 의자에 앉았다.

여긴 정말 동화 속 세상 같았다.

의자에 앉아서 다리를 흔들 때마다 치마가 사락사락 움직였다. 이곳에 와서 한 번도 바지를 입은 적이 없었다. 그래서 이제 치마 입는 것도 적응이 된 듯 불편할 것도 없었다.

처음 치마를 입었을 때 기분이 어땠는가. 정말 남자로서의 내 자존심이 바닥에 들러붙다 못해 질질 기어 다니는 기분이었다. 걸을 때마다 가랑이 사이로 바람이 들어오는 기분도 엿 같았고 살이 스치는 기분도 엿 같았다.

그게 불과 한 달 전이었는데 시간이 얼마나 지났다고 벌써 적응하고 아무렇지도 않은 건지 참 신기했다. 인간은 적응하는 동물이라고 하더니 그 말이 맞긴 맞나 보다.

[앤 살 좀 더 쪄야겠다.]

나는 마치 다른 사람 다리를 보는 것처럼 말했다. 길게 쭉 뻗은 하얀 종아리는 마치 아프리카 난민처럼 가늘기 그지없었다. 요 한 달간 살이 좀 붙은 것이 이랬다.

제시는 원래 소식을 한 건지, 본래 내가 음식을 먹던 양과 제시 몸에 들어왔을 때 먹는 양이 심각할 정도로 차이가 났다. 난 성장기의 청소년이었으니 당연히 뭘 먹어도 먹고 죽자는 심보로 우걱우걱 먹기는 했었다. 하지만 제시는 정말 굶어 죽자는 심보로 밥을 먹고 산 건지 빵 한 조각만 먹어도 배가 불러 얼마나 놀랐는지 모른다.

처음에는 나는 내가 죽을병에 걸린 줄로만 알았다.

지금은 먹는 양이 조금씩 늘어서 보통 사람들이 먹는 양 정도는 먹을 수 있게 됐다. 그래도 아직 더 쪄야 한다. 여기서 한 십 키로 정도만 더 찌면 예쁠 텐데.

근데 지금 문제는 살이 아니었다. 난 도대체 여기서 뭘 하고 살지? 말은 아무리 빨리 배운다고 해도 1년에서 2년은 걸린다. 회화야 1년이면 문제없이 할 수 있다고 해도 글을 쓰고 읽는 건 시간이 더 걸린다. 글 배우기 싫다고 딴 세상 사람들한테 너희가 한글을 배우라고 할 수도 없는 노릇이고…….

[근데 목욕탕은 어디에 있지?]

나는 의자에서 벌떡 일어나서 주위를 두리번거렸다. 피할 수 없다면 즐기라는 명언이 있다. 어차피 여자가 된 거 그동안 상상만 해왔던 내 판타지를 직접 두 눈으로 보기 위해서 걸음을 옮겼다.

나는 싱글벙글 웃으면서 길을 따라 한참 걸었다. 그런데 뭔가 이상했다. 나는 자리에 멈춰 섰다.

[……아니, 판타지고 로망이고 여기가 도대체 어디야.]

따라온 길을 똑같이 되돌아 걸었을 뿐인데도 나는 이곳에서 길 잃은 미아가 됐다. 머리를 부여잡고 여기가 어디쯤인지 생각을 해봐도 알 수가 없었다.

여긴 뭐 이렇게 넓어서 멀쩡한 사람을 길치로 둔갑시키는 거지? 사람도 한 명 보이지 않는다. 나는 절망했다.

진짜 큰일 났다. 이러다가 굶어 죽게 생겼네.

굶어 죽기 직전에 날 발견한 형이 멍청한 새끼라며 내 머리통을 후려갈기는 상상을 하고 있는데 멀리서 누군가가 보였다. 나는 내가 말을 못 한다는 사실도 잊은 채 그쪽을 향해 광속으로 뛰었다.

[저기요! 저기요!]

내 소리를 들은 건지 다소곳하게 걷던 여자가 나를 돌아봤다. 그녀는 새하얀 순백의 드레스를 입은 금발의 미녀였다. 여기 사람들은 도대체 왜 이렇게 전부 다 예쁜 건지 모르겠다. 어쩌면 내가 이 세상에 떨어진 건 신의 계시였을지도 모른다는 생각을 하면서 나는 최대한 모양 빠지지 않게 멋있는 얼굴로 말했다.

[실례합니다. 안녕하세요?]

"예?"

[예?]

"……."

[…….]

아, 맞다……. 말이 안 통하지……. 나는 낭패감 짙은 얼굴로 한숨을 내쉬었다. 예쁜 여자한테 멋있어 보이고 싶은 건 모든 남자의 공통점이었다. 결국 나는 멋있고 나발이고 살기 위해서 입을 열 수밖에 없었다.

"안녕하세요. 제 이름은 한겨울입니다."

"아, 네. 안녕하세요. 그런데 무슨 일로……."

그녀의 말을 알아들은 나는 화색이 된 얼굴로 다시 입을 열려고 하다가 다물었다. 뭐라고 해야 하지? 나는 일주일간 피 터지게 공부하면서 익혔던 단어와 문장들을 필사적으로 떠올렸다.

"저는 말이 서투릅니다."

"네?"

"미안합니다. 저는 길을……."

"……."

"길이……."

……아. 잃어버렸다는 말이 뭐였더라? 생각나질 않아 한참 고민하던 나는 그와 비슷한 말을 떠올리면서 우물쭈물 말했다.

"길이……. 어렵습니다."

"……."

"어려워서 힘이 듭니다."

내 말에 그녀의 얼굴은 이상하게 변했다. 여자가 내 말을 하나도 알아듣고 있지 못한다는 걸 깨달은 나는 결국 다짜고짜 외쳤다.

"길이 어렵습니다. 힘들어요. 삐약! 삐약!"

"……."

길이 어렵다, 힘들다, 도와주세요, 이렇게 말하면 알아듣지 않을까 싶어서 한 말이었지만 그녀의 얼굴은 점점 묘한 표정이 되어 가고 있었다.

길이 어렵다는 말을 이해를 못하는 건가? 아니면 내가 다른 말이랑 착각을 하고 이상한 말을 한 건가?

"길을 탐색해 주세요."

"아. 호, 혹시 길을 잃으셨어요?"

"아! 그렇습니다! 저는 길을 잃었습니다!"

그녀의 말에 잃었다는 단어가 떠올라 나는 웃으며 말했다. 다짜고짜 다가와서 헛소리를 늘어놓는 내가 미친놈처럼 보일만도 한데 그녀는 상냥하게 웃으며 내게 말했다. 역시 예쁜 게 착한 거라는 말이 정답이었나 보다.

"교황청은 미궁이라는 말이 있을 정도로 커다랗고 복잡하기로 유명해요. 그래서 길을 잃는 분들이 종종 있으니까 너무 걱정하지 마세요. 어디로 가는 중이셨어요?"

"……."

상냥하게 말을 해줘서 고맙기는 한데 도대체 무슨 말을 하는 건지 하나도 모르겠다. 그때 그녀가 내게 말했다.

"아, 제 이름도 얘길 안 해드렸네요. 제 이름은 아이리스예요."

자기 이름을 말하는 것 같은 여자를 보며 나는 고개를 끄덕였다. 이름이 아이리스구나. 얼굴도 예쁜데 이름까지도 예뻤다.

"제 이름은 한겨울입니다. 저는 병아리가 되겠습니다."

"……."

최대한 예의 바르고 정중하게 인사를 했지만 그녀의 표정은 다시 묘해졌다. 아무래도 내가 말하는 억양이 너무 이상한가 보다. 한국말을 할 때와 같은 억양으로 말을 해서 그런가. 이 사람들이 듣기에는 내 말이 사투리처럼 들릴 수도 있겠다고 판단한 나는 다시 말했다.

"저는 말이 서투릅니다."

"……그러신 것 같네요. 아니, 그러니까 못한다는 게 아니라 조금 신기하게 말씀을 하시는 것 같아서……. 기분 나쁘셨다면 죄송해요."

"기분이 나쁘지 않습니다. 예쁩니다. 고마워요."

"……."

넌 예쁘니까 기분이 안 나쁘다는 내 말에 그녀는 입을 다물었다. 부끄러움이 많은 성격이구나. 방실방실 웃는 내 얼굴을 이상하게 보던 아이리스는 순간 무언가가 떠올랐다는 듯 내게 화색을 띤 얼굴로 물었다.

"아! 혹시 병아리 님이신가요? 오라버니가 찾으시던 그 병아리가 당신이세요?"

"네, 저는 병아리입니다. 병아리가 되고 싶습니다."

뒷말은 정확하게 이해하지 못했지만, 앞의 말은 이해할 수가 있어서 나는 대답했다. 좋은 사람이 되고 싶다는 내 말에 그녀는 웃었다.

"안 그래도 저도 오라버니를 뵈러 가는 길이었어요. 함께 가실래요?"

"길을 탐색해 주세요."

"……아. 아, 그럼 같이 가, 가도록 해요."

눈부시게 빛나는 금발이 굽이굽이 물결처럼 흘러내렸다. 짙은 보라색 눈동자로 웃는 그녀를 보며 나는 넋을 잃었다.

'어떻게 하지, 작업이라도 걸어볼까?'

그런 생각을 하다가 순간 내가 여자라는 사실을 깨달은 나는 한숨을 내쉬었다. 내가 만약 남자였더라면 그녀에게 간이고 쓸개고 다 빼줬을 텐데. 난 진짜 외모에 약한가 보다.

"오라버니께서 찾으시는 분이 누군지 정말 궁금했어요."

"……."

"오랜 시간 동안 찾으셨거든요. 오라버니께서 병아리 님을 찾으셔서 정말 다행이에요. 아! 혹시 오라버니께 제 얘기 들으셨나요? 전 그분 동생이거든요. 오라버니께 부끄러운 동생이 되고 싶지 않아 늘 노력 중인데 제가 부족해서……."

그녀는 갑자기 쓸쓸한 얼굴이 되었다. 뭐라고 하는 건지는 모르겠지만 슬픈 말을 하고 있는 것 같았다. 나는 손을 들어 그녀의 어깨를 토닥토닥거렸다.

"괜찮아요, 예쁩니다."

"……아, 가, 감사해요."

넌 예쁘니까 무슨 짓을 해도 괜찮아. 내 말에 그녀는 다시 활짝 웃었다.

그 뒤로도 한참 무슨 소린지 모를 아이리스의 말을 들으며 긴 복도를 걸었다. 나는 조금은 알 것 같은 길이 나오자 크게 안도했다. 이 길로 쭉 가다가 보면 형이 있는 방이 나온다. 나는 의아한 얼굴로 아이리스를 쳐다봤다.

혹시 형이랑 아는 사인가?

"그런데 실례가 되지 않는다면 혹시 오라버니와 어떤 사이신지 여쭈어봐도 괜찮을까요?"

"……어. 잘못했습니다. 미안해요. 모르겠습니다."

내게 무언가를 질문하는 것 같은 그녀를 보며 나는 고개를 저었다. 나는 네가 하는 말이 무슨 말인지 하나도 못 알아듣겠어.

"모르겠다니……. 아, 혹시 제가 하는 얘기를 못 알아들으시는 건가요?"

"저는 말이 서투릅니다. 미안합니다."

"아니에요, 처음에 들었는데도 계속 어려운 말만 해서 제가 더 미안해요. 성함이……. 한겨울이라고 하셨죠? 제가 뭐라고 불러야 하는지 혹시 가르쳐주실 수 있으세요?"

……미치겠다. 말이 그렇게 빠른 것 같지도 않은데 왜 이렇게 못 알아듣겠지? 뭘 가르쳐달라고 하는데 그게 뭔지 모르겠다. 그때 그녀가 다시 내게 물었다.

"혹시 성함이라는 단어를 아직 배우지 않으셨나요? 음. 그러니까 이름. 이름을 어떻게 부르면 되나요?"

"아! 이름! 저는 한겨울입니다. 저는 병아리가 되겠습니다."

"어⋯⋯. 음. 그러니까 한겨울 병아리 님⋯⋯. 이라고 불러야 하나요?"

한겨울 좋은 사람이라고 불러야 하는 거냐고 묻는 그 말을 알아들은 나는 고개를 저으며 웃었다.

"겨울."

"겨울이요? 아, 겨울 님이라고 부르면 되는군요!"

"겨울입니다. 아이리스⋯⋯, 음. 누나?"

"예? 아하하. 아, 죄, 죄송해요. 여자들끼리는 부를 때는 누나가 아니라 언니예요. 제가 나이가 더 많아 보이는데 혹시 몇 살인지 말씀해 주실 수 있으세요?"

"저는 열아홉⋯⋯. 아니. 열일곱 살입니다."

일단 제시가 죽기 전에 열일곱이었으니까 열일곱이 맞겠지. 내 말에 그녀는 눈을 동그랗게 떴다.

"저는 열다섯 정도로만 생각했어요. 저랑 동갑이네요. 저도 열일곱 살이에요!"

"열일곱 살? 우리는 친구입니다!"

"오빠라고 불러, 알겠냐?"라고 하고 싶은 내 마음의 소리를 무시한 채 나는 해맑게 웃으며 말했다. 고작 일주일 배운 것치고는 그래도 말이 통하는 것 같아서 다행이었다. 나는 내가 이렇게 똑똑한 줄 오늘 처음 알았다. 나 혹시 천재였나?

"여기가 오라버니 방이에요. 혹시 와보신 적 있어요?"

그때 아이리스가 형의 방 앞에서 멈췄다. 정말 형이랑 아는 사이인가 보다. 나는 어색하게 웃는 얼굴로 아이리스에게 말했다.

"여기는 이상한 사람이 있습니다."

"……예?"

"이곳은 안 됩니다!"

"……."

"안 됩니다! 안 됩니다!"

나는 팔을 들어 X자로 만든 뒤에 필사적으로 외쳤다. 너처럼 연약한 여자애가 우리 형을 감당할 수 있을 리가 없잖아! 필사적인 내 외침에 당황한 얼굴로 우물쭈물하는 아이리스를 보며 나는 다시 외쳤다.

"이상한 사람! 나쁜 사람! 안 됩니다! 못합니다!"

네가 제 발로 여길 들어가는 꼴을 나는 절대로 보지 못한다!

당황하던 아이리스가 내게 뭐라고 하려는 순간 문이 벌컥 열렸다. 나는 망연자실한 얼굴로 고개를 돌려 일그러진 얼굴로 우리를 내려다보는 형을 바라봤다.

"이건 이상한 사람! 안 됩니다!"

"아, 아니, 저기 그러니까……. 그, 그동안 잘 계셨어요?"

"도망! 달리기! 위험합니다!"

아이리스를 보며 필사적으로 외치고 있는데 귓가로 형의 목소리가 들려왔다.

[너 부리 째질래? 입 안 닥쳐?]

[네가 아이리스를 어떻게 알아!]

내 외침에 형은 내 머리통을 한 손으로 쥐더니 웃었다.

[된 줄 알았는데 아니었네. 넌 말 좀 더 배워야겠다.]

[……]

[네가 아는지는 모르겠지만 넌 방금 하늘 같으신 형님께 눈을 부라리면서 이상한 사람이라고 했다. 모르고 한 소리지?]

아니, 정확하게 말한 것 같은데……. 나는 내 머리통을 쥐고 있는 형의 손을 떼어내면서 최대한 어여쁘게 웃었다.

[으응, 모르고 한 소리……]

[다시 말해봐.]

씨발, 저 개새끼. 나는 울며 겨자 먹기 식으로 아이리스를 보며 말했다.

"아이리스. 저건 이상한 사람이 아니라 병아리입니다."

"……"

"……"

좋은 사람이라고 다시 정정을 했지만 형의 표정은 펴질 줄 몰랐다. 좋은 사람이라고 해도 부족한 건가. 자기가 무슨 자뻑 환자도 아니고……. 나는 그동안 배웠던 모든 긍정적인 단어를 동원해 다시 외쳤다.

"병아리! 예쁜 병아리! 귀여운 병아리! 고상한 병아리! 도라지 병아리! 환상적인 병아리! 악!"

앞으로 허리가 꺾일 정도로 머리통을 맞은 나는 머리를 부여잡고 이를 갈았다.

[왜 때려!]

[네가 날 환상적인 도라지로 봐주는 게 너무 고마워서.]

이 성격 파탄자! 사탄의 자식! 죽어라, 이 나쁜 새끼야!

나는 마음속에서 맴도는 말을 삼키고 억울하다는 얼굴로 형을 노려보기만 했다. 깡패 같은 새끼. 좋게 말해도 때리고 나쁘게 말해도 때리고, 내가 네 샌드백이냐! 근데 도라지는 갑자기 뭔 놈의 도라지야? 내가 또 말을 잘못했나?

나는 의자에 앉아서 다리를 앞뒤로 흔들었다. 바닥에 발이 닿지 않는 게 신기하기도 했고 지금 형이랑 아이리스가 하는 말이 무슨 말인지도 모르겠고, 내가 도대체 여기서 뭘 하고 있는 건지도 모르겠고…….

"기사가 된다고?"

"네, 벌써 다음 학기부터 전과하겠다고 신청을 한 모양이에요."

"아킨토스가 검에 소질이 있었던가?"

"……저번에 나무 막대기 들고 바위를 내려쳤다가 손바닥이 다 까져서 오기는 하던데."

나는 한참 다리를 흔들다가 차를 마시려고 손을 뻗었다.

그때 옆에서 대기 중이던 시녀 누나가 갑자기 내 잔을 들고 갔다. 의아한 얼굴로 고개를 들자 시녀 누나는 웃는 얼굴로 내게 고개를 꾸벅이더니 찻잔에 멀쩡하게 들어 있는 차를 볼에 부어버리고 찻잔에 차를 새로 따르는 것이 아니겠는가. 나는 기겁해서 말했다.

"저거 먹습니까?"

내 말에 시녀 누나가 의아한 얼굴로 날 쳐다봤다. 새로운 찻잔에 다시 모락모락 김이 나는 차를 따르며 시녀 누나가 내게 웃어 보였다.

나는 망연자실해서 아까 식은 차를 부어버린 볼에 손을 뻗었다. 내 팔을 잡은 건 형이었다.

[그건 먹는 거 아니니까 잔에 따라놓은 거 먹어.]

[왜? 이걸 왜 버려?]

[식었으니까.]

간단하게 말하며 형은 다시 고개를 돌렸다. 그 말에 나는 기겁을 했다. 식었다고 멀쩡한 차를 버려? 왜? 나는 다시 아이리스와 무언가를 이야기하려고 하는 형을 보며 입을 열었다.

[식었다고 버려?]

[식은 차를 누가 처먹냐?]

[일부러 식힌 거란 말이야!]

뜨거운 걸 잘 못 먹어서 먹고 싶은 걸 꾹 참았건만 시녀 누나는 그걸 매정하게 버리고 형은 타박을 놓기까지 했다.

억울해서 내가 버럭 소리치자 형은 귀찮은 얼굴로 자기 잔을 내 앞으로 밀었다.

씩씩거리면서 형을 노려보던 나는 미적지근한 온도에 만족하며 김이 나는 내 찻잔을 형에게 줬다.

"하고 싶다고 하는데 그냥 내버려둬라. 처음부터 잘하는 사람은 없으니까. 배우다 보면 실력도 늘겠지."

"……저, 오라버니?"

나는 내가 밀어준 찻잔을 들고 차를 마시는 형을 보다가 식은 차를 그대로 한입에 털어 넣었다.

좀 쌉싸래한 맛이 나기는 했지만 못 먹을 정도는 아니었다. 어차피 차 종류는 커피 외엔 별로 좋아하는 게 없어서 딱히 맛을 품평할 실력도 아니었다. 그냥 주니까 먹는 거지.

한잔 더 달라는 얼굴로 고개를 돌려 시녀 누나를 쳐다보는데 시녀 누나 얼굴이 이상했다.

나는 잔을 들고 시녀 누나를 보며 배시시 웃었다.

"줘, 세요."

"……."

당황스러운 얼굴로 날 보던 시녀 누나가 화들짝 정신을 차리고 내 잔에 찻물을 부어줬다. 다시 김이 나는 차를 식히기 위해서 나는 탁자 위에 놓고 차가 식기만을 기다렸다. 손으로 부채질도 해보고 후후 불기도 하다가 고개를 드는데 형이 한심하다는 얼굴로 날 쳐다보고 있었다.

[너 앞으로 한국말 쓰지 말고 여기 말로만 말해라. 쪽팔려서 데리고 다닐 수가 없네. 줘세요가 뭐냐, 줘세요가.]

사람이 살면서 말 좀 잘못할 수도 있는 거지 뭐 또 그런 걸로 쪽팔리기까지. 이 정도 배우고 이만큼 말할 수 있는 거면 대단한 거 아니야?

나는 불퉁한 얼굴로 다시 차를 후후 불었다.

근데 형 말대로 계속 한국말을 쓰면 말 배우는 속도가 느려지긴 할 것 같았다. 외국에 나가도 외국말로 말을 해야 말이 빨리 늘지, 한국말로만 말하면 외국말 배우러 외국 나갈 필요가 없었다.

나는 고개를 들어 형을 보면서 말했다.

"당신의 이름은 무엇입니까?"

아직 형 이름도 모르니 말도 연습할 겸 물었다가 나는 얼빠진 얼굴로 날 쳐다보고 있는 아이리스를 보면서 말했다.

"너는 아이리스입니다. 맞습니까?"

"네? 마, 맞아요."

"저는 한겨울, 열일곱 살입니다. 너는 뭡니까? 당신의 이름을 탐색하겠⋯⋯. 찾아⋯⋯. 잃어 버렸⋯⋯."

어떤 단어를 말해야 할지 몰라서 한참 버벅대고 있는데 형이 말했다.

"궁금합니다."

"아! 궁금합니다! 당신의 이름을 궁금합니다!"

"이름이."

"어? 당신이 이름이 궁금합니다?"

"당신의 이름이 궁금합니다, 이 멍청한 새끼야."

"당신의 이름이 궁금합니다, 이 멍청한 새끼야? 악!"

형이 하는 말을 그대로 따라 했을 뿐인데 느닷없이 다시 머리통을 맞았다. 머리를 붙잡고 억울하다는 얼굴로 형을 쳐다보자 형이 다시 말했다.

"뒷말은 빼고."

"다, 당신의 이름이 궁금합니다……."

역시 형한테 글은 배우면 안 되겠다는 생각이 들었다. 형이 만약 날 가르쳐주면 내 머리통은 진짜 가루가 되겠지.

이번에는 정확하게 말한 건지 형이 고개를 끄덕거렸다. 그걸 보면서 나는 어이가 없어졌다. 그래서 네 이름이 뭐냐고! 그때 아이리스가 사색이 된 얼굴로 형을 보면서 말했다.

"오, 오라버니, 그래도 소, 손을 올리시는 건……."

"멍청한 것들은 맞아야 말을 듣지."

"……여, 여잔데……."

"여자? 아, 맞다. 너 여자였지."

형은 눈을 동그랗게 뜨고 날 쳐다봤다. 나는 무슨 말을 하는 건지 몰라서 덩달아 형을 멀뚱멀뚱 보면서 아픈 머리를 벅벅 문질렀다. 이러다가 내 뇌세포 다 죽으면 네가 책임질 거냐고 묻고 싶었지만 너무 고난이도의 단어가 있어서 도저히 말을 할 수가 없었다. 어느 정도 머리의 아픔이 가시자 나는 불퉁한 얼굴로 말했다.

"아픕니다, 싫습니다!"

"아픈 게 싫습니다."

"어? 아! 아픈 게 싫습니다!"

"그래서?"

"그래서? 그래서……. 아, 안 아프고 싶습니다. 아프게 하지 말았으면 좋겠습니다!"

딱딱 끊어지는 말로 하지 말고 문장을 만들어서 말하라는 것 같아 나는 최대한 말을 길게 늘였다.

"누가 아프게 하면 뭐라고 말해야 한다고?"

"아픈 게 싫어서 안 아프고 싶습니다!"

"그리고?"

"그리고? 그러면……. 같이 아프게 합니다!"

내 말에 형은 고개를 끄덕였다. 그걸 보던 아이리스는 거의 울상을 한 채 더듬더듬 말했다.

"같이 폭력을 쓰라는 말은 좀……. 아닌 것 같은데……."

나는 형을 보며 강력하게 내 의지를 피력했다.

"아픈 게 싫습니다! 아프면 같이 아프게 합니다! 당신의 머리를 죽이겠습니다!"

내 말에 형은 비웃을 뿐이었다. 하긴 날 때린다고 나도 덩달아 형한테 주먹을 날리는 순간 난 세상 하직이 문제가 아니라 시체까지 다 쥐 뜯길 거다.

"그, 그래서 머리를 아프게 하면 안 됩니다."

"맞기 싫으면 말 좀 똑바로 해라."

"모르겠습니다."

"안 아프고 싶으면."

"응."

"말을 똑바로."

"똑바로? 아! 정확하게!"

"그래, 정확하게 하라고."

그 말에 나는 고개를 끄덕이다가 한숨을 내쉬었다. 형은 내가 글 배운 지 1년은 됐다고 생각하고 있는 건가. 배운지도 얼마 안 됐는데 도대체 얼마나 정확한 말을 하기를 바라는 건지 알 수가 없었다.

나는 아까 따라놨던 차가 식었다는 걸 깨닫고 다시 원샷을 때렸다. 쌉싸래한 맛에 혀가 당겨왔다. 몇 번 입맛을 다시고 있는데 노크 소리가 들려왔다.

잠시 후 밖에서 시녀 한 명이 들어와 형 귀에 무언가를 속삭였다. 말이 끝나자 형은 의자에서 일어났다. 잠시 나갔다 오겠다는 그 말에 아이리스는 의자에서 일어나서 문까지 형을 배웅했다. 그걸 보면서 나는 돌아와 다시 의자에 앉는 아이리스에게 의아한 얼굴로 물었다.

"무엇입니까?"

"네?"

"아까 나간 사람은 아이리스의 무엇입니까? 알카 형과 같습니까?"

내 말에 아이리스가 다시 웃었다. 참 잘 웃는 여자라고 생각하고 있는데 아이리스가 내 손에 자신의 손을 올리며 말했다.

"형이 아니라 오빠라고 하는 거예요. 아까 제게 누나라고 하셨죠? 누나가 아니라 언니."

마치 동생을 대하듯 상냥하게 웃으며 말하는 아이리스의 얼굴에 넋이 빠져서 나는 고개를 끄덕거렸다.

"언니."

"네, 근데 우리는 친구니까 그냥 아이리스라고 부르세요. 그런데 오라버니와는 어떻게 만나셨어요?"

"오라버니? 아! 오라버니입니까?"

혹시 이름이 「오라버니」냐는 내 질문에 아이리스는 고개를 끄덕였다.

"네, 제 오라버니예요."

"……."

그 말에 나는 순간 머릿속이 싸늘해졌다. 「제」 오라버니? 「자기」 오라버니라고? 혹시 둘이 사귀는 사이야?

나는 기겁을 한 얼굴로 고개를 저었다.

"안 됩니다! 아닙니다!"

"네?"

"오라버니 나쁜 사람입니다!"

네가 백배는 아깝다고, 이 여자야! 그리고 진짜 미친 거 아니냐? 어떻게 자기보다 열 살은 적은 여자랑 사귈 수가 있어, 이 도둑놈!

"아이리스가 훨씬 예쁩니다!"

"아……. 응, 겨울이도 예뻐요. 고마워요."

수줍게 웃으며 말하는 아이리스를 보면서 나는 가슴을 쳤다. 그러다가 결국 자포자기한 채 다시 물었다.

"오라버니 좋습니까?"

"네? 네, 좋은 분이세요."

"……특기가 이상합니다."

"네? 특기요?"

"특기? 취미? 취향? 아! 취향이 이상합니다."

내 말을 알아들은 건지 못 알아들은 건지 아이리스는 그저 웃기만 했다. 저런 천사 같은 여자가 왜 우리 형이랑 사귀는 거지? 말도 안 된다.

나는 아이리스를 동정 어린 눈으로 보면서 말했다.

"오라버니 아프게 하면 겨울이한테 말하세요."

"네? 오라버니가 어디 아프세요?"

"아닙니다! 오라버니가 아이리스 아프게 하면 겨울이한테 말하는 겁니다!"

"……무슨 말인지는 모르겠지만 어쨌든 절 걱정해주고 계시는 거죠? 고마워요."

다시 웃는 아이리스를 보면서 나는 속으로 한숨을 내쉬었다. 넌 아직 세상을 몰라. 그러니까 저런 악마 새끼랑 사귀고 있는 거지.

속으로 혀를 쯧쯧쯧 차고 있는데 문이 열리는 소리가 들렸다. 형이 왔나 보다. 나는 일정한 보폭으로 걸어오는 형을 보면서 외쳤다.

"시금치!"

"뭐?"

내 말에 형은 미간을 좁히고 되물었다. 아직 욕을 배우지 못해서 욕을 할 수는 없었고, 나는 내가 아는 단어 중 가장 혐오스러운 단어를 외칠 수밖에 없었다.

"이 시금치!"

저게 또 무슨 개소리를 하냐는 눈으로 날 보던 형이 의자에 앉아서 아이리스에게 말했다.

"밥 먹고 가라."

"네, 많이 바쁘세요?"

"밥 먹을 시간은 있어. 근데 저건 아까부터 왜 자꾸 시금치라고 하는 거야?"

"그, 글쎄요."

형은 한숨을 내쉬고 날 보면서 말했다.

"너도 밥 먹고 가."

"밥 싫습니다! 이 시금치!"

"너 시금치 먹고 싶냐? 목구멍까지 밀어 넣어줄까?"

솔직히 형이 무슨 말을 하는 건지는 모르겠지만 왠지 협박하는 것 같은 어투라서 나는 조용히 입을 다물었다. 곧 시녀 누나들이 찻잔과 과자를 치우고 음식을 차리기 시작했다. 먹음직스러운 음식들이 탁자에 차려지자 나는 내 앞에 놓인 포크를 들었다.

"이것이 무엇입니까?"

"새우."

"새우? 새우가 무엇입니까?"

"아, 너 갑각류 알레르기 있지? 그거 먹지 말고 옆에 고기나 먹어라."

"갑각류가 무엇입니까? 고기 싫습니다."

내 앞에 놓인 접시를 치우는 형을 보면서 나는 인상을 찡그렸다. 불그스름한 완자를 내 앞에서 치우고 고기를 내 앞에 놓는 형이 다시 뭐라고 했지만 무슨 말을 하는 건지 알아들을 수가 없었다.

　나는 형이 내 앞에서 치운 접시에 다시 손을 뻗었다. 솔직히 그냥 고기를 먹어도 상관은 없었지만 왠지 먹지 말라고 하니까 더 먹고 싶어졌다.

　"이것을 먹겠습니다."

　"그거 새우라고."

　"새우가 무엇입니까?"

　포크로 완자를 찍자 형은 별안간 날 보면서 활짝 웃었다.

　"뒈질래?"

　"……."

　무슨 말을 하는 건지 몰랐지만 형이 날 보면서 웃을 땐 날 협박할 때 뿐이었다. 나는 얌전히 포크에 찍어놓은 완자를 다시 빼며 고기를 푹 찍었다. 이젠 먹는 것도 마음대로 못 먹게 한다. 저 악마 같은 새끼.

　"오라버니, 아무래도 이분이 말을 못 알아들은 것 같은데 조금 더 자세하게 설명을 해드리면……."

　내 불퉁한 표정을 보면서 아이리스가 어색하게 웃었다. 하지만 형은 귀찮다는 얼굴로 그저 포크를 들 뿐이었다. 결국 아이리스는 날 보면서 차근차근 이야기를 했다.

　"이건 새우예요. 갑각류 알레르기가 있으시죠? 음. 그러니까……. 이걸 먹으면."

　"이걸 먹으면?"

　"네. 이걸 먹으면 몸이 아파요."

"몸이 아파요? 이거 먹으면 몸이 아픕니까?"

"네, 알레르기 있으시잖아요. 새우는 바다에 사는……. 아! 이거예요! 이걸 살만 발라서 동그랗게 해놓은 거예요."

그때 아이리스가 접시에 담긴 새우를 가리키며 말했다. 그 말에 나는 알 수가 있었다. 이 동그란 것의 정체가 바로 새우라는 것을!

"아이리스, 감사합니다."

"감사는 오라버니께 하셔야죠."

방글방글 웃으면서 말하는 아이리스를 보다가 나는 인상을 쓰고 형을 쳐다봤다. 참 저 인간이 아이리스 반만 닮아도 내가 떠받들면서 살 텐데……. 결국 나는 어쩔 수 없이 물을 마시고 있는 형을 보면서 말했다.

"오라버니, 감사합니다."

"픕!"

"어머! 괜찮으세요?"

내 말에 별안간 형이 마시던 물을 뿜었다. 갑자기 저 인간이 왜 저러나 싶어서 나는 눈만 멀뚱멀뚱 뜨고 형을 쳐다봤다.

"이 새끼가……."

"자, 잘못했습니까?"

도끼눈을 뜨고 날 쳐다보는 형을 보면서 나는 더듬더듬 물었다. 감사하다고 인사를 해도 저 새끼는 저 지랄이냐. 혹시 이름을 멋대로 불러서 그런 건가? 나는 누군가의 이름을 높여서 부를 때 어떻게 해야 하는 건지 생각하다가 다시 말했다.

"오, 오라버니 님?"

조마조마한 얼굴로 나는 형을 보면서 다시 말했다. 그때 형이 식탁에 가지런하게 놓여 있는 나이프를 들고 날 쳐다봤다.

"오라버니가 아니라 형."

"……."

이름 뒤에 형 소리 안 붙였다고 세상에 나이프까지 들고 협박을 하고 있다. 나는 기가 막힌 얼굴로 형을 쳐다봤다. 형은 나이프를 꾹 쥔 채 「저 새끼를 어떻게 죽여야 잘 죽였다고 소문이 날까.」라는 얼굴로 날 보고 있었다.

"오라버니, 이분은 여잔데 형이라는 말은……."

사색이 된 얼굴의 아이리스를 보면서 나는 고기를 입에 넣었다. 우물우물 고기를 씹으면서 속으로 한숨을 내쉬었다.

도무지 저놈 머릿속은 알 수가 없다. 뒤에 님이라는 말을 붙이는 게 훨씬 더 높임말이 되는 건데, 그걸로 왜 화를 내는 건지 모르겠다.

며칠이 지났다. 제시가 머리가 좋은 건지, 아니면 내가 생각보다 머리가 좋았던 건지 내 언어 구사 능력은 하루가 다르게 발전하고 있었다.

나는 내가 공부하는 걸 도와주고 있는 아이리스에게 당당하게 외쳤다.

"나는 아이리스가 좋아!"

"나도 겨울이가 좋아."

내가 아이리스에게 중점적으로 받은 교육은 바로 반말을 하는 것이었다. 배운 거라고는 전부 극존칭뿐이라 반말과 농담조로 말하는 말장난 따위의 말들을 배우면서 나는 이곳의 언어가 생각보다 어렵지 않다는 걸 깨달았다. 단지 쓰는 게 어려울 뿐이지.

"아이리스, 배가 고파?"

"음, 아직. 왜? 배고파?"

"배가 고프다. 어제 먹었던 산나무가 먹고 싶어!"

그래도 아직 내가 말하는 건 이상한지 아이리스는 이따금 어색하게 웃었다. 하지만 웃는 얼굴이 아주 예뻐서 나는 내 말이 어디가 이상하냐고 묻지도 않고 그냥 덩달아 웃기만 했다.

"혹시 산딸기를 말하는 거야?"

"응? 응. 산딸기. 산딸기 스펀지!"

"스펀지가 아니라 케이크……."

"아, 케이크! 미안하다. 자꾸만 어리둥절해서."

자꾸 헷갈려서 말이 헛나왔다. 내가 머리를 긁적이면서 말하자 아이리스는 나를 응원하듯 말했다.

"아니야, 배운지도 얼마 안 됐는데 이 정도 말할 수 있는 것도 어디야?"

"고마워, 아이리스는 악마야."

"으응, 천사라고 말하고 싶었던 거지? 고마워."

"아! 천사! 너는 천사다!"

이제 아이리스는 내가 이상하게 말해도 대충 뜻은 알아듣겠는지, 내가 잘못 말할 때마다 바로바로 고쳐주었다.

"이것이 어려워. 동의어?"

나는 아이리스가 손수 자필로 써준 많이 쓰는 단어를 가리키며 말했다. 그곳에는 쓰는 건 똑같은데 뜻이 다른 동의어들이 아주 많았다. 종이를 보면서 끙끙거리다가 나는 결국 아이리스의 팔을 붙잡고 몸을 일으켰다.

"후식을 먹어야 힘이 솟아!"

"후식? 간식?"

"아! 간식! 간식이 존재해야 호랑이 기운이 솟는다!"

"으응, 그래. 그럼 간식 먹을까? 아까 산딸기 케이크 먹고 싶다고 했지?"

산딸기 케이크를 먹자고 말하는 아이리스 말에 나는 고개를 끄덕이려다가 멈칫했다. 호랑이 기운 하니까 갑자기 콘푸로스트가 너무 먹고 싶었다.

"음. 그거. 그거……."

단어가 생각이 나지 않았다. 말이 생각날 때까지 가만히 기다려주는 아이리스를 보면서 나는 연관되는 단어들을 나열했다.

"하얗다. 물이다. 마신다!"

"응? 하얀 물?"

"아, 그래! 소! 여자 소! 남자 소? 여자 소…… 가슴? 아! 소의 젖!

소젖!"

"……우유?"

"그래, 우유!"

차를 마실 때 과자 종류로 담백한 칩이 나왔던 적이 있었다. 그걸 작게 부셔서 우유에 타 먹으면 콘푸로스트 맛이 비슷하게 나지 않을까?

"과자를 우유와……, 합쳐. 맛이 맛있어."

"응, 나도 과자랑 우유랑 같이 먹는 거 좋아해."

"아니, 접시……. 접시에서 합쳐야 한다."

"접시?"

"아, 접시가 아니라 그릇? 그릇에 우유랑 과자를 합쳐서 숟가락으로……. 빙빙?"

나는 최대한 손을 움직여서 필사적으로 설명했다. 내 말을 알아들은 아이리스가 시녀에게 뭐라고 말을 했다. 그리고 곧 탁자 위에 커다란 볼과 우유, 그리고 종류별로 과자들이 놓였다. 대부분 안에 크림이나 잼이 묻어 있는 과자들이었다.

"과자가……. 혼자 있어야 해. 그러니까, 이런 거 말고, 과자 혼자만."

"과자 혼자? 아! 무슨 말인지 알겠어. 이런 걸 말하는 거지?"

"그렇다! 그거! 그거야!"

아이리스가 아무것도 묻어 있지 않은 과자 접시를 내 앞으로 가져다 놓았다. 예전에 봤던 그 과자가 반가워서 나는 격하게 고개를 끄덕인 뒤에 과자 하나를 들었다. 그리고 작게 부셔서 볼 안에 넣었다.

"음. 과자를 다 부셔야 해?"

"응. 우유랑 합쳐서……. 빙빙? 하면 맛있어."

"빙빙? 음. 저어서? 섞어서?"

"아! 섞어서! 저어서 섞는 거야. 그리고 숟가락으로 함께 입으로 넣어. 음. 이것을 봐."

나는 더 이상 힘들게 설명하기를 포기하고 그냥 내가 하는 걸 보라고 말했다. 내 말에 아이리스는 신기하다는 눈으로 내가 하는 걸 지켜봤다. 접시에 놓여 있던 과자를 다 부셔서 볼 안으로 넣은 나는 우유를 부었다. 그리고 숟가락으로 대충 섞은 뒤에 한입 떠먹었다.

"환상적이야!"

"맛있어?"

"너도 먹어보렴."

"아하하! 너 어제 동화책 읽은 거야?"

"응?"

갑자기 동화책 얘기는 왜 하나 싶어서 아이리스를 쳐다봤지만 아이리스는 계속 웃기만 할 뿐이었다.

"말투가 너무 웃겨서."

"말투가 너무 웃겨서? 나 또 말을 잘못했어?"

"아니야, 잘못한 건 아닌데……. 음. 이거 나도 먹어봐도 돼?"

"아, 너도 먹어보렴!"

"아하하!"

숟가락을 들고 짝퉁 콘푸로스트를 먹으려던 아이리스가 내 말에 다시 웃음을 터뜨렸다.

볼에 담긴 짝퉁 콘푸로스트를 다 먹고 아이리스와 밖으로 나왔다. 잘 손질된 정원을 거닐면서 광합성을 하고 있는데 아이리스가 내게 물었다.

"오라버니랑은 어떻게 만나게 된 거야?"

"오라버니? 그건 조금 힘들어. 어리둥절?"

"말하기 곤란한 거야?"

"곤란이 아니야. 어리둥절? 그런 것이다."

"아……. 그렇구나. 너도 잘 모르는 거야?"

내가 고개를 끄덕이자 아이리스는 더 이상 묻지 않았다. 계속 물어도 딱히 할 말이 없어서 다행이라고 생각하면서 나는 물었다.

"너는 학생? 무엇을 해?"

"응, 나 학생이야. 올해 4학년이고……. 음. 신학을 배우고 있어. 나는 사제가 되는 게 꿈이거든."

학생이 맞다는 것 외에 뒷말은 잘 알아듣지 못해서 나는 그냥 고개만 끄덕였다. 아무튼 학생이었구나.

"지금은 다음 학기 시작하기 전에 잠시 방학 같은 거라서 이곳에 있는 거야. 아! 내 동생도 탄트라에서 나랑 같이 수업을 듣고 있어."

"……."

"내 동생 이름은 아킨토스야. 올해 열다섯 살인데, 얼마나 말썽꾸러 긴지……."

"아! 동생! 동생이 있어? 남자? 여자?"

뭐라고 하는지 몰라서 가만히 있다가 아는 단어가 나오자 나는 고개를 끄덕이며 말했다. 내 말에 아이리스는 한숨을 내쉬었다.

"남동생이야. 아키가 너무 말썽꾸러기라서 학교에서 내가 얼마나 난감했는지 모를 거야. 글쎄, 언제는 수업 듣기 싫다고 학교를 나가버린 거 있지. 그때만 생각하면 아직도 가슴이 졸여서……."

무슨 근심 걱정이 있는 건지 연거푸 한숨을 내쉬면서 말하는 아이리스를 보며 나는 입을 다물었다.

동생을 싫어하나? 아니면 동생이 어디가 아프나? 뒷말은 하나도 알아듣질 못해서 가만히 있는데 아이리스가 다시 말했다.

"그래도 나쁜 애는 아니야. 너무 장난이 심해서 그렇지."

"나쁜 애 아니야? 아, 동생 착한 애구나."

"으응, 그건 아니고……. 그냥 나쁜 애는 아니라는 거야. 착한지는 잘 모르겠고……."

어색하게 웃으면서 말하는 아이리스를 보면서 나도 덩달아 웃었다.

한참 정원을 거닐다가 나는 커다란 나무 옆에 뭔가가 있다는 걸 깨달았다. 아이리스는 내가 알아듣지 못한다는 걸 알면서도 쉴 새 없이 조잘조잘 떠드느라 앞을 보지 못했다.

"그래서 오라버니가 아키한테 꿀밤을 때렸더니 글쎄, 아키가 가출을 한 거야. 집 나간 지 다섯 시간 만에 잡히기는 잡혔는데 그때만 생각하면 얼마나 웃긴지……."

"아이리스."

"응?"

눈물까지 고여서 웃고 있는 아이리스를 부른 나는 이상한 괴 물체에 시선을 고정한 채 물었다.

"저것은 무엇이야?"

"응? 어떤……. 어머?"

아이리스는 내 손끝으로 시선을 옮기다가 화들짝 놀랐다. 내가 뭐라고 말을 할 틈도 없이 아이리스는 그것에게 다가가더니 소리쳤다.

"저기요! 저기요, 괜찮으세요? 저기요!"

"아이리스."

"세상에, 왜 여기에 쓰러져 있는 거지? 저기요!"

멀리서 봤을 땐 몰랐는데 가까이서 보니까 사람이었다. 남자는 회색 거적때기를 몸에 칭칭 두른 채 마치 시체처럼 누워 있었다.

"이걸 어쩌면 좋아. 겨울아, 내가 사람을 불러올 테니까 여기에서 잠시만 기다려."

"응? 아이리스!"

아이리스는 황급히 몸을 일으켜 멀리 뛰어가 버렸다. 정체불명의 사람과 갑자기 둘만 남게 된 나는 아이리스가 사라진 곳을 한참 보다가 시선을 내렸다. 혹시 몰라서 나는 손을 뻗어 남자의 코밑에 대보았다.

다행히 숨은 쉬고 있었다. 안도의 숨을 내쉬며 손을 거두는데 갑자기 귓가로 낯선 목소리가 들려왔다.

"안녕?"

깜짝 놀라서 한 발자국 뒤로 물러선 나는 어느새 눈을 뜨고 날 쳐다보고 있는 남자를 보면서 얼떨결에 대답했다.

"아, 안녕."

나는 태연하게 인사말이나 내뱉었다는 걸 깨닫고 화들짝 놀랐다. 갑자기 안녕은 뭔 놈의 안녕이야!

조금 전까지만 해도 시체처럼 자고 있던 사람이라고는 믿기지 않을 만큼 또랑또랑한 눈동자로 날 쳐다보면서 남자는 다시 입을 열었다.

"근데 넌 누구야?"

……그러는 넌 누군데? 나는 황당해서 남자를 쳐다보기만 했다. 내 얼굴을 한참 보던 남자는 몸을 일으키더니 몸에 두르고 있던 거적때기를 벗고 옷을 툭툭 털었다.

"깜박 잠이 들었네. 근데 넌 누구야? 혹시 사제야?"

"……."

"벙어리야?"

"모르겠습니다."

"응? 몰라? 뭘 몰라?"

남자가 하는 말이 뭔지 몰라서 나도 모르게 주입식 교육을 받은 대로 말하다가 다시 정신을 차리고 차분하게 말했다.

"저는 말이 서투릅니다."

"아, 그렇구나. 내가 지금 길을 잃었는데 혹시 여기 길은 잘 알아?"

길을 잃었다고? 내가 하도 많이 썼던 말이라 그 말은 어렵지 않게 알아들을 수가 있었다.

"길을 잃었습니까? 탐색해주겠습니다."

"너 말 되게 웃기게 한다."

남자는 날 신기하다는 듯이 보더니 피식하고 웃었다. 갑자기 저 남자가 왜 웃는지는 모르겠지만 나는 오랜만에 선행이나 베풀자는 생각으로 물었다.

"어디를 갑니까?"

"중앙청."

"……."

"못 알아듣겠어? 음. 이걸 어떻게 쉽게 말하지? 아, 그래. 교황이 있는 곳."

나는 뭐라고 하는지 몰라서 멀뚱멀뚱 남자를 보다가 내가 아는 단어가 나오자 화색을 띠고 물었다.

"교황! 그것은 압니다!"

"알아? 다행이다. 그럼 길 좀 가르쳐줄래?"

남자는 눈꼬리를 곱게 접으며 웃었다. 말간 얼굴에 가느다란 갈색 머리카락이 바람에 나부끼는 걸 빤히 보다가 나는 위아래로 고개를 끄덕였다.

나는 남자와 길을 따라 걸었다.

근데 아이리스는 아까 어딜 간 거지?

느닷없이 혼자서만 도망치듯 달려나가던 아이리스를 떠올리다가 나는 남자에게 물었다.

"교황은 왜 갑니까?"

"응?"

교황이라면 분명히 형을 지칭하는 말이었다. 형이랑 아는 사람인가? 나는 다시 물었다.

"교황은 어째서 갑니까?"

"교황을 왜 만나러 가냐고?"

"아, 그렇습니다. 왜 만나러 갑니까? 그것은 오라버니 맞습니까?"

"으음. 말을 되게 난해하게 하네."

남자는 머리를 긁적였다. 내가 또 말을 이상하게 했다는 걸 직감적으로 깨닫고 나는 최대한 머리를 굴려 다시 물었다.

"교황은 오라버니입니다. 이것은 정답입니까?"

"……음. 정답이라고 해두자. 그래서 하고 싶은 말이 뭐야?"

정답이라는 말이 들리자 나는 안도했다. 역시 이 사람은 형을 만나러 가는 길이었구나.

다행이다. 교황이란 게 형을 지칭하는 말이 아닐지도 몰라서 혹시나 싶었던 마음이 완전히 사라졌다. 나는 조금 더 걸음을 빨리하며 말했다.

"그것에게 왜 갑니까?"

"할 말이 있어서 가는 거야. 무슨 말 할 건지도 혹시 궁금해?"

"으음. 그것은 모르겠습니다. 저는 말이 서투릅니다. 무엇이 궁금해?"

의아한 얼굴로 남자를 보자 남자는 별안간 웃음을 터뜨렸다. 그러더니 아주 천천히 내게 말을 했다.

"내가 지금 교황을 만나러 가잖아."

"그렇습니다."

"그건 하고 싶은 말이 있기 때문이야."

"하고 싶은 말? 그것이 무엇입니까?"

내 말에 뭐라고 대답을 하려던 남자는 다시 입을 다물더니 혼자 중얼댔다.

"하고 싶은 말이 뭐냐고 물어보는 거야, 아니면 하고 싶은 말의 뜻을 아예 몰라서 묻는 거야? 말이 안 통하니까 답답하네. 근데 넌 왜 말을 못해? 그 나이가 되도록 말을 못 배운 거야?"

"길이가 매우 깁니다. 속도가 매우 빠릅니다."

"음. 아니다, 알았어."

남자는 이내 설명하기가 귀찮아진 건지 입을 다물어버렸다. 더 이상 그가 말을 하지 않는다는 걸 알고 나는 남자에게서 시선을 돌렸다.

앞을 보면서 이제는 익숙한 길을 걷다가 나는 남자가 이상하다는 걸 깨닫고 다시 고개를 돌렸다. 남자는 눈을 반만 뜨고 비틀비틀 위태롭게 걷고 있었다.

나는 무슨 말을 할지 고민하다가 적절한 단어를 떠올렸다.

"움직임이 힘이 듭니까?"

"응?"

"자꾸…… 이렇게, 이렇게 합니다."

나는 남자를 따라 몸을 이리저리 비틀비틀 움직이면서 말했다. 의아한 얼굴로 날 보던 남자는 알아들었다는 듯 내게 말했다.

"응, 잠이 와서."

"잠이 와서? 어째서? 지금 해님이 하늘에 있습니다."

　해가 중천에 떠 있는데 왜 벌써 잠이 오냐는 내 질문에 남자가 다시 웃었다.

"너 진짜 말 재미있게 한다."

"말 재미있게? 말이 재미있어? 재미있지 않습니다."

　웃으라고 한 얘기가 아닌데 남자가 웃어서 나는 조금 얼굴을 찡그리고 말했다. 말이 안 통하니까 진짜 답답하다. 나는 길게 한숨을 내쉬었다. 그때 남자가 날 보며 말했다.

"아, 여기서부터는 아는 길이야."

"아는 길? 탐색이 되었습니까?"

"그래, 탐색이 됐으니까 이제 괜찮아. 고마워."

　자는 연신 웃는 얼굴로 손을 들어 내 머리를 토닥거렸다. 갑자기 남의 머리에 손을 올리는 남자를 이상한 얼굴로 보고 있는데 남자는 손을 내리고 내게 말했다.

"안녕. 갈게."

"응, 안녕."

　손을 흔드는 남자를 보면서 나도 덩달아 손을 흔들었다.

　날 보던 남자는 등을 돌려 저만치 앞으로 가버렸고, 그의 뒷모습을 보면서 나는 뿌듯해졌다.

나는 싱글벙글 웃으며 내 방으로 돌아가기 위해서 걸음을 옮겼다.

방에 돌아왔지만 아이리스는 보이질 않았다. 아이리스를 찾으러 갈까 하다가 나는 이내 고개를 젓고 동화책 한 권을 빼들었다. 이건 아이리스가 글공부하라고 내게 준 책이었다. 아직 모르는 단어들도 많았지만 문장 위주로 외우면서 나는 글을 해석해나갔다.

"음. 이것 신기해."

나는 한 단어에 여러 가지의 뜻이 있다는 걸 깨닫고 혼자 중얼거리면서 책을 읽었다.

이건 정말 내 취미가 아니었지만 말을 좀 더 자연스럽고 정확하게 구사하기 위해서는 어쩔 수 없었다. 단어와 설명문 위주로 언어를 배웠더니 말을 할 때 부자연스럽고 딱딱했다. 하지만 책을 읽으면 좀 더 자연스러운 언어구사가 가능해지는 것 같았다.

"너도 먹어보렴. 아주 맛있구나. 오늘은 꽃처럼 어여쁘다."

혼자 책을 소리 내 읽던 나는 결국 한숨을 내쉬며 종이에 모르는 단어를 쓰기 시작했다.

"이것은 무엇입니까? 말이 서투릅니다. 글이 어렵습니다."

중얼거리면서 쓰다 보니 어느새 종이에 빼곡하게 차 자리가 모자랐다. 나는 머리를 벅벅 긁고 새 종이에 다시 글을 쓰면서 탁자 위에 있는 쿠키 한 조각을 먹었다. 그리고 식은 차를 마시는데 문이 열리면서 아이리스가 들어왔다.

　"아이리스? 아까 뛰었어?"

　"아까 그 사람은 어딜 갔어? 사람 불러왔는데 아무도 없어서 얼마나 놀랐는지 알아? 그 사람은 괜찮은 거야?"

　"으응? 아! 아까 그 남자……. 길을 탐색해 주었어."

　"응? 길을 잃은 사람이었어?"

　"그렇다. 길을 잃은 사람이었어. 누운 건 잠이 와서. 내가 길을 탐색해줬……. 아니, 찾아줬어. 이것 맞아?"

　내 말에 아이리스는 고개를 끄덕이며 맞은편에 앉았다.

　"응, 말을 할 땐 탐색이라는 말보다는 찾아줬다는 말을 더 많이 써. 아무튼 다행이다."

　"찾아줬어, 내가! 내가 그렇게 해주었다!"

　다시 싱글벙글 웃으면서 말하자 아이리스는 마치 잘했다고 칭찬하듯 내 손등을 두어 번 두드리며 따라 웃었다. 나는 아까 읽었던 책을 떠올리면서 다시 말했다.

　"아이리스, 아까 책을 보았다. 자연스럽게 말을……. 음, 했어. 아니, 하겠어? 하였다?"

　의아한 얼굴로 날 쳐다보고 있는 아이리스를 보면서 나는 아까 내가 먹던 쿠키 한 조각을 아이리스에게 건네며 말했다.

"아주 맛있어. 너도 먹어보렴."

"응, 고마워."

"나 지금 자연스러웠어?"

"응, 자연스러워. 그전에 「맛이 아주 맛있으니까 너도 먹어서 느껴보았으면 좋겠습니다.」라고 말했던 것보다 훨씬."

칭찬하는 아이리스를 보며 나는 다시 웃었다. 앞으로 한 몇 달만 더 공부하면 완벽하게 말을 할 수 있을 것만 같은 예감이 들었다. 내가 생각보다 똑똑했구나. 나는 어깨를 으쓱였다.

"나는 이제 말을 잘한다. 아이리스가 도움을 주어 그래. 감사합니다."

"아니야, 나는 별로 한 것도 없는데, 뭐. 그나저나 나 내일은 학교로 돌아가야 할 것 같아."

"응?"

갑자기 「학교, 돌아간다.」라는 말이 들리자 나는 되물었다. 아이리스는 웃는 얼굴로 날 보면서 말을 이어나갔다.

"수업이 있어서 가봐야 하거든. 다음 방학 때 또 놀러 올게! 여기에 계속 있을 거지?"

"아이리스 이곳에서 나갑니까? 아니, 나가는 거야?"

"응, 학교로……."

"안 됩니다! 싫어! 가지 말아요!"

나는 벌떡 일어나서 필사적으로 외쳤다.

여기에서 그나마 처음 사귄 친군데 갑자기 간다는 말을 하니까 섭섭한 마음이 들었다.

하지만 내가 가지 말라고 해도 학교에 가야 하는 거면 어쩔 수 없는 일이었다. 나는 의기소침해서 의자에 다시 앉았다.

"언제 와?"

"음, 아마 다음 방학에? 학교가 기숙사제라서 휴일 말고는 밖에 나오면 안 돼. 교칙이라서. 휴일에 나와도 학교랑 여긴 거리가 멀어서 방학이 아니고는 잘 찾아올 수가 없어."

뭐라고 하는 건지는 모르겠지만 어색하게 웃는 걸 보니까 아마 아주 오랜 시간이 지난 후에 오겠다고 말하는 것 같았다. 갑자기 아이리스가 짝 하고 손을 마주쳤다.

"아, 그래! 한 달 뒤에 탄트라에서 공개수업을 하는데 그때 너도 오라버니랑 같이 오지 않을래? 내가 오라버니한테 부탁해볼게. 공개수업 땐 학부모들이 수업에 참관할 수 있거든. 오라버니도 많이 바쁘지 않으면 그때 오시기로 했어."

"으응?"

"한 달 뒤에 만날 수 있어!"

"한 달? 한 달 뒤에 오는 거야?"

"아니, 아니, 내가 오는 게 아니라 겨울이가 오는 거야."

나보고 오라고? 나는 의아한 얼굴로 아이리스를 쳐다봤다.

"그러니까 한 달 뒤에 오라버니랑 같이!"

"응? 오라버니 형이랑 같이? 갈 수 있어? 형이랑?"

"응, 내가 오라버니한테 부탁해볼게. 혹시 안 된다고 할 수도 있으니까 너도 오라버니한테 계속 같이 가자고 말해야 해. 알았지?"

뭐가 그리 신나는지 아이리스는 내 손을 잡고 갑자기 방방 뛰기 시작했다. 그게 너무 즐거워 보여서 나도 덩달아 방방 뛰다가 말했다.

　"형이랑 같이 갈게."

　"응, 꼭 와야 해!"

　"알았어, 한 달 뒤에 가겠어."

　내 말에 아이리스는 오늘이 마지막 밤이니까 같이 자자는 말을 했다. 그 말에 기겁했지만 나는 곧 내가 여자라는 사실을 깨달았다. 동화책 몇 권을 들고 아이리스 방으로 갔다. 거기서 밤이 새도록 책을 보고 쓸데없는 말을 하면서 모르는 것도 물어보다가 아이리스와 함께 잠이 들었다.

　내 평생 여자랑 함께 자는 건 처음이었는데 어쩌면 그리도 편하게 자 버린 건지, 스스로 생각해도 한심하기만 했다.

　아침이 되자 아이리스는 떠났다. 한 달 뒤에 꼭 보자는 말을 열두 번은 더 하고 마차에 올라타는 아이리스를 보면서 나는 마차가 보이지 않을 때까지 손을 흔들었다.

　형은 나오지 않았다.

기가 막혔다. 자기 애인이 떠나는데 나오지도 않는 이 야박한 인간에게 화가 나기도 했다.

나는 일단 한 달 뒤에 아이리스를 보러 가자는 말을 하려고 형의 방으로 걸음을 돌렸다. 하지만 방에는 아무도 없었다.

어딜 갔지? 또 괜히 혼자 돌아다니다가 길을 잃을 것 같아서 내 방으로 가려고 하는데 멀리서 익숙한 사람이 보였다. 나는 손을 흔들면서 외쳤다.

"알카 형!"

내 외침에 알카 형이 고개를 돌렸다.

"그동안 잘 지냈어?"

"네, 잘 지냈습니다. 말이 많이 느셨네요?"

"나는 말을 잘한다. 그런데 오라버니 형은 어디를 갔어?"

"네? 오라버니 형이요?"

"그렇다. 오라버니 형이 방에 있지 않아."

내 질문에 알카 형도 형이 어디에 있는지 모르는 건지 떨떠름한 얼굴로 날 보다가 말했다.

"안 그래도 예하께서 찾으시던데…… 같이 가시겠습니까?"

"응? 예하가 무엇?"

"……그, 오라버니 형이라는 그분……. 인 것 같은데……. 아무래도. 그러니까."

"아! 예하가 오라버니다. 정답입니까?"

내 말에 알카 형은 고개를 끄덕였다.

알카 형이랑 형이 있는 곳으로 가면서 나는 한숨을 내쉬었다.

형은 이름이 너무 많았다. 「예하」, 「교황」, 「오라버니」……. 이거 말고도 또 다른 이름이 있나 나중에 물어봐야겠다고 생각하고 있는데 어느새 도착한 건지 알카 형이 어떤 문 앞에서 똑똑 하고 노크를 했다. 나는 고개를 들어 주변을 살폈다. 여긴 처음 오는 곳이었다.

안에서 모르는 사람이 나와서 대화하더니 곧 알카 형이 날 한 번 쳐다보고는 안으로 걸음을 옮겼다.

뒤따라 걸어 들어가자 그곳에는 형이 있었다. 안경을 쓰고 웬 종이 뭉치를 읽고 있는 형을 보다가 나는 알카 형이 뭐라고 하기도 전에 먼저 소리쳤다.

"오라버니 형! 하고 싶은 말이 있다!"

내 외침에 형은 미간을 구긴 채 고개를 들었다. 가까이 다가가서 형을 본 나는 눈을 동그랗게 떴다. 평소에는 피곤에 찌든 얼굴이었는데 오늘따라 신수가 훤한 게 생기가 도는 것만 같았다.

오랜만에 만났더니 얼굴이 좋아 보여서 나는 잠시 고민하다가 입을 열었다.

"오늘은 꽃처럼 어여쁘다."

"……."

"……."

얼굴이 좋아 보인다는 내 말에도 형의 얼굴은 펴질 줄 몰랐다. 원래 저 인간 표정 더러운 거야 하루 이틀도 아니고, 나는 인사도 했겠다, 내가 하고 싶은 말을 꺼냈다.

"아이리스가 이곳을 떠났어. 우리 한 달 뒤에 만나러 가야 해?"

"뭐?"

"그러니까 한 달 뒤에 오라버니 형이랑 겨울이랑 그곳으로 간다. 맞습니까?"

"뭐라는 거냐?"

잠시 날 보던 형이 내 말을 못 알아듣겠는지 알카 형을 보며 물었다. 알카 형은 잠시 고민하는 것 같더니 말했다.

"혹시 한 달 뒤에 탄트라에서 하는 공개수업을 말하는 거 아닙니까?"

"그래서 그게 뭐 어쨌다고?"

다시 형이 내게 물었다. 나는 답답한 마음에 한숨을 내쉬었다.

[그러니까 한 달 뒤에 아이리스를 만나러 같이 가자고! 안 바쁘면 너도 간다고 했다며? 갈 때 나도 데리고 가면 안 돼?]

"그때까지 신분증이 나오면 가고, 아니면 못 가."

[뭐가 나와? 그게 뭔데?]

[신분증. 네 신분을 증명해줄 수 있는 서류.]

그 말에 순간 나는 뒤통수를 맞은 듯 멍해졌다. 생각해보니 난 불법 체류자였다. 그러다 문득 나는 내가 제시라는 걸 깨달았다. 나는 의아한 얼굴로 형에게 물었다.

[제시가 신분증이 없었어?]

[제시 메르헨은 서류상으로 사망 처리된 지 1년이 넘었기 때문에 신분증은 이미 말소됐다. 안 그래도 이것 때문에 할 말이 있는데…….]

나는 형의 말을 들으면서 탁자 위에 놓여 있는 과자를 하나 집어 입에 욱여넣었다. 우적우적 과자 먹는 데 집중하느라 형의 말을 듣는 둥 마는 둥 하다가 말했다.

[여긴 탁자마다 과자가 있네.]

[내 말 알아들었냐?]

[응? 응. 그래서 신분증은 언제 나와? 아, 그럼 내 이름은 뭐라고 나오는 거야? 제시야? 아니면 내 이름 그대로? 근데 형은 이름이 뭐냐, 왜 매번 이름이 바뀌는 거야?]

내 말에 형은 날 빤히 보다가 머리통을 그대로 후려갈겼다. 괜히 과자 먹다 말고 얻어맞은 나는 얼이 빠진 얼굴로 머리를 부여잡은 채 외쳤다.

"이 시금치!"

[그만 처먹고 말 똑바로 들으라니까.]

"시금치! 가지! 연근!"

한국말로 욕을 했다가는 다시 머리통을 맞을 것 같아서 나는 여기말로 내가 화가 났음을 필사적으로 어필했다. 하지만 그런 것 따윈 무시하며 형이 다시 말했다.

"넌 이제부터 내 아들이다."

"……뭐? 잘 모르겠습니다. 저는 말이 서투릅니다."

"가서 망치랑 못 가져와."

순간 망치와 못이라는 단어를 알아들은 나는 그걸 또 진짜 가져오려고 등을 돌리는 알카 형을 보고 형에게 다급히 소리쳤다.

"아, 알았습니다! 알고 있습니다! 저는 말을 잘합니다!"

"이제부터 네가 뭐라고?"

"저, 저는 아, 아, 아……."

"부리 병신이냐? 말 똑바로 안 해?"

"흑, 아, 아들입니다……."

나는 눈물을 머금고 아들이라는 걸 인정할 수밖에 없었다. 이건 말도 안 된다. 이건 권력 남용이다! 내가 왜 네 아들이야!

흑흑거리고 있는데 가만히 있던 알카 형이 의아한 듯 말을 꺼냈다.

"근데 왜 아들입니까? 딸 아닙니까?"

"……."

"……."

그 말에 순간 나도 형도 입을 다물어버렸다. 우리는 아주 중요한 사실을 간과하고 있었던 것이다.

형은 피곤하다는 얼굴로 들고 있던 서류를 바로 벽난로 속으로 처넣으며 말했다.

"한 달 뒤에 못 가겠다, 서류 다시 써야 돼."

"너는 시금치입니다."

[한 번만 더 그 소리 하면 네 목구멍으로 시금치 처넣어버린다.]

"형은 포도입니다."

결국 나는 내가 제일 좋아하는 포도를 들먹이면서 시금치를 피해갈 수가 있었다. 어쨌든 시금치고 포도고 간에 내가 왜 갑자기 저 사탄의 자식과 같은 호적에 놓이게 된 건지 묻지 않을 수가 없었다.

"너는 어째서 아버지입니까?"

"나라고 이 나이에 병아리가 자식새끼라고 광고를 하고 싶겠냐?"

"병아리? 나 병아리라고 했습니까?"

갑자기 나더러 좋은 사람이라고 하는 형에게 나는 의아한 얼굴로 물었다. 나는 뭔가 이상하다는 걸 깨달았지만 내가 뭐라 항의하기도 전에 형이 살벌한 얼굴로 말했다.

[어디 가서 내 자식이라는 소리 늘어놓기만 해봐, 부리 째진다.]

"나도 당신의 여자 자식이 되고 싶지 않습니다!"

내 말에 형이 한 손으로 내 멱살을 잡았다. 형한테 멱살을 잡히는 그 순간, 다가올 충격에 대비해 낙법을 준비하던 나는 내 멱살만 잡고 가만히 있는 형을 의아하게 쳐다봤다.

[엎드려서 감사합니다, 절을 해도 모자랄 판에 이 병아리 새끼가…….]

"너 지금 나 안 때립니까?"

"뭐?"

멱살이 잡혀서 당연히 공중에 붕 뜬 채로 허우적대다가 바닥에 메다 꽂힐 줄 알았는데……. 나는 실실 웃었다. 너도 꼴에 남자라고 여자 때리는 불한당이 되고 싶지는 않은가 보구나. 내가 기분 나쁘게 웃자 형은 내 멱살을 잡고 있던 손을 탁 놓더니 그대로 팔을 들어 내 머리통을 갈겼다.

"악!"

[아무리 생각을 해봐도 애꾸눈을 자식새끼라고 데리고 다니기는 싫다.]

그 말은 내가 자기 딸이라는 것만 아니었다면 여기서 날 애꾸눈으로 만들어버렸다는 말이었다.

　나는 그제야 내 눈빛이 이상하다는 걸 깨닫고 황급히 시선을 내리깔았다. 탁자 위에 아까 내가 먹던 과자가 보였다. 바삭바삭한 과자에 건포도가 박혀 있는 과자였다.

　반사적으로 손을 뻗어 먹으려다가 또 처먹는다고 때릴까 봐 일단 형의 입을 막기로 결심했다. 나는 과자를 하나 집어 형에게 내밀며 말했다.

　"아주 맛있어. 너도 먹어보렴."

　"……."

　「이거 처먹고 입 닥쳐.」라는 뜻으로 한 말이었지만 형은 근심 걱정이 가득한 눈으로 날 내려다보면서 한숨을 내쉴 뿐이었다.

　내 일과는 아주 간단했다. 아는 사람도 없고, 할 것도, 놀 것도 없는 이곳에서 할 일은 공부밖에 없었다. 원래 책은 딱 세 줄만 읽으면 잠이 드는데 그럴 수도 없었다.

　이제 동화책은 큰 무리 없이 읽을 수 있을 정도로 실력이 아주 많이 늘었다.

책이라고 해봤자 거의 그림책에 가까울 정도로 글이 없기는 했지만.

내 말투가 너무 어색해서 그걸 교정하려고 며칠 전부터 알카 형과 하루에 세 시간씩 공부를 하고 있었다. 어떤 걸 물어보든, 몇 번이나 물어보든 알카 형은 아주 친절하게 대답을 해줬다.

하지만 곧 나는 난관에 봉착했다.

"그게 아닙니다. 다시 말해보세요."

"……이것은 나도 안다. 하지만 그것은 조금……. 힘이 들어. 봐주세요."

내 말에 알카 형은 단호한 얼굴로 말했다.

"말을 배우기도 전에 습관이 들면 나중에도 그렇게 나오기 마련입니다. 처음 배울 때부터 좋게 습관을 들여놓아야지요. 안 그렇습니까?"

"그것은 나도 안다! 하지만……. 아, 알겠어. 마음이 시작을 해야 해."

"마음의 시작이 아니라 마음의 준비입니다. 시작이랑 준비라는 단어를 자주 헷갈려 하시네요. 적어놓으세요. 시작. 준비."

나는 종이에 시작과 준비라는 단어를 메모했다. 알카 형은 이제 웬만해서는 내가 하는 말을 이해했다. 잘못 말해도 내가 헷갈려 하는 단어들을 알고 있어서 그런 건지도 몰랐다. 세상 모든 사람이 이랬으면 좋으련만…….

시작과 준비라는 단어를 최대한 느릿느릿 적으면서 나는 속으로 한숨을 내쉬었다. 내 미적거림에도 알카 형은 인내심을 갖고 기다리다 내가 펜을 놓자 나를 쳐다봤다. 나는 알카 형을 보면서 벌벌벌 입술을 떨었다.

"오, 오……. 오, 오오……."

"……그게 그렇게 힘이 드십니까?"

"죽겠다! 겨울이 사망! 이것은 힘이 들어! 힘들어! 이것은 싫어! 싫다!"

결국 알카 형의 말에 나는 온몸으로 힘들다는 것을 피력했다. 그도 그럴 것이 이건 내 성 정체성과 관련된 문제였기 때문이다. 내 발악에 알카 형은 한숨을 내쉬었다.

"그렇게 싫으시면 이건 그냥 넘어가도록 하겠습니다. 단어의 뜻을 알고 계시기는 하니까요. 아무튼 그건 그렇고 아까 말씀하실 때……."

"속도가 매우 빠릅니다."

"그럴 땐 말을 천천히 해주세요, 라고 하는 겁니다."

"말을 천천히 해주세요, 알카 형."

내 말에 알카 형은 다시 한숨을 내쉬었다.

조금 전, 알카 형이 내게 그렇게 말을 해보라던 단어는 바로 「오빠」였다. 내가 아무리 여자가 됐다고 하지만 오빠라는 말까지 하면 내 섬세한 멘탈이 산산조각 개박살이 날 것만 같았다.

"아까 말씀하실 때, 「겨울이 사망.」이라는 말을 하셨는데 그런 말도 잘 쓰지 않습니다. 그럴 땐 차라리 「그런 건 내게 무리야.」라거나 「너무 힘이 들어서 할 수가 없어.」라고 말하는 게 적합합니다."

"적합이 무엇?"

"틀렸습니다, 질문을 할 땐 뭐라고 하라고요?"

"아! 적합이 무엇입니까? 아니면 적합이 뭐야? 이렇게."

내 말에 고개를 끄덕이며 알카 형은 말을 이어나갔다.

"적합이라는 건 어떠한 일이나 조건이 맞을 때 쓰는 단어입니다. 예를 들면, 「적합합니다.」라는 건 「맞습니다.」와 동의어입니다."

"아, 맞습니다. 적합합니다. 같은 말이구나. 알겠어, 감사합니다."

아까 메모해뒀던 곳에 「맞습니다. = 적합합니다.」를 쓴 뒤 나는 고개를 들었다. 갑자기 화장실이 가고 싶었다.

"알카 형, 쉬야! 쉬!"

"……예?"

어젯밤 잠들기 전에 읽은 동화책에서 꼬마 아이가 엄마에게 그렇게 말을 하니까 화장실로 데려다 줬다. 화장실에 가고 싶다는 말은 배운 적이 없었기 때문에 나는 새로운 걸 익혔다고 생각했다. 하지만 사색이 되어가는 알카 형의 얼굴을 보면서 내가 또 뭔가를 잘못 알았다는 걸 깨달았다.

"아닙니까?"

"……아닙니다. 그리고 이제부터 동화책은 보지 마십시오."

갑자기 책을 보지 말라는 알카 형을 의아하게 보는데 형이 말했다.

"화장실에 가고 싶으신 겁니까?"

"으응? 모르겠습니다."

나는 고개를 갸웃하면서 알카 형의 팔을 붙잡고 화장실 앞으로 갔다. 내가 이끄는 대로 따라왔던 알카 형은 고개를 끄덕이며 화장실을 가리켰다.

"화장실."

"화장실? 알았습니다. 저는 화장실 가겠습니다."

"네, 그렇게 말씀하시면 됩니다. 아까 했던 말은 절대로 하지 마세요. 절대로."

"네, 잘못했습니다."

너무 강경한 얼굴이라서 나는 고개를 끄덕거리며 말했다.

화장실에 갔다 나오자 알카 형은 내가 어젯밤에 썼던 일기장을 보고 있었다. 나는 형 곁으로 다가가 물었다.

"길게 썼습니다."

매번 쓰기 싫어서 두세 줄만 쓰고 말았던 일기를 어제는 조금 길게 썼다. 글을 배우면 배울수록 쓰고 싶은 것도 점점 많아졌기 때문이다.

내 말에 알카 형은 날 빤히 보다가 손을 들어 내 머리를 토닥거렸다.

"잘했습니다."

칭찬받고 싫어하는 사람은 세상에 없었다. 싱글벙글 웃는 얼굴로 알카 형을 보면서 나는 부가 설명을 하기 시작했다.

"이것은 어리둥절해서 두 개 해놓았습니다."

"아, 이거요. 이럴 땐······."

펜을 들고 꼼꼼하게 체크해주는 알카 형을 보다가 문득 제시 생각이 났다. 나는 뜬금없이 물었다.

"제시 메르헨 압니까?"

"제시 메르헨이요? 네, 생각해보니까 몇 번 본 것 같기도 하고 아닌 것 같기도 하고······. 개인적으로 가까운 사이는 아니었습니다만, 갑자기 그건 왜 물어보십니까?"

"그것은 제시가······. 아닙니다. 근데 형은 오늘 참 어여쁘다."

"……."

나는 제시가 형을 좋아했다고 말하려다가 그만뒀다. 대신 한숨을 내쉬며 형을 칭찬했다. 얼굴도 잘났고, 성격도 잘났고, 돈도 많아 보이는 형이 새삼 부러웠다.

내 말에 알카 형은 잠시 입을 다물고 있다가 내 말을 정정해주었다.

"무슨 의도로 한 말씀이신지는 모르겠습니다만, 남자에게 어여쁘다는 말은 잘 쓰지 않습니다. 보통 「멋있다.」라는 말을 많이 씁니다. 어여쁘다는 말은 여자에게 쓰는 말입니다. 그리고 어여쁘다는 말보다는 그냥 예쁘다는 말을 많이 씁니다."

"그것은 안다. 그냥 해본 말이었습니다. 알카 형은 100점입니다."

"……."

제시가 성불해서 그런지 처음 알카 형을 봤을 때처럼 심장이 두근두근하지는 않았다. 그 사실이 조금 이상하게 다가왔다. 제시가 살아 있을 땐 뛰던 심장이 제시가 죽으니까 멈춘 것 같은 그런 기분이었다. 이건 제시 몸이니까 당연한 말이겠지만.

"형, 일기 쓰고 싶지 않습니다. 월, 화, 수, 목, 금 쓰고 토, 일은 휴식을 하고 싶습니다."

"「휴식을 하고 싶습니다.」 보다는 그냥 「쉬고 싶습니다.」라고 하는 게 더 자연스럽습니다."

"형, 저는 쉬고 싶습니다."

내 말에 알카 형은 화사하게 웃는 낯으로 말했다.

"안 됩니다."

……잠시 잊었다. 너도 형 밑에서 일하는 이유가 있었구나.

알카 형이 형 밑에서 일하는 독종이라는 사실을 새삼 깨달으며 나는 입을 삐죽 내밀었다.

"말이 빨라야 합니다. 말 뒤에 글입니다. 정답입니까?"

"글보다야 말이 더 중요하긴 합니다만, 그렇다고 글이 중요하지 않다는 건 아닙니다. 쓰면서 배우면 더 빨리 익힐 수 있으니까 힘들어도 참으세요."

"참는 데 쓰지 않는 거 아닙니다. 토, 일 쉬고 싶습니다."

"일기는 매일 써야 합니다."

"그렇지 않습니다!"

내가 지금 나이가 몇 살인데 매일 일기를 쓰고 검사를 받아야 돼! 징징거려봤지만 알카 형은 단호할 뿐이었다. 결국 얻은 소득 하나 없이 오늘 수업을 끝마친 나는 인사를 하고 나가는 알카 형의 뒷모습을 노려보며 버럭 외쳤다.

"안녕히 가세요. 저는 병아리가 되겠습니다!"

"……."

내 분노 어린 외침에 나가던 알카 형이 고개를 돌려 날 쳐다봤다. 징징대다가 인사는 예의 바르게 잘해서 황당하다는 건 나도 알지만 주입식 교육이라는 게 이런 것이었다.

"……네, 병아리가 꼭 되십시오."

"알카 형도 병아리입니다. 일기 토, 일은 쉽게……."

"그럼 내일 뵙겠습니다."

"이 시금치!"

내 말을 무시하고 알카 형은 나가버렸다.

매정하게 닫힌 문을 보며 한참 씩씩대던 나는 겉옷을 들고 밖으로 나갔다. 바람이나 쐴 생각이었다.

나는 정원에 나와 새파란 하늘을 보면서 외쳤다.

"일기 쉬고 싶습니다!"

이 외침이 알카 형이 있는 곳까지 닿았으면 좋으련만. 혼자 버럭버럭 소리를 지르던 나는 더워서 아까 걸쳤던 겉옷을 벗으며 다시 외쳤다.

"여름 싫습니다!"

나는 겉옷을 바닥에 패대기를 쳤다가 다시 주웠다. 옷에 묻은 풀잎을 툭툭 털면서 나는 내 꼴이 정말 한심하다는 걸 깨달았다. 좀이 다 쑤신다. 그래도 아이리스가 있을 땐 좀 나았는데 지금은 너무 심심했다. 할 게 너무 없어서 공부를 한다는 게 말이나 돼? 이건 정말 말도 안 된다.

나는 우울한 얼굴로 커다란 나무 밑 그늘로 갔다. 쪼그려 앉아 나무에 기댄 채 한숨만 푹푹 내쉬다가 다시 소리쳤다.

"일기 싫습니이아아악!"

다시 한 번 외치는데 갑자기 옆으로 무언가가 쿵 하고 떨어졌다. 식겁을 한 나는 비명을 지르며 그대로 바닥에 철퍼덕 주저앉았다.

나는 위에서 떨어진 뭔가가 꿈틀꿈틀거리는 걸 보며 다시 비명을 지르려다가 이내 그것이 어디서 많이 본 것이라는 걸 깨달았다. 회색 거적때기 저거…….

"깜짝이야."

"너는!"

남자는 머리가 아픈 건지 머리를 비비면서 눈을 떴다. 내 말에도 남자는 반응하지 않고 길게 하품을 하더니 주변을 두리번거리기 시작했다. 그리고 한참을 두리번대던 남자와 눈이 마주쳤다.

"어?"

"또, 또 길을 잃었어……."

"안녕?"

"아……. 아, 안녕?"

"근데 넌 누구야?"

……아, 이거 어디서 많이 본 패턴인데.

그러다가 나는 문득 남자가 저번과는 인상착의가 다르다는 것을 깨달았다. 저번에는 분명히 갈색 머리카락에 갈색 눈이었는데 이번에는 눈동자 한쪽이 빨간색이었다.

나는 미간을 좁히고 나도 모르게 남자 쪽으로 얼굴을 들이밀었다.

"눈 색깔…….."

"어? 아, 이거……. 풀렸나 보다. 자다가……. 근데 어디까지 올 거야?"

그 말에 나는 남자가 내가 다가오는 만큼 슬금슬금 뒤로 가고 있다는 사실을 깨달았다. 눈 색깔이 다른 건 처음 보는 거라 너무 신기했다. 나는 정신을 차리고 다시 물었다.

"눈이 다릅니까?"

"응? 아니, 이건 마법이 풀려서……."

"헉? 무, 무, 무엇! 이것은 무엇이야! 갑자기 변했다! 변화하였어!"

빨간색이었던 눈동자가 순식간에 갈색으로 변해버렸다. 내가 서서 꿈을 꾼 건가?

몇 번씩 눈을 깜박이고 비벼봐도 남자의 눈동자 색깔은 두 개 다 갈색이었다. 아까는 분명히 빨간색이었는데!

"아, 기억났다. 너 말 이상하게 하는 거 보니까 저번에 나 길 찾아줬던 그 이상한 애 맞지?"

"눈이 변화하였어!"

"마법이라니까. 근데 우리 또 만났네?"

"눈이 이상합니다! 어째서 그렇습니까? 이것은 환상적……. 아니, 적합? 적합하지 않습니다!"

내가 기겁을 하고 소리치자 남자는 시끄러웠던 건지 귀를 막고 인상을 찡그렸다. 입을 꾹 다물고 귀를 막고 있는 폼이 내가 소리를 질러도 너무 지른 것 같았다. 나는 마음을 진정시킨 뒤 귀를 막고 있는 남자의 손목을 붙잡고 다시 말했다.

"모르겠습니다. 그것은 무엇?"

"마법."

"마법? 그것은 모릅니다."

"몰라도 돼. 근데 나 또 길을 잃어버렸어. 탐색해줄래?"

웃으며 내게 말하는 남자를 보며 나는 푸하핫 하고 웃었다.

"틀렸습니다! 탐색은 오답! 길을 잃어버렸습니다, 찾아주세요, 가 정답이다! 으하하!"

"……."

"괜찮습니다. 이해하고 있습니다. 길을 잃었습니까?"

내 말에 남자는 잠시 입을 다물고 날 빤히 보다 이내 웃어버렸다. 허탈하게 웃던 남자는 몸을 일으키더니 내게 말했다.

"길을 잃어버렸습니다, 찾아주세요."

그 말에 나는 눈을 동그랗게 뜨고 남자를 쳐다봤다. 제일 처음 만났을 때 길을 탐색해준다고 했던 건 나였다. 남자는 분명 그런 나를 기억하고 일부러 탐색이라는 말을 썼을 텐데, 내가 너무 타박을 줬나 싶어서 나는 우물쭈물 입을 열었다.

"잘못했습니다. 이것은 장난이었습니다. 분노? 분노하였……. 아니, 화? 화났습니까?"

"화 안 났는데? 화난 것처럼 보여?"

"그렇지 않습니다. 오늘 너는 꽃처럼 어여쁘다."

"고마워, 어여쁘게 봐줘서. 근데 중앙청으로 가려면 어디로 가야 하지? 음, 그러니까 교황이 있는 곳."

그 말에 나는 의아한 얼굴로 남자를 쳐다봤다. 「교황」이라고 하는 걸 보니까 또 저번에 갔던 곳으로 가려고 하는 것 같았다. 또 길을 잃었네? 나도 길치라는 말은 많이 들었지만 이 남자보다는 덜한 것 같았다.

남자가 내게 손을 내밀었다. 나는 아직도 내가 주저앉아 있다는 걸 깨닫고 남자의 손을 붙잡고 몸을 일으켰다.

"그런데 위에 뭐했습니까?"

"저 위에서 뭐했냐고? 잤어. 나무 위에 새가 있어서 그거 구경하러 올라갔다가……. 기억이 없네, 그 뒤로 바로 잠들었나 봐."

"새? 쩍쩍?"

"응, 그 새 맞아. 꽁지깃이 금색인 새는 엄청 희귀한 새거든. 그래서 잡으려고 올라갔다가 잠이 들었어."

나는 뭐라고 하는지 몰라서 알아들은 척 고개만 끄덕거렸다.

남자와 함께 길을 따라 걷다가 고개를 돌려 남자를 올려다봤다. 이 사람은 도대체 뭐하는 사람이지? 뭐하는 사람인데 매번 볼 때마다 자고 있는 걸까?

"눈……. 눈이 색이 변합니까?"

"응, 왜? 그게 신기해? 너도 해줄까?"

"나도 해? 할 수 있습니까? 그것은……. 음, 좋습니다!"

나는 순간 렌즈 같은 걸 줄 거냐고 물으려다가 렌즈라는 단어를 몰라서 그냥 고개만 끄덕거렸다. 그러자 남자가 손을 뻗어 내 두 눈을 덮었다. 밖에서 잠을 자서 그런지 손이 약간 서늘했다.

눈을 감고 가만히 있었을 뿐인데 남자가 곧 손을 떼며 내게 말했다.

"됐다."

"응? 되었습니까? 아무것도 안 했습니까?"

"했어. 아까 내가 잡으려고 했던 새랑 똑같은 색으로. 그 새 깃털도 네 머리카락처럼 붉은 기가 도는 금색이었거든."

"으응? 모르겠습니다. 속도가……. 아니, 말이 너무 빠릅니다."

내 말에 남자는 그저 웃을 따름이었다.

"못 알아들어도 돼. 근데 지금 몇 시야?"

앞의 말은 하나도 알아듣지 못하고 뒷말만 알아들은 나는 품에서 회중시계를 꺼내서 시간을 확인했다.

"다섯 시입니다."

"벌써? 어, 큰일 났다. 오늘은 동생이 오기로 했는데. 교황청은 다음에 가야겠다. 동생이 결혼하고 집 나간 뒤로 40년 만에 보기로 한 날이거든. 그래서 집에 안 가면 엄마랑 아빠한테 혼나. 그럼 다음에 또 보자."

"어? 어……. 다른 곳에 갑니까?"

"응, 집에 가야 돼. 안녕."

"안녕."

별안간 간다고 인사를 하는 남자의 뒷모습을 보며 나는 손을 흔들었다. 아까 뭐라고 하기는 하는 것 같았는데 아마 그게 간다는 말이었나 보다. 나는 남자가 완전히 사라질 때까지 그곳에 가만히 있다가 한숨을 크게 내쉬고 방으로 돌아갔다. 그냥 가서 일기나 써야지.

방에 돌아온 난 침대에 엎어져 커다란 침대를 굴러다니면서 머리를 쥐어뜯었다. 도무지 쓸 말이 없었다. 당연한 얘기였다.

하루 종일 하는 일이라고는 밥 먹고 자고 산책하고 공부하는 것밖에 없는데 일기에 뭘 쓰냐고, 도대체!

나는 손을 뻗어 그릇에 담긴 과자를 하나 입에 넣고 우물우물 씹으면서 천장을 바라봤다.

오늘 아침에 내가 뭘 먹었더라. 으음 하고 고민하던 나는 다시 엎드려 누워 일기장에 글을 써넣기 시작했다.

"오늘 아침에는 고기가 나왔다. 고기는 빨간색이었다. 맵다. 그래서 반이나…… . 아니, 반밖에 먹지 못하였습니다."

그렇게 쓰고 잠깐 고민하다가 다시 손을 놀렸다.

"오늘은 특이하게 물이 맛이 있었습니다. 그래서 물을 세 잔이나 먹었습니다."

그걸 다시 빤히 보다가 나는 줄을 좍좍 긋고 「먹었습니다.」를 「마셨습니다.」로 고쳤다.

그렇게 한참 일기를 쓰고 있는데 문이 열리는 소리가 들렸다.

이곳 사람들은 아주 예의가 바르고 착한 사람들이라 문도 함부로 여는 법이 없었다. 꼭 노크를 하고 들어가겠다란 말을 한 뒤에 들어오는데 저렇게 벌컥 문을 열어젖히는 걸 보면 형이 분명했다.

형이 웬 종이를 손에 쥐고 다가오다가 날 보고 갑자기 그 자리에 멈춰 섰다. 형을 빤히 보는데 형의 눈은 점점 커지다가 이내 팍 인상을 찡그렸다.

"너 눈이 왜 그래?"

"눈?"

나는 의아한 얼굴로 형을 보며 묻다가 침대에서 내려와 거울 앞에 섰다. 그리고 거울 속에 비친 내 모습을 보며 나는 나도 모르게 비명을 질렀다.

"으아아악!"

내 비명이 시끄러웠던 건지 형은 귀를 막고 다시 미간을 좁혔다.

[내 눈이 왜 이래!]

"그걸 내가 어떻게 알아. 아무튼 여기에 사인해."

형이 뭐라고 하는 건지 하나도 귀에 들어오지 않았다. 분명 아까까지만 해도 초록색이던 내 눈동자는 마치 여러 가지 색깔의 물감을 풀어놓은 것처럼 얼룩덜룩했다. 초록색, 파란색, 빨간색, 노란색 등의 많은 색이 저마다 뒤섞인 눈동자를 빤히 보며 나는 다시 외쳤다.

[괴물 눈깔이잖아!]

"사인하라니까."

[야! 넌 지금 내 눈이 병신이 됐는데 그게 중요하냐! 내 눈! 내 눈!]

양손으로 눈을 덮은 채 괴성을 지르자 형이 한숨을 내쉬었다. 자기 일 아니라고 너무 태연한 거 아니야? 갑자기 멀쩡했던 눈 색깔이 왜 바뀌었지? 나 이러다가 갑자기 실명하는 거 아니야? 그럼 앞을 못 볼 텐데?

내가 온갖 부정적인 생각들을 하면서 좌절하고 있는데 형이 내게 물었다.

[너 누구 만났지?]

[으어엉, 내 눈! 내 눈이 이상하다고!]

앞이 보이지 않으면 일을 하지 못한다. 일을 하지 못하면 돈이 없고, 그럼 나는 굶어 죽게 된다.

죽는다는 결론에 다다른 내가 다시 발광하자 차분히 묻던 형이 도저히 더는 봐줄 수 없었던지 내 머리통을 붙잡았다.

[모르는 사람 만났냐고, 오늘.]

[내가 만나긴 누굴……, 아! 만났다! 길 잃어버린 사람.]

[그 사람이 마법사라도 됐나 보지. 근데 병아리 너 내가 모르는 사람 만나면 어쩌라고 했냐? 뒈질래?]

[내가 뭘! 난 그냥 길 좀 찾아달라고 해서……. 아, 그래, 그 사람 형 만나러 간다고 했었어. 뭐라고 하는지 자세하게는 못 들었는데 「교황」을 만나러 간다고 했어. 형 이름이 「교황」이잖아.]

내 말에 형은 미간을 구겼다. 그리고 잠시 생각하는 것 같더니 다시 물었다.

[날 만난다고 했다고? 누가?]

[몰라, 그건 안 물어봤는데……. 그 사람 두 번 만났는데 두 번 다 자고 있었어. 저번에도 한 번 만났는데 그때도 형 만나러 간다고 하고, 오늘도 그랬어. 근데 오늘은 갑자기 그냥 가던데? 나무 위에서 자고 있었나 봐. 거기서 떨어지더라. 무슨 새 어쩌고저쩌고하던데…….]

말을 하다가 말고 나는 뒷말을 흐렸다. 내가 말을 하면 할수록 형의 얼굴에서 표정이 점점 사라져갔기 때문이었다. 나는 우물쭈물하다가 일단 형과 거리를 벌린 뒤에 다시 말했다.

[그 사람 눈이 처음 봤을 땐 갈색이었는데 오늘 보니까 한쪽만 빨간색인 거야. 그래서 신기하다고 하니까 너도 해준다고 해서…….]

그냥 내 눈에 손만 대서 아무것도 안 한 줄 알았는데 언제 눈 색깔을 바꾼 건지 모르겠다. 이게 도대체 무슨 일이지? 설마 이게 말로만 듣던 마법이라는 건가?

나는 이곳에 오기 전에 읽었던 판타지 소설을 떠올렸다. 설마 이런 게 진짜 있을 줄은 몰랐던 터라 나는 상기된 얼굴로 형에게 물었다.

[설마 여기에 마법 그런 것도 있냐? 진짜로? 야! 대박이다! 막 몬스터나 그런 것도 있어? 엘프도? 그런 거 진짜 있냐? 어? 있어? 야! 대답 좀 해봐! 궁금……!]

[씨발.]

[……하지도 않아. 하나도 안 궁금해.]

느닷없이 욕을 하는 형을 보면서 나는 식겁을 하고 말을 고쳤다. 말을 고쳤음에도 불구하고 형의 얼굴은 펴질 줄을 몰랐다. 형은 금방이라도 날 패대기칠 것 같았다.

[너 뒈질래?]

[아, 아니……. 근데 내가 왜 뒈져야 돼?]

내가 뭘 했다고? 진짜 궁금해서 질문했지만, 형은 입을 다물었다. 그리고 곧 뭐라고 하려다가 마치 당장 폭발하려는 걸 꾹꾹 참으려는 듯 길게 한숨을 내쉰 뒤에 차분한 목소리로 말했다.

[넌 좀 맞아야겠다.]

[…….]

형의 말을 이해할 수가 없어서 멀뚱멀뚱 보고 있는데 형이 갑자기 걸치고 있던 겉옷을 벗기 시작했다. 겉옷을 벗고 옷소매를 걷을 때까지 그 모습을 멍청하게 보다가 순간 정신을 차린 나는 기겁을 하고 뒤로 물러났다.

[왜, 왜 때려!]

[아직 안 때렸어.]

[내가 뭘 잘못했는데!]

[모르는 사람이랑 말하고 모르는 사람이 길 잃어버렸다고 찾아주고, 모르는 사람이 마법 쓸 때까지 멍청하게 있다가 눈깔 병신 되고, 모르는 사람을 만났는데도 나한테 말도 안 했으니까.]

그런 억지가 어디 있어, 이 씨발 새끼야!

나는 완전히 전투태세로 돌입한 형을 피해 안전거리를 확보한 뒤에 외쳤다.

[그게 무슨 개소리야! 그럼 모르는 사람 만나면 무조건 쌩까냐? 그럼 내 인간관계……!]

[개소리? 너 부리 째질래? 지금 하늘 같으신 형님이 한 말보고 개소리라고?]

[아, 아니! 지금 그게 문제냐, 병신아! 오지 마! 내가 뭘 잘못했다고! 내 눈 이상하게 변한 건 그 길 잃어버린……!]

[병신?]

이젠 별걸로 다 트집을 잡는 형을 보면서 나는 어이가 없어졌다. 진짜 기가 막힌다. 내가 도대체 뭘 잘못했다고 저 지랄이야!

[야! 너 지금 나한테 시비 거는 거지? 혹시 너 그 사람이랑 사이 나쁘냐? 그렇다고 그걸 왜 나한테 화풀이하는 건데, 이 성격파탄자야!]

[10분 준다. 그 눈깔 원상 복귀시켜서 와.]

[뭐? 워, 원상 복귀를 어떻게 시키는데?]

그때 밖에서 낯선 목소리가 들려왔다. 완전히 다 알아들을 수는 없었지만, 형을 찾는 소리 같았다. 형은 종이를 탁자에 내려놓더니 내게 말했다.

[네가 지금부터 해야 할 일이 뭔지 말해봐.]

[눈 원상 복귀? 근데 그거 어떻게…….]

[그리고?]

[어? 그리고? 그리고……. 이, 일기 쓰기?]

왠지 얻어맞을 것 같은 느낌이 들어서 우물쭈물 대답하자 형이 방긋 웃었다. 덩달아 웃으려는데 형이 내 머리통을 후려쳤다.

[눈깔 원상 복귀랑 여기에 사인.]

나는 빠개질 것 같은 머리통을 부여잡고 탁자 위의 종이를 노려봤다.

본다고 해서 뭔 말인지 알 수는 없었지만 이 종이가 형과 날 부자 관계로 만들어줄 빌어 처먹을 종이라는 건 알 것 같았다.

[근데 생각해보니까 난 굳이 가족이라는 울타리가 없어도 혼자 어엿하게 살아갈 수 있을 것 같······.]

[오늘 내로 그 눈깔 원상 복귀시켜서 나한테 검사받아, 알겠냐?]

[근데 형, 지금 난 내 눈보다 너랑 내가 부자 관계가 된다는 사실이 더······.]

엿 같다고, 씨발!

차마 뒷말은 하지 못한 채 우물쭈물하자 형은 날 버려둔 채 뒤도 돌아보지 않고 방을 나가버렸다. 방에 덩그러니 남은 나는 이 종이를 찢어발기고 그냥 도망칠까, 불구덩이 속에 처넣고 잃어버렸다고 할까, 미친 척하고 이걸 형 면상에 집어던지고 여기에 사인을 할 바에 자결을 하겠다고 할까, 한참을 고민했다.

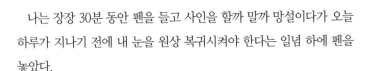

나는 장장 30분 동안 펜을 들고 사인을 할까 말까 망설이다가 오늘 하루가 지나기 전에 내 눈을 원상 복귀시켜야 한다는 일념 하에 펜을 놓았다.

아까 그 거적때기 남자를 만난 곳으로 갔지만 간다던 남자가 그곳에 있을 턱이 없었다. 눈깔 원상 복귀시키라고 그렇게 난리를 쳐놓고 나한테 방법이라도 가르쳐주고 가야 할 거 아니냐고.

지금 내가 마음을 터놓고 상담할 수 있는 사람은 알카 형뿐이었다. 여기서 아는 사람이라고는 형이랑 알카 형이랑 아이리스밖에 없으니까. 알카 형을 찾아가서 내게 닥친 이 상황을 설명하면 뭔가 답을 찾아줄 것만 같은 예감이 들었다.

하지만 곧 나는 알카 형이 어디에 있는지 알 수가 없어서 다시 절망에 빠졌다. 알카 형이 여기에 사는 건지, 아니면 여기가 그저 직장일 뿐인 건지 나는 그것조차도 알지 못했다.

한숨을 푹푹 내쉬면서 길을 따라 터벅터벅 걷다가 나는 어느새 커다란 문이 있는 곳까지 왔다. 여기는 내가 이 이상한 나라에 떨어지고 형을 처음 만났던 곳이었다.

기서 악을 써대면서 울던 때가 마치 아주 옛날 일 같아서 한참 회상에 젖어 있는데 문 앞에 문지기처럼 보이는 사람이 서 있는 걸 발견했다. 새하얀 옷을 입고 기다란 창을 들고 서 있는 사람은 인형처럼 미동도 하지 않았다. 나는 그 사람을 멍청하게 한참 보다가 조심스럽게 다가갔다.

"저기요."

내 쥐꼬리만 한 목소리에 문지기가 고개를 숙여 날 쳐다봤다.

"안녕하세요, 저는 병아리가 되겠습니다."

일단 나는 최대한 정중하게 인사를 건넸다.

심드렁한 눈으로 날 쳐다보던 남자가 내 인사를 듣자 곧 눈을 동그랗게 뜨고 내게 인사를 했다.

"네, 안녕하세요. 여기는 어쩐 일이십니까?"

"질문이 있습니다."

"네?"

"어……. 음, 그러니까. 알카이아……. 탐색을 하고……. 아니, 찾아야 합니다. 알카이아! 그 인간을 알아?"

낯선 사람이랑 대화를 나누는 건 별로 경험해보질 못해서 그런지 평소에 아는 말도 헷갈렸다. 그러니까 학교에서 영어 죽어라 배우고 외국 나갔는데 "헬로우, 하우아유? 아임 파인, 땡큐", 이 말밖에 하지 못하는 거랑 아주 비슷했다.

내가 버벅거리자 문지기는 근심 걱정이 가득한 얼굴로 내게 되물었다.

"알카이아 사제 님을 찾으십니까?"

"맞습니다! 찾으십니다."

"조금 전 이곳을 지나셨습니다. 지금 바로 가시면 만나실 수 있을 것 같은데……."

"어, 저는 말이 서투릅니다. 미안합니다. 알카이아 어디로 가야 만날 수 있습니까?"

내 말에 다시 무거운 얼굴로 고민하던 문지기는 결국 손으로 밖을 가리키며 말했다.

"저쪽으로 가셨습니다."

"저쪽? 저기로 계속 가면 만납니까?"

"네, 십여 분 전에 지나가셨으니 빨리 가시면 만나실 수 있을 겁니다."

"감사합니다. 당신은 병아리입니다. 안녕히 계세요!"

"예? 아, 네, 네……."

나는 활짝 웃는 얼굴로 공손하게 인사를 한 뒤 문지기가 가리킨 곳으로 달리기 시작했다. 이곳에 온 뒤로 밖에 나가는 건 처음이었지만 지금 풍경 감상 같은 걸 할 시간은 없었다. 빨리 알카 형을 만나서 내 눈을 원상 복귀시킬 수 있는 방법을 찾아야만 했다.

한참을 달리자 하나둘 사람들이 보였고, 가게나 집들도 보이기 시작했다. 숨이 턱 끝까지 차올랐지만 나는 계속 달리기만 했다.

알카 형인 줄 알고 붙잡았는데 알카 형이 아닌 사람들이 세 명이나 있었다. 결국 나는 헉헉거리면서 허리를 굽혔다.

이쪽으로 가면 만날 수 있다고 했는데, 혹시 내가 못 본 건가?

나는 주변을 두리번거리면서 다시 알카 형을 찾았다. 그렇게 한참 사방을 두리번대다가 문득 깨달았다.

"……."

어, 근데 여기가 어디지? 나는 머리를 긁적거리면서 아까 달려온 길을 되짚었다. 건물들이 하나같이 다 똑같이 생긴 것들뿐이라 길을 구분하기가 쉽지가 않았다. 저 건물은 아까 본 것 같기도 하고 아닌 것 같기도 하고…….

고개를 기우뚱하게 젖히고 나무 간판을 노려보고 있는데 주변이 점점 소란스러워지기 시작했다.

"이 새끼가!"

웅성거리는 소리와 함께 커다란 고함이 벼락처럼 터졌다. 간판을 노려보던 나는 화들짝 놀라서 고개를 돌려 소리의 근원지를 찾았다. 그곳에는 웬 커다란 남자가 성난 소처럼 얼굴을 붉힌 채 고함을 치고 있었다.

"이게 뭐하는 짓이야, 이게 얼마짜린 줄이나 알아! 이 거지 같은 새끼가!"

세상에서 제일 재미있는 게 싸움 구경이랑 불구경이라고 했다. 이미 그 남자 주변에는 사람들이 한둘씩 모여들고 있었다. 나도 천천히 그곳으로 다가갔다. 사람들 틈에 껴서 고개를 삐죽 내밀자 남자의 모습이 정확하게 보였다.

컴퓨터 게임을 할 때 봤던 게임 속의 주인공처럼 남자는 가죽 갑옷을 입고 허리에는 기다란 칼을 차고 있었다. 그의 갑옷 가슴팍에는 무언가 시커먼 염료 같은 것이 묻어 있었다.

"아, 큰일 났네."

바닥에 주저앉아 있는 사람은 거적때기 같은 걸 온몸에 두르고 있었다. 그 모습이 의아하게도 굉장히 낯이 익어서 나는 남자만 계속 보았다.

"비싼 건데……."

"비싸? 지금 이 시커먼 물이 내 갑옷보다 비싸다는 거냐! 이 자식이, 이거 어떻게 보상할 거야!"

갑옷을 입은 남자가 성이 난 소처럼 숨을 거칠게 쉬면서 엎어져 있는 남자의 멱살을 잡고 강제로 일으켰다.

멱살이 잡힌 남자는 마치 종잇장처럼 쉽게도 들려 온몸을 가리고 있던 거적때기가 벗겨졌다. 남자의 얼굴이 드러나자 나는 나도 모르게 외쳤다.

"어! 어! 어!"

내가 소리를 지르면서 삿대질을 하자 화를 내던 남자와 내 눈을 이 꼴로 만든 정체불명의 남자가 날 쳐다봤다. 멍한 얼굴로 날 빤히 보던 남자는 내가 누군지 기억이 났는지 눈을 동그랗게 뜨고 말했다.

"너 그 이상한 애 맞지?"

이상한 애? 내가 제대로 들은 게 맞나 싶어서 고개를 갸웃거리고 있는데 남자는 멱살이 잡힌 채 날 보며 계속 말을 이어나갔다.

"너 아까는 교황청에 있더니 여긴 언제 온 거야?"

"어……. 저는 말이 서투릅니다. 아! 길을 잃어버렸습니다. 저, 찾아주십니까?"

"길을 찾아달라고?"

"그렇습니다! 길을 찾아주세요. 아까 거기에 가야 합니다."

운이 좋았다. 처음 밖으로 나와서 길을 잃었는데 아는 사람이라고 하기에는 뭣하지만 어쨌든 안면이 있는 사람을 만났으니 이제 무사히 돌아갈 수 있을 듯했다. 싱글벙글 웃으면서 내가 고개를 끄덕이자 남자는 고민하는 것 같더니 내게 말했다.

"그래. 너도 내가 길 잃어버렸을 때 찾아줬으니까 거기까지 데려다줄게."

"아, 감사합……."

"이 새끼들이 지금……! 어? 뭐야, 이거 또 가지고 있냐?"

남자의 고함이 벼락처럼 떨어졌다. 그제야 나는 지금 나와 대화 중인 저 남자가 처한 상황을 깨달았다. 나는 그렇다고 쳐도 저 남자는 지금 자기보다 한참 큰 남자한테 멱살까지 붙잡힌 주제에 뭘 저렇게 나랑 도란도란 얘기를 하는 거야?

혹시 싸움에 휘말려 들까 싶어서 우물쭈물하고 있는데 화를 내던 남자가 손을 뻗어 거적때기 안으로 넣었다. 남자가 손을 빼자 시커먼 물이 담긴 유리병이 쥐어져 있었다. 남자 갑옷에 묻은 정체불명의 액체도 저것일 것 같았다.

"그거 비싼 거야. 건드리지……."

그때였다. 거적때기를 입은 남자는 친절하게 뭔가를 이야기했고, 동시에 우락부락한 남자는 비열하게 웃더니 그걸 그대로 거적때기 남자의 가슴팍에 던졌다. 유리병이 깨지면서 시커먼 물이 회색 거적때기를 적셨다. 우락부락한 남자는 여전히 실실 웃는 얼굴로 멱살을 쥐고 있던 손을 탁 놓았다.

"이제 내 기분이 얼마나 더러웠는지 알겠냐?"

"……."

"별 거지 같은 새끼가……. 이 형님이 한 번 봐줄 테니까 다음부턴 눈깔 똑바로 뜨고 다녀라."

그의 말이 끝나자 남자의 동료처럼 보이는 사람들이 킥킥거리면서 웃었다. 나는 불안한 눈으로 자기 거적때기가 시커멓게 물들어 있는 걸 쳐다보기만 하는 남자를 바라봤다.

그의 표정만 봤을 땐 그가 무슨 생각을 하고 있는지 가늠하기가 어려웠다.

남자와 그의 동료가 킥킥 웃으면서 자리를 뜨려고 할 때 고개를 숙이고 있던 남자가 고개를 들면서 한숨을 내쉬었다.

"아, 귀찮아 죽겠네."

"뭐, 이 새끼야?"

자리를 뜨려던 남자가 다시 험악한 얼굴로 고함을 쳤다. 그러더니 다시 거적때기 남자의 멱살을 잡아 질질 어디론가 끌고 가기 시작했다.

"이 새끼가 한 번 봐주려고 했더니 고마운 줄도 모르고. 오늘이 네 제삿날이다."

남자는 딱히 저항도 하지 않고 그대로 질질 끌려가기만 했다. 안절부절못하면서 나는 저걸 말려야 하나, 말아야 하나 고민했다.

어쩌지? 말리자니 싸움에 휘말려들게 될 것 같고, 가만히 있자니 저 남자가 저 우락부락한 남자한테 맞을 것 같고……. 저 남자가 개떡이 되도록 맞으면 내 길은 누가 찾아줘?

나는 거의 울며 겨자 먹기로 그들의 뒤를 따라갔다. 이걸 정말 어떻게 하면 좋지? 구경을 하던 사람들은 싸움에 휘말리고 싶은 생각은 없었던지 다들 흩어져 갈 길들을 갔다.

나는 한참 그들을 따라가면서 울상을 지었다. 걸으면 걸을수록 사람이 점점 보이질 않았다. 인적이 드문 으슥한 곳에 도착하자 그들은 골목 어귀로 들어갔다. 골목 밖에서 나는 안을 들여다보지도 못하고 발만 동동 굴렸다.

그러다가 나는 결심했다.

이왕 이렇게 된 거 그냥 남자답게, 멋있게! 불의를 보고도 참으면 그건 남자가 아니었다.

나는 한참 심호흡을 하고 손을 탈탈 털다가 주먹을 쥐었다. 이래 봬도 내가 형한테 맞으면서 맷집은……. 아니, 근데 이건 내 몸이 아니잖아.

다시 망연자실하게 어깨에 들어갔던 힘을 쭉 빼는데 골목 안에서 단말마의 비명이 들려왔다. 나는 화들짝 놀라 결국 골목 안으로 돌진하며 외쳤다.

"싸우면 나쁜……!"

죽을힘을 다해 외치며 골목 안으로 돌진하다가 나는 발을 뚝 멈췄다. 주변 풍경이 굉장히 이상하다는 걸 깨달았기 때문이었다.

나는 눈을 동그랗게 뜨고 마치 삐걱거리는 로봇처럼 고개를 돌렸다. 피떡이 되어 바닥에 널브러져 있는 건 내 길을 찾아주겠다던 그 남자가 아니었다.

우락부락한 남자의 동료처럼 보이는 사람들은 고장 난 인형처럼 바닥에 널브러져 있었고, 그 우락부락한 남자는 동상처럼 굳은 채 그 자리에 서서 경악을 한 얼굴로 입만 어버버거리고 있었다. 그 앞에서 거적때기를 툭툭 털던 남자가 손을 뻗어 우락부락한 남자 허리춤에 차인 검에 손을 뻗었다.

촤악! 검이 빠지면서 몸뚱이가 반으로 잘렸다. 나는 눈도 깜박이지 못하고 숨도 쉬지 못했다.

검을 차고 있던 허리에서부터 어깨까지 사선으로 몸이 두 동강 난 남자는 비명도 지르지 못하고 두 조각으로 나뉜 채 바닥으로 허물어졌다.

남자는 사방이 피로 칠갑이 됐음에도 피 한 방울 묻지 않은 모습이었다. 그는 들고 있던 검을 바닥에 버리며 날 쳐다봤다.

"교황청으로 가면 되지?"

"……."

"거기로 가는 거……. 어?"

남자가 점점 기울어지기 시작했다. 바닥에 머리를 부딪치고 나서야 나는 내가 쓰러졌다는 걸 깨달았다. 남자가 의아한 눈으로 날 내려다봤다. 나는 피로 질척거리는 바닥에 엎어진 채 그대로 기절했다.

한 치 앞도 보이지 않는 어둠 속에서 나는 훌쩍거렸다. 내가 왜 이곳에 있는 건지도 모르겠고 내가 누군지도 잘 기억이 나질 않았다.

내가 언제부터 울고 있었던 거지? 나는 그런 생각을 하면서 슬며시 고개를 들었다. 시커먼 어둠 속 저 멀리에서 무언가가 반짝반짝 빛을 내고 있었다.

어둠 속에서 빛을 발견한 나는 벌떡 일어나 빛을 향해 전속력으로 뛰었다.

"저기요!"

내 외침을 들은 걸까, 번쩍거리고 있던 게 일순 주춤했다. 그걸 보며 필사적으로 달렸지만 점점 그것에 가까워질수록 다리를 움직이는 것이 느려졌다.

밤하늘의 별처럼 반짝이던 것의 정체는 바로 검이었기 때문이었다. 시뻘건 물을 잔뜩 머금고도 기다란 검은 마치 배가 고프다는 듯 번뜩이고 있었다. 석상처럼 그 자리에 굳어서 움직이질 못하고 있는데 검이 내 쪽으로 움직였다.

그리고 그때, 나는 그 검을 들고 있는 남자의 얼굴을 확인했다.

"⋯⋯."

저건 살인자다. 사람을 반 토막 낸 살인자! 나는 여전히 움직이지 못한 채 몸을 벌벌 떨기만 하면서 눈을 굴렸다. 남자 주변에는 처참하게 찢어지고 터진 토마토가 한가득 보였다.

"⋯⋯."

응? 토마토?

무언가 이상하다 싶던 그 찰나, 남자가 팔을 휘둘렀다. 날 죽이려는 게 분명하다! 나는 눈을 질끈 감고 눈물을 줄줄 흘렸다.

살려줘, 누가 나 좀 살려줘! 살려주세요!

"안 돼!"

그때 귓가로 날카로운 목소리가 들렸다.

황급히 눈을 뜨자 웬 다리가 달린 토마토 하나가 내 앞을 가로막고 있는 게 보였다. 하지만 토마토는 곧 남자의 무자비한 검에 반으로 쪼개져 툭 쓰러졌다.

나는 마치 피처럼 벌건 물을 울컥울컥 토해내며 반으로 잘린 토마토를 보다가 이 토마토가 나 대신 죽었다는 걸 깨달았다. 다시 고개를 들자 남자는 다시 한 번 검을 들었다.

"안 돼!"

그러자 어둠 속에서 또 다리 달린 토마토가 빠르게 달려와 내 앞을 가로막았다. 남자의 검에는 자비가 없었다. 귓가로 "안 돼!" 하는 소리가 메아리처럼 울렸다.

날 대신해서 반으로 쪼개진 토마토가 어느덧 열 개가 넘어갈 때쯤, 나는 이름도 모를 토마토가 너무 불쌍해서 그 자리에 주저앉아 펑펑 울어버렸다.

"으어엉! 으엉! 토마토! 으어엉!"

대성통곡을 하고 있는데 눈앞의 장면이 점점 바뀌기 시작했다. 나는 훌쩍거리면서 눈을 비볐다.

"흑, 흑흑……."

"정신 차렸으면 일어나."

그때 귓가로 형의 목소리가 들렸다. 나는 눈을 번쩍 뜨고 몸을 일으켰다. 갑자기 일어나서 머리가 핑 하고 돌았지만 그건 중요하지 않았다. 나는 내 앞에서 날 한심하게 쳐다보고 있는 형을 멀뚱멀뚱 보다가 서러워져서 다시 커다랗게 울었다.

"으어어엉! 으어엉! 토마토! 토마토가……! 으어어엉!"

"아까부터 왜 자꾸 토마토 타령이야? 야, 너 이거 몇 개야?"

형은 내 얼굴을 억지로 들더니 손가락 두 개를 펼쳤다. 성질이 나서 그대로 그 손가락을 꽉 물어버리고 싶었지만 그랬다가는 이를 몽땅 뽑혀 이 나이에 틀니를 하게 될 것만 같아서 나는 가까스로 참고 훌쩍 거리며 말했다.

"흑, 토마토……. 그거……. 으어어엉!"

그 거적때기 남자가 사람을 죽인 것도 꿈이었나 보다. 왜 이런 거지 같은 꿈을 꿔서……. 도대체 어디서부터가 꿈이고 어디서부터가 현실인지 알 수가 없었다. 나는 내 눈 색깔이 어떤지 보기 위해서 흑흑거리며 침대에서 몸을 일으켰다. 하지만 바닥에 발을 딛고 고개를 들자마자 반사적으로 형을 부르짖으며 비명을 질렀다.

"으아아악! 형! 형! 으아……읍!"

내가 비명을 지르자 형이 손으로 내 입을 막으면서 상냥하게 말했다.

"부리 째질래?"

그 말에 나는 고개를 도리도리 저었다. 그리고 다시 정신을 차린 뒤 내 입을 막고 있는 형의 손을 떼고 외쳤다.

"저, 저, 저……! 저, 저!"

"말 똑바로 해. 저게 뭐?"

"난 그냥 길 찾아달라고 해서 그런 것밖에 없다니까."

저 새끼가 왜 여기에 있는 거야! 나는 몸을 벌벌벌 떨면서 황급히 형 뒤로 숨었다.

사람이 반으로 잘리는 장면이 무한 리플레이 되면서 눈앞에 그려지자 다시 눈물이 나기 시작했다. 입술을 꾹 다물고 애써 눈물을 참고 있는데 형이 날 보면서 말했다.

"왜 그렇게 떨어?"

"저, 저, 저……. 저…… 흑, 사람……. 사람, 사망! 사망!"

"뭐? 사망? 설마 저 새끼가 너 죽이려고 했냐?"

"으어엉! 길, 검은 길에, 구석 틈! 거기에서 사망, 으어엉!"

"검은 길? 구석 틈은 또 뭐……. 골목? 골목으로 끌고 가서 죽이려고 했다고?"

"으어어어엉!"

그냥 한국말로 하면 될 걸 정신이 하나도 없어서 되는대로 내뱉기 시작했다. 그러자 일그러진 얼굴로 이쪽을 보기만 하던 남자가 한숨을 내쉬면서 말했다.

"왜 또 사람을 모함하고 그래. 내가 언제……."

"넌 입 닥쳐."

"내 토마토! 토마토오오오! 으어어엉! 으어엉!"

"토마토는 또 무슨……. 너, 이 씨발……."

횡설수설하는 내 말을 해석하려고 애를 쓰던 형은 결국 답답해하다가 화를 다른 쪽으로 돌렸다. 자기와는 하등 상관도 없다는 듯 창밖 풍경만 감상하던 남자는 갑작스러운 형의 욕설에 낯을 찌푸렸다.

"요즘 어린것들은 왜 이렇게 버릇이 없는지."

"그냥 네가 죽어라."

"내가 왜 죽어?"

"뒈지라면 그냥 뒈져."

형이 소파에 있던 검을 빼들었다. 펑펑 울다가 스릉 하고 검이 뽑히는 소리가 나자 나는 딸꾹질이 나와서 울음을 뚝 멈췄다. 형이 검을 빼들자 창틀에 기대어 있던 남자가 몸을 일으키더니 자기도 허리춤에서 검을 빼들었다.

"넌 나 죽이려고 하는 거 지겹지도 않아?"

그걸 멀뚱멀뚱 보던 나는 저 남자가 사람을 무자비하게 죽였던 장면이 떠올랐다. 그걸 생각하면서 나는 다시 벌떡 일어나 주변을 두리번거렸다.

이걸 어쩌지? 어떻게 하면 좋지? 사람의 몸이 사선으로 잘려서 바닥에 미끄러지던 그 장면을 떠올리며 나는 형에게 외쳤다.

"아, 아, 안 돼! 안……!"

"넌 닥치고 나가."

"이 시금치! 안 된다니……!"

"너부터 뒈질래?"

쾅! 그때 남자가 들고 있던 검을 내리쳐 탁자를 박살냈다. 그 굉음에 나는 화들짝 놀라 뒷걸음질쳤다. 형은 나에게 밖으로 꺼지라며 내게서 등을 돌렸다.

나는 금방이라도 불붙을 것 같은 긴장감 속에서 내 눈앞에 사람이 반으로 잘려서 죽어가던 광경이 자꾸만 아른거렸다. 무한 반복되는 상상 속에서 나는 점점 이성을 잃어갔다.

저러다가 저 미친놈 손에 형도 똑같이 죽을 것 같았다. 그럼 나는? 말도 안 통하는 이 세상에서 그럼 나는 어쩌라고! 형과 저 미친놈의 몸이 움직이려던 찰나 나는 반쯤 정신이 돈 채 비명을 질렀다.

"으아악!"

내 커다란 고함에 놀란 형과 남자가 내게 시선을 돌렸다. 나는 저 싸움을 말려야만 한다는 생각밖에 들지 않았다. 이걸 어떻게 하면 좋지? 어떻게 하지? 어떻게 말리지?

"야, 병아리, 너 왜……."

형이 이상한 얼굴로 날 쳐다봤다. 그때 내 눈에 커다란 벽이 들어왔다. 나는 다시금 비명을 지르면서 벽으로 돌진했다.

"으아아악!"

"야!"

형이 날 불렀지만 나는 빠른 속도로 벽으로 돌진했고 그대로 벽에 머리를 박고 쓰러졌다. 마치 망치로 머리통을 맞은 것 같은 기분이 들 정도로 머리가 띵해지면서 다시 정신이 흐려졌다.

서서히 감기는 눈꺼풀 사이로 황당한 얼굴로 날 쳐다보는 형과 미친놈이 보였다. 나는 느릿하게 눈을 깜박거리면서 형을 쳐다봤다.

내가 네 목숨을 구한 거다. 넌 나한테 감사해야 돼, 이 새끼야. 임무를 완수했다고 생각하며 나는 깨어난 지 10분 만에 다시 정신줄을 놓았다.

나는 깨질 것 같은 머리통을 부여잡고 입술을 물어뜯었다.

[흑흑, 씨발……. 내 머리……. 으어엉!]

거울 속에 비친 내 모습을 보며 나는 결국 목놓아 울었다. 이마에 커다랗게 멍이 들었는데 퍼렇다 못해 시커멓게 변한 게 보기만 해도 아파서 죽을 것 같았다. 툭 건드리면 피라도 터질 것 같은 이마를 만지지도 못하고 나는 손을 파닥거리면서 최대한 고통에서 벗어나기 위해 안간힘을 썼다.

그래도 방이 멀쩡한 거 보면 내가 기절하고 나서는 싸우지 않은 것 같았다. 나는 다시금 사람이 반 토막 나던 그 장면이 떠올라서 진저리를 쳤다.

내가 혹시 꿈이라도 꾼 게 아닐까? 사람이 어떻게 그렇게 두부 잘리듯 반으로 쪼개져? 그건 말도 안 된다.

그때였다. 쾅! 문이 박살나듯 커다란 소리와 함께 문이 열리면서 형이 들어왔다. 나는 어깨를 움츠리고 고개를 돌렸다. 다행히 문은 멀쩡했지만 이제 문이 아니라 내가 박살이 날 것만 같아서 나는 안도할 수가 없었다.

나는 잽싸게 의자로 가 양손을 무릎에 얹고 공손하게 앉았다. 얌전하게 앉아 있는 날 보던 형이 화를 참으려는 듯 깊게 숨을 들이켜더니 성큼성큼 내 옆으로 왔다. 그리고 손을 드는데 나는 반사적으로 몸을 움츠리면서 손을 들어 얼굴을 가렸다.

하지만 아무리 기다려도 머리에서 느껴져야 할 충격이 오지 않아서 나는 슬쩍 실눈을 뜨고 형을 쳐다봤다.

[뭐하냐, 너 지금?]

[아, 안 때려?]

[맞을래?]

[아니요.]

내가 잽싸게 고개를 흔들자 형이 내 맞은편에 앉았다. 기다란 다리를 꼬고 거만하게 앉아 날 내려다보는 게 꼭 저걸 죽여야 할지 살려야 할지 고민하는 조폭 두목 같았다.

누가 저걸 보고 신을 떠받드는 사제라고 생각을 할까. 아니, 저놈은 일반 사제도 아니고 무려 교황이었다. 저런 조폭 같은 교황이 세상에 어디에 있어! 툭 하면 때리고 툭 하면 욕하고 툭 하면 협박이나…….

[너 죽을래?]

갑작스러운 협박에 나는 움찔 몸을 떨었다. 이젠 저 새끼가 독심술까지 쓰나 보다. 나는 손사래를 치며 다급하게 말했다.

[욕 안 했어!]

[갑자기 뭔 소리야?]

[어? 아니, 그러니……. 어? 그럼 내가 왜 죽어?]

내가 속으로 욕을 하는 걸 귀신처럼 알아채고 죽을 거냐고 묻는 건지 알았더니 그게 아니었나 보다. 내가 의아한 얼굴로 묻자 형이 순식간에 표정을 굳히더니 주먹을 쥐었다. 어깨를 움츠리고 최대한 불쌍한 표정으로 형을 보면서 나는 말했다.

[나 머리 아픈데…….]

[벽에 대가리는 왜 처박아?]

거기에 대해선 나도 할 말이 많았다. 나는 움츠리고 있던 어깨를 당당하게 펴고 턱을 치켜들었다.

[형 죽을까 봐……. 나 아니었으면 거기서 넌 몸이 반으로 토막 나서…….]

당당하게 말하던 나는 다시 한 번 그때의 장면을 떠올리곤 입을 다물었다. 그건 꿈이다. 그냥 19금 영화 하나 봤다고 생각을 하자. 나는 스스로 최면을 걸면서 마음을 다스렸다. 그때 형이 있는 대로 얼굴을 구기더니 내게 물었다.

[내가 죽을까 봐?]

[그래! 싸움 말리자고 나도 덩달아 싸울 수도 없는 거고 나는 내가 할 수 있는 최대한의 방법으로 형을 지키기 위해서……, 으악!]

자랑스럽게 말하고 있는데 형이 주먹을 들었다. 그대로 내 머리통을 때릴 줄 알았는데 차마 형도 마빡에 시커멓게 멍이 든 내 머리를 때리지는 못하겠던지 주먹을 들고만 있었다. 맞을 줄 알고 비명까지 질렀는데 그대로 가만히 있는 형을 보면서 나는 안도의 한숨을 내쉬었다. 그때 형이 짧게 말했다.

[박아.]

[…….]

그 짧은 단어에는 아주 많은 뜻이 담겨 있었다. 내가 지금 열 받아서 네 대가리를 갈기면 상처 입은 이마에서 피라도 터질 것 같으니까 최대한 양심껏 네가 내 주먹에 대가리를 박으라는 뜻이었다.

나는 울상을 한 채로 슬쩍 주먹에 머리를 갖다 댔다. 그리고 형의 표정을 살피고는 속으로 욕을 했다. 너 지금 장난하는 거냐고 다시 처박으라는 얼굴이었기 때문이다.

결국 나는 어쩔 수 없다고 생각하며 허리를 뒤로 젖히고 있는 힘껏 주먹에 머리를 처박았다.

[악!]

[네가 지금 뭘 잘못했는지 말해봐.]

내 비명을 듣고서 그제야 형이 손을 내렸다. 나는 아픈 이마를 부여잡고 홀쩍거리면서 투덜댔다.

저 새끼는 진짜 짜증 나 죽겠다. 꼭 뭐만 하면 말하래, 나보고! 오늘 뭐해야 할지도 말해보라고 그러고, 꼭 내가 뭐만 하면 내가 뭘 잘못했는지 말하라고 하고! 씨발, 지가 무슨 여자야?

상진이 새끼가 여자 친구랑 싸운 적이 있는데 그때 나보고 짜증 나 죽겠다고 했던 게 떠올랐다. 갑자기 화를 내는 여자 친구에게 상진이가 미안하다는 말을 하자 여자 친구가 「네가 뭘 잘못했는데?」라며 오히려 되물었단다. 그때 상진이 새끼가 우물쭈물하자 여자 친구가 도리어 더 화를 내며 전화를 끊었다고 했는데 지금 내 꼴이 딱 그 짝 같았다.

[그러니까 내가 지금……. 일기 안 쓰고…….]

[너 진짜 뒈지고 싶냐? 사인하라고 했을 때도 일기 얘기 꺼내더니 아주 일기에 재미가 들리셨지? 하루에 200장씩 쓰게 해줄까?]

[싫어! 일기를 하루에 200장 쓰면 그게 일기냐, 반성문이지!]

내가 뭘 잘못했는데! 내가 뭘 잘못했어! 그 미친놈한테 죽을 뻔한 걸 내가 이 한 몸 다 바쳐 구해줬더니 고맙다고 하지는 못할망정!

[내가 벽에 머리를 박고, 기절을 해도 내 방 침대에서 했어야 됐는데 거기서 기절해서 하늘 같으신 형님을 귀찮게 한 거요.]

나는 생각과는 정반대로 착실하게 대답했다. 내가 하필 기절을 해도 왜 거기서 해 가지고……. 저 악마 같은 새끼 뒈지든 말든 그냥 내버려뒀어야 하는 건데.

[그리고?]

[그리고……. 그리고, 그러니까…… 일기 안 쓴 거…….]

[…….]

[……장난입니다. 근데 이게 다 너 때문이잖아! 이게 내 눈깔이지, 네 눈깔이냐? 네가 자꾸 내 눈깔 원상 복귀시켜오라고 해서 내가 밖에 나가서 길까지 잃어버리고 그 미친놈 만나서…… 으웩.]

말을 하다가 말고 내가 토하는 시늉을 하자 형이 인상을 팍 쓰면서 나와 거리를 벌렸다. 그걸 보면서 나는 이를 바득바득 갈았다. 내가 비위 상해서 토하면 기필코 네 면상에다가 하고 만다!

[씨발, 저리 꺼져.]

형은 혹시라도 내가 토할까 봐 손을 휘휘 저으면서 말했다.

도대체 갑자기 왜 토하려고 하는 건지는 궁금하지도 않은가 보다. 나는 갑자기 서러워져서 한숨을 푹 쉬었다.

[도대체 내가 전생에 무슨 죄를 그렇게 지어서……. 흑흑, 엄마, 아빠…….]

나는 내가 아주 어렸을 때 돌아가셨던 부모님을 떠올렸다. 엄마랑 아빠만 살아 있었어도 내가 내 유년기를 포함해서 사춘기 시절까지 저 새끼 손에 농락당하는 일은 없었을 텐데.

[그 미친놈이 뭐?]

[몰라, 이 개새끼야! 저리 가! 저리 꺼져! 네가 내 마음을 알아? 넌 진짜 형도 아니야, 저리 꺼져!]

타향살이가 얼마나 힘든 건지 나는 비로소 깨달았다. 여기가 내 고향도 아니고 아는 사람이라고는 형밖에 없었다.

원수 같았던 친구들도 보고 싶었고 나만 갈구던 우리 선생님도 보고 싶었고 학교 밑에 분식집 아줌마도 보고 싶고 PC방 사장님도 그리웠다.

이럴 줄 알았으면 상진이 새끼한테 빌린 돈도 좀 미리 갚고 선생님 말도 좀 잘 들을걸…….

PC방 사장님 미안해요, 제가 그날 돈이 없어서 콜라 하나 째빈 거 정말 미안해요. 분식집 아줌마 사실 저 튀김 먹을 때 만날 다섯 개 먹고 네 개 먹었다고 뻥 쳤어요. 천 원밖에 없는데 튀김 네 개론 배가 안 차서 그랬어요, 미안해요. 그리고 선생님, 사실 선생님 차에 돌멩이로 스크래치 낸 거 저였어요.

그날 선생님이 숙제 안 해왔다고 제 엉덩이에 불이 나도록 몽둥이 찜질을 시켜주셔서 너무 감사해서 그랬어요, 정말 죄송합니다……

[흑흑, 선생님 미안해요……]

[……]

[으어어엉! 매점 누나 보고 싶어!]

만날 나 귀엽다고 300원짜리 쿨피스도 서비스로 주고 그랬는데 이제 누가 나한테 쿨피스를 서비스로 줄까? 갑자기 인생이 서러워져서 나는 대성통곡을 했다.

여기에 내 편은 하나도 없어. 형이라는 새끼는 내가 여자가 됐는데도 뒈질 거 아니면 그냥 살라고 하고, 내가 절 살려준 것도 모르고 나한테 성질만 내고, 눈깔은 내가 이렇게 만든 것도 아닌데 그것도 나한테 성질만 내고 때리기만 한다. 내가 정말 이렇게 살아야 돼?

[나 죽을 거야! 말리지 마, 이 개새끼야!]

내가 이렇게 살아서 뭐해! 나는 펑펑 울면서 창문 쪽으로 뛰어갔다. 그리고 창문을 벌컥 열고 몸을 앞으로 내밀자 뿌연 시야 사이로 조막만 하게 의자 하나가 보였다. 훌쩍거리면서 고개를 옆으로 돌리자 커다란 나무 꼭대기가 바로 앞에 보였다. 그제야 나는 내가 있는 방이 엄청난 고층에 위치해 있다는 걸 깨달았다.

죽으려고 창문을 열기는 했지만 아찔한 높이에 갑자기 다리가 후들거려서 나는 훌쩍거리면서 슬쩍 고개를 돌렸다. 하지 말라고 하면 못 이기는 척 창문을 닫으려고 했는데 형은 팔짱을 낀 채 날 쳐다보기만 했다.

아, 안 말려? 나는 혹시라도 떨어질세라 난간을 잡은 손에 힘을 꽉 주며 말했다.

[마, 말리지 마.]

[······.]

[말리지 말라고!]

말과는 달리 제발 좀 말려달라는 내 텔레파시가 통한 건지 형이 손을 들어 마치 개새끼를 부르듯 까닥거렸다. 저 손가락을 꽉 분질러버리는 생각을 하면서 나는 남아 있는 마지막 자존심을 지키기 위해서 다시 외쳤다.

[말리지 말라고 내가······!]

[3초 내로 의자에 앉으면 개새끼라고 한 거 없던 일로 해준다.]

나는 그 말이 끝나기도 전에 잽싸게 창문을 닫고 의자에 앉았다. 자존심이고 나발이고 내가 어렸을 때 마트에서 형한테 제일 처음 개새끼라고 했을 때 얼마나 개 맞듯 맞았던지, 그때만 생각하면 치가 다 떨렸다.

나는 아까 말이 끊어졌던 마지막 부분이 어디였던 건지 곰곰이 생각하다가 말했다.

[그러니까 그 미친놈이 뭘 어떻게 했냐면, 걔가 골목 뒤에서 사람을······, 사람을······.]

나는 다시 입을 다물었다. 말을 하면 할수록 자꾸 그때의 일이 떠올라서 속이 메슥거렸다. 비현실적일 정도로 분수처럼 터지던 시뻘건 핏물과 부서진 장난감처럼 반으로 쪼개져서 바닥에 떨어지던 살덩어리가.

그때 형이 날 가만히 보다가 말했다.

[사람을 죽였다고?]

[어? 어떻게 알았어?]

[그래서 넌 그 자리에서 바로 기절을 했고?]

[그건 또 어떻게 알았어!]

혹시 저 새끼가 뒤에서 그걸 보고 있었던 건가? 신기한 얼굴로 형을 보다가 다시 물었다.

[근데 그 미친놈이랑 아는 사이야?]

[너 뒈질래? 그런 미친 새끼랑 내가 왜 아는 사이야?]

[⋯⋯아니, 아니면 말고.]

누가 봐도 아는 사인데 저렇게까지 말하는 거 보니까 진짜 사이가 안 좋기는 안 좋은가 보다.

손가락을 꼼지락대면서 혼자 고개를 끄덕이고 있는데 별안간 형이 손을 들어 내 머리통을 슬슬 쓰다듬었다. 갑작스러운 그 행동에 나는 삐걱삐걱 고개를 들어 눈을 동그랗게 뜨고 형을 쳐다봤다.

저 새끼가 미쳤나, 갑자기 왜 이래?

[그래, 너 같은 새끼 병아리가 그런 걸 봤으니 얼마나 정신적인 충격을 받았을지 안 봐도 비디오다. 난 네가 멍청한 새끼 병아리라서 여자가 됐든 말든 잘 살 줄 알았는데 그것도 내가 잘못 생각한 것 같고, 지금 생각해보니까 내가 너한테 너무 관심이 없었던 것도 맞는 것 같다.]

[⋯⋯.]

나는 입을 쩍 벌린 채 형을 보면서 기겁했다.

저 새끼가 왜 저래? 내가 뭐 잘못한 거 있어? 갑자기 파도처럼 밀려오는 불안감에 나는 다급한 얼굴로 말했다.

[형, 내가 잘못했어. 다시는 개새끼라는 말도 안 하고 죽는다고 설치지도 않을…….]

[그래서 내일부터 내가 너한테 아주 많은 관심을 가질 예정이니까 너무 걱정하지 마.]

[형! 형님! 내가 잘못했어! 그러지 마!]

결국 내 불안감은 적중했다.

잠깐의 실수로 저 악마 같은 새끼의 지대한 관심을 받을 예정에 놓인 나는 필사적으로 외쳤지만 형은 천사처럼 웃으면서 연신 내 머리를 쓰다듬었다.

[네가 이렇게 기뻐할 줄 알았으면 진작 관심 좀 가져주는 건데.]

[네 눈엔 내가 기뻐하는 걸로 보이냐! 됐다고! 너한테 관심받느니 차라리 여기서 죽을 거야!]

병아리는 많은 관심이 필요한 동물이라는 걸 잠시 잊었다며 형은 천사 같은 얼굴로 웃었지만 그게 내게는 악마의 얼굴로 보일 뿐이었다.

쾅 하고 들려오는 커다란 소리에 나는 어깨를 움츠리며 울상을 지었다.

[네 대가리는 돌이냐? 도대체 똑같은 걸 몇 번이나 틀려?]

[이, 이게 글씨가 너무 어려워서…….]

[네가 지금 이걸 몇 번이나 썼어? 열 번이나 똑같은 단어를 써놓고도 그걸 까먹어?]

내게 윽박지르는 형을 보면서 나는 고개를 숙였다.

알카 형이 보고 싶었다. 알카 형은 어디로 간 건지 코빼기도 보이질 않고 왜 형이 내 공부를 봐주고 있는 건지……. 나한테 관심을 가져주겠다고 하더니 개뿔, 이게 관심이냐!

[한 번만 더 틀리면 틀린 단어 천 번씩 쓴다. 펜 들어.]

"시금치……."

"뭐?"

나지막하게 말한 내 목소리를 들은 건지 형이 눈을 도깨비처럼 뜨면서 되물었다. 이젠 시금치라는 게 욕이라는 걸 형도 알고 있을 터였다. 나는 펜을 들면서 말했다.

[아니, 형 귀걸이가 시금치 색깔이랑 닮았다고……. 이거 쓸까?]

"한국말 쓰지 말라고 한 거 한 시간도 안 지났다."

말이 너무 빨라서 다 알아들을 수는 없었지만 한국말 나오는 거 보니까 또 한국말 썼다고 지랄을 하고 있는 게 분명했다. 지가 먼저 써놓고……. 힘이 없으면 기어야지.

나는 단어를 끄적거리면서 말했다.

"죄송합니다."

내 말에 형은 내가 가져온 동화책을 펼쳤다. 그건 내가 어젯밤 잠들기 전에 봤던 책이었다. 책을 가지고 오라고 하는 걸 보면 형이 내게 뭘 시킬지 알 것 같아서 제일 최근에 읽었던 책을 가지고 온 건데 아니나 다를까, 형이 책을 펴더니 말했다.

"새해 아침이 밝았습니다."

"새해……, 아침이……, 밝았습니다."

나는 그걸 그대로 종이에 받아쓰기 시작했다. 내가 똑바로 쓰는 걸 확인한 형이 다시 말했다. 내용을 다 외울 정도로 봤던 거라 나는 자신만만하게 거침없이 써내려갔다. 내가 빠르게 쓰자 형이 말하는 속도도 조금씩 빨라지기 시작했다.

아깐 깨졌지만 그래도 동화책 받아쓰기로 깨질 일은 없을 거라고 속으로 장담하며 한참 종이에 형이 불러주는 내용을 쓰고 있는데 갑자기 화장실이 가고 싶었다.

아침에 주스를 너무 많이 마셨나?

일단 참기는 참았지만, 시간이 지나면 지날수록 참기가 힘들어졌다. 종이에 형이 불러주는 걸 쓰면서 내가 몸을 비비 꼬자 형이 인상을 썼다.

"왜?"

"형, 지금……."

나는 말을 하다말고 입을 다물었다.

화장실이 뭐였더라?

알카 형이 가르쳐줬는데 그때 한 번 들은 거라 기억이 잘 나지 않았다. 그렇다고 형에게 화장실이 뭐냐고 물어보면 넌 여태까지 그런 기본적인 것도 몰랐냐고 뭐라고 할 것 같았다.

그때 노크 소리가 들려왔다. 형이 들어오라고 하자 반가운 얼굴이 보였다. 나는 화장실이 가고 싶은 것도 잊은 채 벌떡 일어나 달려갔다.

"알카 형! 알카 형!"

보고 싶어서 뒈지는 줄 알았잖아요! 나는 거의 울먹이다시피 형에게 달려가 그의 허리를 꽉 안았다. 저 악마 같은 새끼 옆에서 내가 글공부한다고 받았던 수모를 생각하면 끔찍했다. 내 과격한 인사에 형은 주춤 뒤로 물러서며 말했다.

"예, 안녕하세요. 그런데 예하, 지금 막 탑의 마법사가⋯⋯."

형은 내게 간단하게 인사를 하고 형과 얘기를 하기 시작했다. 드문드문 아는 단어가 나왔지만 무슨 얘기를 하는 건지 통 알아들을 수가 없었다.

알카 형을 만났다는 기쁨도 잠시, 나는 곧 내가 화장실이 급하다는 사실을 깨달았다.

"그 새끼가 여길 왜 와?"

"그게 하시는 말씀이 건네줄 것이 있다고⋯⋯. 토마토를 가지고 오셨던데요?"

말하는 도중에 끼어드는 건 예의가 없다는 건 알지만 이러다가 진짜 죽을 것만 같아서 나는 심각한 얼굴로 말을 하고 있는 알카 형의 옷깃을 쥐었다. 그러자 한참 말하던 알카 형이 고개를 숙여 날 쳐다봤다.

"왜 그러십니까?"

화장실이 도대체 뭐였지? 말을 하기 전에 다시 생각을 해봤지만 도무지 떠오르질 않아서 나는 조심스럽게 말했다.

"쉬."

"네?"

"쉬야! 쉬!"

여기가 내 방이었다면 자기들끼리 말하든 말든 내버려두고 그냥 화장실로 갔겠지만 여긴 내 방이 아니었다. 애초에 내가 형 방에 온 것도 몇 번 안 됐다. 이 넓고 거대한 방에 화장실이 어디에 있는지 내가 어떻게 안단 말인가. 화장실을 찾아 탐험을 하자니 그랬다가는 다시는 되돌리지 못할 엄청난 일이 발생할 것만 같은 예감이 들었다.

그때 형이 머리를 짚더니 살벌한 목소리로 얼음처럼 굳어 있는 알카 형을 불렀다.

"알카이아."

그 짧은 부름에 알카 형은 화들짝 정신을 차리고 다급하게 입을 열었다.

"예하, 지금 오해하고 계신 것 같은데 이건 제가 가르친 게……."

"너 죽고 싶냐?"

"……죄송합니다."

갑자기 방 안에 침묵이 맴돌기 시작했다. 하지만 나는 이러다간 진짜 여기서 큰일이 날 것 같아서 발을 동동 굴리면서 다시금 말했다.

"알카 형!"

"……."

"형! 쉬야! 쉬!"

"……잠들기 전에 동화책을 보시다가 거기서 배우신 것 같습니다."

다시 형에게 뭐라고 하는 알카 형을 보면서 나는 기가 막혔다. 나 지금 싸겠다고! 결국 나는 간절한 얼굴로 알카 형을 보다가 형에게 시선을 돌렸다. 형은 이를 바득바득 갈면서 손을 뻗어 화장실의 위치를 내게 알려줬다.

그쪽으로 뛰어가는데 뒤에서 목소리가 들려왔다.

"지금 당장 내 성에 있는 동화책……."

"하나도 빠짐없이 전부 다 불 싸질러 버리겠습니다."

알카 형의 목소리가 굉장히 다급한 것처럼 들려왔지만 나는 지금 내가 더 다급해서 거기에 신경을 쓸 겨를이 없었다.

그리고 그날 이후, 교황청 그 어디에서도 동화책은 찾아볼 수가 없었다.

상쾌한 얼굴로 내가 화장실에서 나오자 형은 어디 가지 말고 여기에 처박혀 있으라는 말만 하고 알카 형과 나간 뒤로 소식이 없었다.

가만히 시계를 보던 나는 어깨를 축 늘어뜨리고 *끄적끄적* 낙서만 했다. 벌써 두 시간이나 지났는데 아직도 소식이 없는 걸 보면 바빠서 날 까먹은 것 같은데 그냥 내 방으로 가도 되지 않을까?

하지만 나는 한숨을 내쉬고 의자에서 일어나 침대로 갔다. 또 무슨 트집을 잡고 날 갈굴지 모른다. 그냥 여기에 가만히 있는 게 상책이다. 낮잠이나 자야겠다고 생각하며 침대가 있는 방으로 갔는데 무슨 운동장처럼 커다란 침대가 보였다.

침대에서 축구를 하나, 무슨 침대가 이렇게 커? 게다가 내 방에 있는 침대와는 달리 쿠션감도 끝내줬다.

침대 끄트머리에 엉덩이만 걸치고 손으로 침대를 팡팡 치다가 나는 커다란 베개를 끌어안고 엎어졌다. 요즘 정신적으로 내가 감당할 수 없는 일들이 자꾸만 일어나서 자도자도 계속 잠이 온다. 나는 피곤해서 그런 것이라고 혼자 결론을 내린 뒤 눈을 감았다.

이럴 땐 그냥 잘 먹고 잘 자는 게 상책이다. 몸보신할 땐 고기가 최곤데. 날도 점점 더워지는 것 같으니 삼계탕이나 끓여 먹어야겠다.

어렸을 때부터 자의 반 타의 반으로 요리를 한 나는 요리라면 주부 경력 10년 차인 아줌마들보다도 자신이 있었다. 김장은 물론이고 게장까지 집에서 혼자 담가 먹는데 그깟 삼계탕쯤이야. 근데 여기에 삼계탕에 들어갈 재료들이 있을까? 쌀이 있는 걸 보면 있을 것 같기도 하고…….

더울 땐 물에 밥 말아서 자반고등어 한 마리만 있으면 밥 한 끼 금방 먹는데. 아니면 된장찌개 자작하게 끓여서 호박잎에 싸먹으면…….

아오, 씨발. 내 팔자가 진짜 어쩌다가 이렇게……. 이게 남고생이 할 생각이냐며 혼자 자책하다가 나도 모르는 사이에 잠이 들었다.

한참 달게 자고 있는데 갑자기 드륵, 하고 창문이 열리는 소리가 들려왔다. 내 잠귀가 그렇게 밝은 편이 아닌데, 새우잠을 자고 있어서 그런지 비몽사몽 간에 정신을 차리며 몸을 꿈틀거렸다. 언제 덮은 건지 내 몸에 이불이 덮여 있다는 걸 깨닫고 그걸 발로 차고 다시 베개를 끌어안는데 귓가로 희미하게 목소리가 들려왔다.

"너 그 이상한 애 맞지?"

"으응. 응……. 어?"

그 목소리가 굉장히 익숙하다는 걸 깨닫고 천천히 눈을 뜨려고 했지만 잘 떠지질 않았다. 나는 손으로 눈을 비비면서 한참을 끙끙거렸다.

"눈 아파?"

"으씨……."

눈이 계속 아파서 도저히 뜰 수가 없었다. 가끔 자다가 일어나면 이럴 때가 있는데 이럴 땐 그냥 다시 자는 게 가장 좋은 방법이었다. 눈이 시려와서 몇 번 껌벅이다가 나는 다시 몸을 편안하게 누인 뒤에 베개에 얼굴을 묻었다.

"근데 네가 왜 이 방에 있어?"

끊이질 않고 계속 들려오는 목소리에 나는 점차 정신이 들기 시작했다. 다시 끔뻑끔뻑 눈을 감았다가 뜨자 시린 게 조금씩 사라지기 시작했다. 오만 인상을 쓰고 실눈을 뜬 채 고개를 들자 흐릿하게 사람의 형체가 보였다. 누구지?

"너 찾으려고 온 건 맞는데 여기에 있는 줄은 몰랐어. 그 꼬맹이가 자꾸 쫓아내려고 하는 거 열 받아서 방 좀 부수려고 온 건데……."

"……."

나는 한참 눈앞의 남자를 보다가 그대로 굳어버렸다. 아까부터 자꾸 자는 사람한테 말 걸면서 날 귀찮게 한 건 바로 사람을 두부 썰듯 잘라 죽인 미친놈이었던 것이다.

"너 왜 이 침대에서 자고 있는 거야?"

"으, 으, 으……."

"으?"

"으아아아아아악!"

미친놈이다! 살인마! 또라이! 사이코!

기겁을 하면서 내가 비명을 질렀지만 저 미친놈의 표정에는 일말의 변화도 없었다. 귀가 아플 정도로 사람이 비명을 지르면 놀랄 법도 한데 그냥 날 보면서 눈만 껌벅이는 것도 이젠 그냥 이놈이 미친놈이라서 그런 것일 거라는 생각이 들었다.

나는 이놈과 거리를 벌리기 위해서 침대 위를 네발로 기었다. 한참을 그렇게 비명을 지르면서 기다가 나는 철퍼덕하고 침대 밑으로 추락했다.

"악!"

남자는 멀뚱멀뚱 날 보다가 떨어진 내가 불쌍한지 혀를 찼다. 똑바로 설 정신도 없는 나는 그대로 바닥을 또 네발로 기어 방을 벗어나기 위해 안간힘을 썼다.

하지만 내가 우왕좌왕하는 사이에 남자는 입구를 막아선 채 내 앞에 쪼그리고 앉았다.

"넌 네발로 기어다는 거 좋아해?"

"끄아아악!"

"소리 지르는 것도 좋아하고. 진짜 이상한 애네."

"으엉, 으어엉, 으아아악!"

남자가 날 일으키려는 듯 손을 뻗는 게 보였다. 그걸 보면서 내가 다시 기겁을 하고 비명을 지르자 남자는 의아한 얼굴로 날 보더니 내 앞에 바구니 하나를 놓았다.

"이거 주려고 온 거야."

나는 바구니 안에 들어 있는 걸 한참 보다가 헉하고 숨을 들이켰다.

"토, 토, 토……, 토마, 토마토……."

"응, 네가 저번에 자꾸 토마토 타령을……."

"으어엉! 형, 혀어어엉! 으어어엉!"

이 미친놈이 토마토를 무자비하게 작살내던 장면이 떠올라서 나는 결국 대성통곡을 하면서 남자를 밀치고 밖으로 튀어 나갔다. 뒤를 돌아보면 저 미친놈이 식칼을 들고 무시무시한 얼굴로 날 쫓아오고 있을 것 같아서 나는 뒤도 돌아볼 수가 없었다. 그야말로 미친년처럼 비명을 지르면서 전속력으로 복도를 달리고 있는데 갑자기 아무것도 없던 옆에서 미친놈이 나타났다.

"신발은 신고 나가야지."

갑자기 이놈이 어디서 나타났지?

나는 순간 달리던 걸 멈추고 그 자리에서 굳어버렸다. 그의 손에는 내 신발이 들려 있었다.

남자와 신발을 번갈아 보던 나는 믿기지 않는 이 상황을 감당하지 못하고 그대로 쓰러졌다. 차가운 바닥에 쓰러져 기절하는 날 빤히 보면서 남자는 의아한 얼굴로 말했다.

"얜 나만 보면 기절하네."

그 말을 마지막으로 나는 다시 기절해버렸다.

악몽을 꿨던 것 같다. 그러니까 나는 누군가에게 쫓기고 있었다. 한 손에는 피묻은 칼을 들고 날 쫓아오는 미친놈을 피해 열심히 뛰다가 주변이 너무 조용한 것 같아서 슬쩍 고개를 돌렸는데…….

"으아아악!"

바로 뒤에 그 미친놈의 얼굴이 보였다!

"으엉, 으어엉! 으어어엉!"

눈을 떠도 보이는 게 하나도 없어서 나는 점점 무서워졌다. 아무것도 안 보인다. 분명히 잠에서 깨어난 것 같은데 사방이 어두워서 아직도 내가 꿈속인 것만 같은 착각이 들었다.

이 어둠 속에서 미친놈이 피묻은 칼을 들고 나타날까 봐 나는 끅끅거리면서 천천히 몸을 일으켜 희미하게 보이는 옷장 쪽으로 다가갔다. 혹시라도 미친놈이 내 목소리를 들을까, 숨도 쉬지 못하고 몸만 꼬물거리면서 옷장 문을 열고 안으로 기어 들어갔다.

내가 옷장 문을 닫자 때마침 불이 켜졌다. 나는 화들짝 놀라 하마터면 문을 박차고 뛰어나갈 뻔했다. 줄줄줄 눈물을 흘리면서 양손으로 입을 막고 옷장 구석에 처박혀 있는데 갑자기 발자국 소리가 들렸다. 점점 가까워지는 발자국 소리에 나는 속으로 하나님을 찾았다.

내가 기독교는 아니지만 하나님, 부처님, 알라신님, 제발 나 좀 살려주세요. 앞으로 착하게 살게요. 나 죽기 싫어요. 흑흑흑.

필사적으로 기도를 하는데 벌컥 하고 옷장 문이 열렸다. 나는 눈을 질끈 감고서는 죽은 척을 했다. 하지만 눈물이 나는 건 막을 수가 없었다.

내가 그렇게 기도를 했는데 어떻게 내 기도를 무시할 수가 있어? 하나님이고 뭐고 이제 기도 같은 거 내가 하나 봐라!

하지만 문이 열리고 나서도 아무런 소리도 들리질 않았다. 그 불안한 적막감에 나는 고민을 하다가 슬쩍 실눈을 떴다. 뭔가가 옷장 앞에서 날 쳐다보고 있었다. 하지만 역광으로 얼굴이 잘 보이질 않았다.

나는 속으로 욕지거릴 내뱉으며 다시 질끈 눈을 감았다. 몸이 벌벌 떨려오는 게 느껴졌다. 이제 나도 그때 그 이름 모를 남자들처럼 몸이 반 토막이 나서 죽게 되겠지. 내가 설마 누군가에게 살해당할 거라고는 상상도 못했다.

난 이렇게 죽는 건가, 내 인생은 도대체 뭐가 이렇게 기구해······.

"흑······."

결국 입 밖으로 울음소리가 새어나왔다. 이렇게 된 거 이판사판이다. 나는 질끈 감고 있던 눈을 뜨고 괴성을 지르면서 앞으로 튀어 나갔다. 아니, 튀어 나가려고 했다.

"으아아아······악? 으악! 이, 이거 놔!"

"입 닥쳐."

"어?"

익숙한 목소리에 나는 벌떡 들린 채로 고개를 숙였다. 형은 내 양 겨드랑이에 손을 넣고 마치 개새끼를 들듯 날 안고 서 있었다. 나는 다리가 대롱대롱 흔들리면서 형을 멀뚱멀뚱 보다가 날 발견한 게 그 미친놈이 아니라 형이라는 안도감에 감격하며 눈물을 흘렸다.

"으어어엉!"

"아 씨발, 이 귀찮은 새끼."

형은 날 침대에 집어 던졌다. 도대체 옷장엔 왜 기어 들어갔냐고 타박을 하고 있는데도 나는 쉽사리 울음을 그칠 수가 없었다. 꿈에서 나왔던 미친놈이 언제 튀어나올지 모른다는 불안감도 불안감이었지만 도무지 무서워서 살 수가 없었다.

살인마를 두 번이나 목격을 했다. 차라리 그 살인마 손에 뒈졌으면 이렇게 무섭지는 않지, 살인마랑 만나고 두 번이나 살아나서 그런 건지 그게 훨씬 더 무서웠다. 다음에 또 만나면 죽겠지? 처량 맞게 내가 흑흑거리자 형이 내게 말했다.

"저건?"

그 말에 나는 고개를 들어 구석에 처박혀 있는 바구니를 쳐다봤다. 그건 바로 미친놈이 들고 있던 토마토 바구니였다. 그걸 발견하자마자 나는 다시 발작적으로 비명을 질렀다.

"토마토 싫어, 이 토마토야! 으어어엉!"

내가 소리치자 형은 날 보면서 혀를 쯧쯧쯧 차더니 밖으로 나갔다. 아니, 나간 건 아니었지만 나가려고 등을 돌리는 형을 보면서 나는 벌떡 몸을 일으켰다.

[어디 가?]

[자러.]

오만상을 쓰고 형이 날 쳐다봤다. 나는 떨떠름한 얼굴로 고개를 돌려 벽시계를 쳐다봤다. 시간은 새벽 두 시를 가리키고 있었다.

자고로 살인마는 밤에 활동한다. 남들이 다 자는 시간에! 형도 자고 있었던 건지 부스스한 머리카락에 옷도 평소에 입는 것과는 좀 달랐다. 하지만 나는 지금 내 목숨이 제일 중요했다.

[가, 같이 자면 안 돼?]

내 말에 형은 날 빤히 보다가 내 옆으로 다가왔다. 그러더니 내 머리통에 손을 얹고 천사처럼 웃었다.

[네 방으로 꺼질래, 여기서 죽은 것처럼 얌전히 잘래.]

그제야 나는 이곳이 내 방이 아닌 형 방이라는 걸 깨달았다. 내가 왜 여기서 자고 있는 건지 떠올리고 싶은 마음은 없었다. 그걸 떠올리려면 내가 자다가 미친놈을 봤다는 사실까지 떠올려야 했기 때문이다.

나는 결국 크기만 더럽게 큰 침대에 얌전히 누워 눈을 감았다.

그러자 다시 소리가 났다. 발자국 소리가 점점 멀어지면서 불이 꺼졌다. 불이 꺼지자 나는 다시 울상을 짓고 벌떡 일어났다.

[형!]

[아, 왜!]

내 외침에 형도 덩달아 소리쳤다. 형은 저혈압이라 아침에 굉장히 약했다. 그리고 누구랑 같이 자는 것도 싫어하고 자기 침대를 누가 쓰는 것도 싫어했다. 따지자면 자기 침대를 누가 쓰는 걸 싫어하는 게 아니라 원래 자기 방에 누가 들어오는 거 자체를 싫어했다.

그러니 형이 자기 방에서 날 재우는 건 천지가 개벽하는 것과 비슷할 정도로 엄청난 일이었다. 여기서 더 지껄였다가는 진짜 쫓겨날 것 같아서 나는 그냥 포기한 채 다시 천천히 누우면서 말했다.

[아니, 자, 잘 자라고…….]

나는 어둠 속에서 고개를 돌려 창문을 쳐다봤다. 저게 잠겨 있는 건지 아닌지 확인이 불가능했다. 반사적으로 나는 다시 외쳤다.

[형!]

내 외침에 나가려던 형이 뚝 하고 멈춰 섰다. 그 순간 우득 하고 무언가가 박살이 나는 소리가 들려왔지만 나는 사방이 어두워서 그게 무슨 소린지 짐작할 수가 없었다.

형은 어둠 속에서 날 쳐다보고 있었다.

[아, 아니 그러니까……. 차, 창문이 잠겨 있나 싶어서…….]

[안 잠겨 있으면?]

나더러 창문을 잠그고 나가라는 개소리를 지껄이지는 않을 거라고 확신하는 목소리로 말하는 형을 보면서 나는 슬그머니 일어나 창문을 확인했다. 그리고 굳게 잠겨 있는 걸 확인하고 다시 침대에 누웠다.

그리고 쾅 하는 소리와 함께 문이 닫혔다. 나는 어둠 속에서 벌벌 떨다가 어깨가 너무 아파서 잔뜩 힘을 주고 있는 몸에서 천천히 힘을 뺐다. 너무 떨었더니 삭신이 다 쑤셨다.

나는 조심스럽게 일어나 불을 켰다. 하도 기절을 많이 해서 종일 잠만 잤더니 잠도 안 온다. 나는 침대 구경을 하고 방 구경을 하다가 문 옆에 가지런히 놓여 있는 바구니를 발견했다. 그건 미친놈이 가지고 온 토마토였다.

갑자기 배에서 꼬르륵하는 소리가 들려서 나는 배를 부여잡고 생각에 빠졌다.

저걸 먹을까, 말까.

나는 바구니 앞에 쪼그리고 앉아서 한참을 고민하다가 결국 배고픔에 굴복하고야 말았다. 난 오늘 아무것도 안 먹었다. 눈앞에 먹을 게 있는데 그걸 마다할 수 있을 리가 없었다.

나는 빛깔 좋은 토마토 하나를 입에 덥석 물고 최대한 조용히 먹었다. 맛있기는 진짜 더럽게 맛있네.

그렇게 소리도 없이 토마토를 네 개나 먹은 나는 소매로 입을 슥슥 닦으면서 하나를 더 집어들었다. 내 주먹보다 훨씬 큰 토마토를 다섯 개째 먹으며 나는 슬슬 다리가 아파 몸을 일으켰다. 나는 앉았다 일어났다 다리운동을 하며 다시 방을 쭉 훑었다.

방은 깔끔하게 잘 정돈돼 있는 게 꼭 호텔 같았다. 그러니까 사람이 계속 살아왔던 방이라는 느낌이 들질 않았다. 나는 사람 냄새라고는 하나도 나지 않는 방을 훑다가 무심코 밖으로 나가려고 문고리에 손을 댔다. 하지만 뭔가가 이상해서 고개를 숙이자 문고리가 부서져 떨어져 있는 게 보였다.

"······."

나는 우물우물 토마토를 씹던 입을 멈추고 인상을 썼다. 아까 뭐가 부서지는 소리가 들리더니 그게 이거였나 보다. 맨손으로 문고리를 박살낸 형을 생각하면서 나는 혀를 쯧쯧쯧 찼다. 하여튼 성격 개 같은 건 알아줘야 한다. 특히 자다가 깼을 땐.

근데 이거 문이 열리긴 열리나?

찰칵.

"······."

찰칵. 찰칵, 찰칵.

"······."

헐, 씨발. 갇혔다.

나는 남은 토마토를 입에 욱여넣고 양손으로 다시 문을 잡아당겼다. 하지만 문은 열리질 않았다.

이러다가 창문으로 그 미친놈이 쳐들어오면 난 어떻게 되는 거지? 문도 안 열리는데!

한참 문과 씨름을 하다가 일단 다시 토마토 하나를 더 집어 들었다. 나는 심각한 얼굴로 문 앞에 서서 토마토를 먹으며 생각했다.

여기서 내가 다시 문 열어달라고 쾅쾅거리면 형이 날 들고 창문 밖으로 던질 게 분명했다. 그럼 이걸 도대체 어떻게 해야 하지?

나는 남은 토마토를 입에 다 욱여넣고 어느새 두 개밖에 남아 있지 않은 바구니를 쳐다봤다. 근데 이거 몇 개 있었지? 왜 벌써 두 개밖에 안 남은 거야?

나는 일단 토마토 두 개를 양손에 들고 어깨로 문을 밀었다.

끙끙거리면서 문을 밀어봤지만, 문이 열릴 리가 없었다. 아, 모르겠다. 그냥 일단 잠을 자자.

나는 양손에 든 토마토를 죄다 먹어치운 뒤에 그냥 침대에 누웠다. 아까부터 옷이 축축하다 했더니 토마토 먹으면서 흘렸나 보다. 시뻘겋게 물들어 있는 옷깃을 보다가 나는 그냥 눈을 감았다.

"윽⋯⋯."

그렇게 얼마나 잤는지 모르겠다. 나는 침대를 몇 번 구르다가 눈을 떴다. 창밖은 이미 해가 떠 있었다. 하도 많이 자서 머리까지 아파져 왔다.

나는 띵한 머리를 부여잡고 침대에서 몸을 일으켜 시계를 봤다.

아침 일곱 시. 이쯤이면 형도 일어났을 게 분명했다.

나는 터벅터벅 걸어 문 앞으로 왔다. 형을 부르기 전에 일단 다시 한 번 문을 열어보려고 나는 문고리를 잡고 당겼다.

찰칵.

하지만 문은 열리질 않았다. 한숨을 내쉬고 형을 부르려다가 퍼뜩 다른 생각이 났다. 나는 지금까지 잡아당기던 문고리를 돌린 채 한 번 밀어봤다.

"……."

……아. 이건 당기는 게 아니라 미는 거였구나.

나는 소리도 없이 조용하게 열리는 문을 보면서 괜히 민망해져서 낮게 헛기침을 했다. 밤에 밀어도 문이 안 열렸던 건 내가 문고리를 밑으로 내리고 민 게 아니라서 그랬나 보다. 나는 이상하게 속이 거북해서 손으로 배를 살살 문지르면서 밖으로 나왔다.

머리를 벅벅 긁으면서 밖으로 나오자 형이 죽은 것처럼 자고 있는 게 보였다. 잘 때 건드리면 사망 직전까지 간다는 걸 익히 알고 있어서 나는 그냥 조용히 내 방으로 가려고 살금살금 문 쪽으로 걸어갔다.

방이 너무 조용해서 숨도 제대로 쉬지 못하고 살금살금 고양이처럼 걷는데 그때 갑자기 문에서 노크 소리가 들려왔다.

똑똑.

"으악!"

너무 갑작스러운 소리에 나는 깜짝 놀라서 그대로 바닥에 엎어졌다. 내 비명을 들은 건지 벌컥 문이 열렸다.

"예하!"

사색이 된 얼굴로 들어온 건 난생처음 보는 여자였다. 이제 내게도 익숙한 사제복을 입은 여자는 날 보자마자 그대로 굳어버렸다. 나는 어버버 입술을 떨다가 일단 일어서려고 바닥에 팔을 짚었다.

"으웩!"

그리고 나는 몸을 일으켜 선 게 아니라 그대로 바닥에 오바이트를 했다. 속이 거북하기는 했지만 토할 정도는 아니었는데 갑자기 왜 이러는지 영문을 알 수가 없었다. 내 입에서 토해지는 토사물로 새하얀 카펫이 시뻘겋게 물들기 시작했다.

"저기, 괘, 괜찮……."

"……."

이 시뻘건 게 지금 내 입에서 나온 거라고? 나는 사색이 된 얼굴로 고개를 들어 이상한 얼굴로 날 쳐다보는 여자에게 말했다.

"이, 이거 혹시……. 피, 피……. 피……."

"네? 아니……."

그때 죽은 것처럼 자기만 하던 형이 침대에서 몸을 일으켰다. 그러더니 이불로 얼굴을 반이나 가리고 짧게 말했다.

"창문 열어."

"예? 아, 네!"

여자는 벌떡 일어나 온 사방의 창문을 다 열기 시작했다. 하지만 나는 패닉 상태에 빠져 몸을 가눌 수가 없었다. 나는 흑흑 눈물을 흘리면서 형을 쳐다봤다.

"그 토마토……. 독……. 독이……."

이제 나도 지겹기는 했지만 독을 먹고 피를 토했다는 충격에 나는 그만 다시 기절하고야 말았다.

⚜

내가 눈을 뜬 건 얼마 시간이 지나지 않은 뒤였다. 하도 기절을 했더니 이제 몸에서도 내성이 생긴 건지 오래 기절해있지도 않았다. 눈을 뜨자 야차 같은 얼굴로 날 내려다보고 있는 형과 새하얀 가운을 입은 의사 선생님이 보였다.

의사 선생님을 보자 나는 갑자기 서러워져서 눈물이 났다. 까끌까끌거리는 목으로 나는 얕게 숨을 내뱉으며 눈물을 질질 흘리면서 말했다.

[나 얼마나 살아?]

내가 미친 거다. 그런 미친놈이 준 토마토를 먹다니. 이건 내 잘못이었다. 내 부주의로 이 꽃다운 나이에 지금 세상 하직할 판이다.

나는 사형선고를 받은 사형수처럼 눈물을 질질 흘리며 형의 말을 기다렸다. 그때 의사 선생님이 형에게 말했다.

"아까도 말씀드렸지만, 안정을 취하시면 괜찮아지실 겁니다."

"병명이 뭐라고?"

"급체하셨습니다."

"……."

[나 얼마나 산대?]

점점 굳어지는 형의 얼굴이 보이자 나는 몸까지 벌벌 떨리기 시작했다. 얼마 안 남았나 보다. 난 이렇게 죽는 건가? 못 해본 것도 많은데 내가 왜…….

[바구니 안에 토마토가 몇 개나 있었어?]

[여덟 개였나……. 설마 거기에 다 독이 들어 있었던 거야? 그럼 난 얼마나 살 수 있어? 8일? 8일밖에 못 사는 거야?]

엉엉 울고 싶은 걸 참고 나는 애써 태연하게 말했다. 그러자 굳은 얼굴로 날 보던 형이 갑자기 입꼬리를 올려 방긋 웃더니 팔을 들어 내 머리통을 후려쳤다.

[악!]

빠악 하는 소리가 들림과 동시에 나는 침대에서 벌떡 일어나 머리통을 붙잡고 굴렀다. 내가 지금 왜 맞은 건지 도무지 이해가 되질 않았다. 8일밖에 못 사는 동생한테 잘해주지는 못할망정 지금 날 때렸어? 나는 배신감에 휩싸여 형에게 외쳤다.

[야! 왜 때려! 네가 사람 새끼야? 어떻게 8일밖에 못 사는 날……!]

[누가 너더러 8일이나 산대?]

[어? 그럼 나 더 빨리 죽는 거야? 얼마나 남았는데!]

[하루.]

그 말에 나는 그 자리에서 굳어버렸다.

[나 하, 하, 하루… 하, 하루밖에 못 산다고?]

[그래, 넌 지금 내 손에 뒈질 테니까.]

[어엉? 지, 지금? 내가 왜……. 자, 잠깐만! 왜 때려! 악! 때리지마!]

형한테 뒈지게 맞은 나는 독을 먹었을 때보다 더 병자 같은 몸으로 침대에 누워서 훌쩍거렸다. 의사 선생님이 내 손등에 주삿바늘을 꽂아주며 말했다.

"오늘 하루 정도 미음을 드시고 안정을 취하시면 괜찮아지니까 너무 걱정하지 마세요."

"선생님……. 살려주세요……. 흑흑."

나 죽기 싫어……. 으어어엉!

"그러니까 오늘 하루는 미음을 드시고 안정을……."

"으어엉!"

"……급체는 고치지 못하는 불치병이 아니……."

"살려주세요. 으엉! 으어엉!"

"……."

나는 필사적으로 살려달라고 울었지만 의사 선생님은 그 뒤로 입을 꾹 다물었다. 내가 슬피 우는 모습을 한심하다는 얼굴로 쳐다보는 형에게 의사 선생님이 말했다.

"기절을 자주 하시는 건 아무래도 그전에 충격을 받아 기절하셨던 것 때문일 듯싶습니다. 정신적으로 충격을 받은 건 외상과는 달리 티가 나지 않아서 이렇다 딱 꼬집어 말씀드릴 수는 없지만 어리신 분이 눈앞에서 그런 장면을 목격하셨으니 오죽하셨을까요."

한숨을 내쉬면서 내가 안타깝다는 듯 말하는 의사 선생님을 보면서 나는 더 이상 나오는 눈물을 주체할 수가 없었다. 나 정말 죽는구나…….

"으어엉!"

"시간을 좀 더 두고 지켜보는 것밖에는 방법이 없습니다. 한동안은 별것도 아닌 일에 겁을 먹거나 예민하게 반응하실 수도 있으니 각별히 주의해주시길 바랍니다. 주변에서 따뜻하게 사랑으로 보듬어주신다면 마음의 병도 금방……."

"으어엉!"

"부리 째지기 전에 입 닥쳐."

"으어어어어엉!"

살벌한 눈으로 내게 닥치라고 말하는 형을 보면서 나는 서러워져 더 커다랗게 울었다.

"……예하, 보듬어주시지는 않더라도 최소한 말씀이라도 따뜻하게……."

[돼지 같은 게 자기 전에 토마토를 여덟 개나 처먹으니까 그 꼴이 나지. 넌 앞으로 밥이고 나발이고 죽만 처먹어. 알겠냐?]

[이 개새끼, 넌 진짜 형도 아니야! 으어어엉! 나 죽으면 딱 봐, 너한테 저주 걸어서 만날 피만 토하게 할 거야! 네가 내 기분을 알아? 네가 피를 토해봤어, 독을 먹어 봤어! 으어엉!]

"……예하, 전 그럼 이만."

내가 빽빽 우는 동안 의사 선생님은 고개를 숙이고 인사를 한 뒤 조용히 방을 빠져나갔다.

난 정말 가망이 없나 보다. 내가 우는 걸 한심하다는 얼굴로 보던 형은 혀를 차다가 덩달아 나가버렸다. 홀로 남은 나는 흑흑거리면서 더 이상 내가 가망이 없다는 생각을 하며 몸을 일으켰다.

[내가 이렇게 살아서 뭐해…….]

어차피 뒈질 거……. 흑흑. 나는 울면서 손등에 꽂힌 주삿바늘을 빼고 밖으로 나갔다.

지하 성당에서 늘 오전 여덟 시에 시작되는 기도를 빼먹은 교황은 두 시간이 지난 뒤 오전 열 시에 모습을 드러냈다. 교황을 기다리던 일곱 명의 신성사제들 중, 단 한 명만을 제외한 모든 사람을 내쫓은 교황이 다짜고짜 말했다.

"지금부터 네 일정은 전부 취소다."

"네? 그게 무슨 말씀이십니까?"

일곱 명의 신성사제들은 교황만큼이나 바쁜 사람들이었다.

원래 신성사제는 약 50년 전까지만 해도 여덟 명이었다. 하지만 강대국이었던 제국이 분단국가가 되면서부터 신성사제 하나가 제국으로 이동했다.

안 그래도 여덟에서 일곱으로 인원이 줄어든데다 얼마 전엔 신성사제 하나가 교체된 일까지 생겼다. 바쁜 이 마당에 다짜고짜 일정을 죄다 취소시키는 교황의 의도를 알 수가 없어서 신성사제 중 한 명인 알카이아는 심각한 얼굴로 물었다.

"설마 제국에서 불온한 움직임이……."

"넌 오늘부터 병아리 가정교사다."

"네?"

"기한은 병아리가 더 이상 기절을 안 할 때까지."

"……네?"

신성사제에서 병아리 가정교사로 직위가 급강등당한 알카이아는 이 상황에서 자신이 울어야 하는 건지 웃어야 하는 건지 알 수가 없었다.

눈코 뜰 새 없이 바쁜 일정에서 해방되는 거야 좋기는 했지만 이렇게까지 직급이 강등당한 걸로 봐서 자신이 혹시 뭔가 잘못한 게 있는 건 아닌가라는 생각마저 들었기 때문이다.

일단 명령이라 가정교사가 된 알카이아는 할 수 없이 병아리를 찾아갔지만 방엔 아무도 없었다. 그리고 병사 중 하나가 헐레벌떡 달려와 청천벽력 같은 소릴 했다.

"저, 정원에서 그분이 또 기절하셨습니다!"

병아리가 또 기절했다는 말이 교황 귀에 들어가는 건 시간문제였다.

알카이아는 이러다가 자신이 평생 직급이 강등당한 채 가정교사 노릇이나 해야 하는 건 아닌가, 심각하게 걱정하며 정원으로 뛰어갔다.

❧

정원에 도착한 나는 터벅터벅 길을 따라 걸었다. 질질 짜는 것도 이제 하기 싫었다. 이왕 이렇게 된 거 그냥 운명을 받아들이고 남자답게 죽자. 그 미친놈 한 번만 더 내 눈앞에 나타나 봐라. 어차피 죽는 거 이제 무서울 것도 없다. 만나면 돌멩이로 그놈의 대가리를……!

"헉!"

그때였다. 커다란 나무 밑에서 익숙한 등짝이 보였다. 회색 거적때기로 온몸을 칭칭 감고 쪼그리고 앉아 뭔가를 하고 있는 건 바로 그 미친놈이었다. 내 소릴 들은 건지 고개를 돌린 미친놈과 눈이 마주쳤다.

나는 그대로 비명이 튀어나오려고 하는 걸 가까스로 참은 채 그 자리에 못이 박힌 듯 서서 벌벌 몸만 떨어댔다.

"어? 너 그 이상한 애 맞지?"

"……."

"우리 또 만났네. 너 어제 기절해서 내가 방에 데려다 주고 토마토는 그 옆에 두고 왔어. 토마토 먹었어?"

토마토 얘기를 하는 미친놈을 보면서 나는 어이가 없어졌다. 진짜 기가 막힌다. 토마토로 날 독살시키려고 한 새끼가 뭐? 토마토 먹었어? 지금 확인 사살하는 거냐?

나는 성질이 뻗쳐서 버럭 소리쳤다.

"토마토 먹었다!"

"맛있었나 보네. 그렇게 박력 넘치게 대답하는 거 보니까."

"토마토 먹었다! 먹었어! 먹었다고!"

"어, 응. 알았어."

"토마토 먹었다!"

먹었는데 네가 뭘 어쩔 거야!

내가 씩씩거리면서 말하자 남자는 조금 당황한 것처럼 보였다. 그와 여전히 거리를 벌려놓은 채 내가 발발발 떨면서 외치자 남자가 날 빤히 보다가 말했다.

"그렇게 맛있었어? 또 줄까?"

"뭐, 뭐?"

또, 또 준다고? 지금 내가 당장 안 뒤졌다고 나한테 토마토를 또 주 겠다는 거야?

"나는 무섭지 않다! 이 시금치!"

"시금치도 사줄까?"

"시금치 싫어!"

"시금치는 싫어? 알았어, 그럼 토마토만 사줄게."

토마토도 싫어, 이 미친 새끼야! 뭐 저런 놈이 다 있지? 내가 장담하는데 저 새끼는 살인마 경력이 좀 있는 놈일 게 분명하다. 그러니까 저렇게 태연한 얼굴로 사람을 죽이고 나한테 독이 든 토마토를 준다고 하지! 저런 뻔뻔한 새끼!

"아, 맞다. 저번에 내가 너 눈 색깔 바꿔줬을 때 있잖아. 내가 말했던 새 기억나? 꽁지깃이 금색이라고 했던 그 새 말이야."

"새? 짹짹?"

"응, 그 새 맞아. 너 저번에도 그러더니 이번에도 또 그러네. 짹짹이라는 말을 안 해주면 새라는 걸 몰라? 아무튼 그 짹짹이 깃털이 너랑 비슷하다고 했잖아. 붉은 기가 도는 금색이라고 내가 그랬던 거 기억나?"

짹짹이는 또 뭐야, 저 미친놈이……. 토마토 얘기하다가 새는 갑자기 왜? 나는 불안한 얼굴로 슬금슬금 미친놈에게 다가갔다.

"새가……. 왜?"

"아, 맞다. 너 말 잘 못한다고 했었지. 그러니까 너 눈 색깔 바꿔줬을 때."

"아! 그것은 안다! 나 눈……. 네가 그래서 내가 그때! 매우 고생을 했어!"

나는 그때의 일이 떠오르자 다시 열이 받기 시작했다. 저놈이 내 눈을 병신으로 만들어서 그때 내가 얼마나 개고생을 했던가!

"그때 내가 왜 네 눈을 그 색깔로 한 건지 알아?"

"내 눈을 왜……. 그 색깔? 그……. 무지개? 같은 그거?"

"응, 그거 색깔이 막 여러 개 섞여 있었잖아. 아무튼 무지개 색깔 같은 그거. 내가 좋아하는 새가 있는데 그 새 깃털이 네 머리카락 색깔이랑 비슷해."

"속도가 매우 빨라!"

"음. 새 깃털. 새털. 털. 머리카락 같은 거."

미친놈이 자기 머리카락을 들고선 말했다. 멀찍이 떨어진 채 한참 남자를 보다가 나는 그제야 그가 하는 말의 뜻을 이해할 수가 있었다. 그는 새의 깃털을 말하고 있었던 것이다.

"알겠다!"

"응, 그러니까 새털이 네 머리카락. 네 머리카락 색깔이랑 비슷했어."

"새털이 내 머리카락?"

"쨱쨱이 머리카락이랑 네 머리카락이랑 색깔이 똑같다고."

"아! 알겠다! 나랑 색깔이 똑같아?"

그가 어떤 말을 하는 건지 알아들은 나는 좋아서 손뼉을 치면서 말했다. 나는 한참 좋아하면서 손뼉을 치다가 저놈의 정체를 떠올리고 헛기침을 하며 다시 험악하게 외쳤다.

"그래서 무엇! 아니, 무엇이다!"

"응, 그래서 내가 저번에 네 눈 색깔 바꿨을 때 그 색깔로 한 거야."

"……어, 그러니까……, 쨱쨱이……, 아니, 새랑 나랑 머리카락 색깔 똑같아서 나의 눈을 새랑 똑같은 색깔로 변화하였다?"

"맞아, 말 잘하네."

남자는 마치 칭찬을 하듯 내게 웃어주며 말했다.

덩달아 헤헤 웃으려다가 나는 어느새 내가 미친놈과 거리가 가까워졌다는 걸 깨닫고 한 발자국 뒤로 물러섰다. 그때 그놈이 내게 손짓했다.

"이리 와봐, 보여줄게. 내가 그 새를 왜 좋아하냐면……."

나는 불안한 얼굴로 슬금슬금 다가갔다. 나무 밑에서 쪼그리고 앉아서 뭘 하나 궁금하기도 했고, 솔직히 어차피 죽는 거 여기서 저놈 손에 뒈지는 거랑 뭐가 다를까라는 생각도 있었기에 가능했던 일이었다.

미친놈 옆에 같이 쪼그리고 앉자 그의 손에 축 늘어진 새가 잡혀 있는 게 보였다.

"이 새 눈알을 빼서 보석처럼 가공하면……."

그때였다. 미친놈이 손가락을 세워 새의 눈깔을 끄집어낸 건. 피가나는 건 아니었지만, 뚝 하고 쉽게도 빠진 새의 눈알은 내가 저번에 거울 속에서 봤던 내 눈과 똑같은 색이었다. 형형색색으로 물들어 있는 눈알은 눈알이라기보다는 보석처럼 보였다.

"이거 봐, 예쁘지? 이 새가 교황청에밖에 없는 새라서 내가 매번 여기에 오는 거야. 근데 그 꼬맹이는 내가 이 새를 잡는 걸 싫어해서……. 왜 그래?"

내가 사색이 된 얼굴로 굳어 있자 남자가 내 얼굴 가까이 고개를 들이밀고 날 쳐다봤다. 코앞에서 날 바라보고 있는 남자의 얼굴을 보며 나는 혼란스러워졌다.

그, 그러니까 지금 저 새 색깔이랑 내 머리카락 색깔이 똑같다. 근데 그때 내 눈을 저 새랑 똑같은 색깔로 변신시킨 건 지금 내 눈을 저 새처럼 뽑겠다는…….

거기까지 생각을 하다가 나는 벌러덩 뒤로 넘어갔다. 서서히 흐려지는 눈으로 남자가 한숨을 내쉬는 게 보였다.

"얘 또 기절하네."

누가 나 좀 살려줘…….

내가 눈을 뜬 건 새벽이었다. 아직 해도 뜨지 않은 새카만 하늘을 멀뚱멀뚱 보다가 나는 황급히 일어나 거울 앞으로 달려갔다. 암만 뜯어봐도 내 눈은 예전처럼 초록색이었다. 내 눈이 초록색이라는 걸 열 번도 더 확인을 했지만 불안감이 가시질 않았다.

도대체 그 미친놈 정체가 뭐지? 그건 뭐하는 놈이지? 진짜 그게 사람이 맞나?

그놈이 사람을 반으로 쪼개고 귀여운 새의 눈깔을 무자비하게 뽑던 장면이 떠오르자 나는 다시 심란해졌다. 이건 말도 안 된다. 그런 게 나랑 똑같은 사람일 리가 없어! 어떻게 표정 하나 안 변하고 사람을 그렇게 죽이고 새 눈깔을 뽑을 수가 있단 말인가!

편안한 얼굴로 그딴 짓거리를 하고 죄책감도 느끼질 않는 걸 보면 그 새끼는 사이코패스가 틀림없다.

나는 언젠가 텔레비전에서 봤던 사이코패스에 대한 걸 생각하며 혼자 수긍했다.

사이코패스들은 선천적으로 죄책감이나 고통에 무감각하다고 했다. 자기가 아픈 줄 모르니까 남도 아프지 않을 거라고 생각한다고. 사람들의 감정 변화에 대해서도 무감해서 사이코패스들은 상대방이 우는 거나 웃는 걸 똑같이 생각한다고 했다. 울든 비명을 지르든 그게 즐거워서 그런 줄 알아서 아프게 한다고.

[내가 어쩌다가 그런 사이코패스한테…….]

내 인생 한 번 진짜 기구하다. 내가 전생에 나라를 팔아먹었나, 도대체 내 인생은 왜 이런 거야…….

한참 자괴감에 빠져 허우적대는데 귓가로 꼬르륵하는 소리가 들려왔다. 요즘 하도 기절을 많이 해서 제대로 된 식사를 한 지 100년은 지난 것 같은 기분이 들었다.

배가 고프면 잠도 안 오고 더 심해지면 식은땀에 풍 걸린 사람처럼 손까지 벌벌 떨리는 나로선 이 배고픔을 참고 견딜 재간이 없었다.

이놈의 집구석은 뭐가 이렇게 넓은지 까딱했다간 길을 잃기 십상이었다. 이 야밤에 주방을 찾아 탐험을 할 수도 없는 노릇이고……. 고민 고민을 하다가 나는 내 유일한 구세주 형을 찾아가기로 마음을 먹었다. 배가 고파 뒈지겠다는데 설마 내쫓지는 않겠지.

나는 살금살금 방을 빠져나와 도둑고양이처럼 조용히 움직였다. 형 방에 도착했을 때 주위엔 아무도 없었다. 내 심장소리밖에 들리지 않는 정적 속에서 나는 숨도 쉬지 않고 조용히 문고리를 잡았다.

문고리를 내려 문을 열고 다시 조용히 문을 닫는 그 순간.

푹 하고 내 옆에 무언가가 박혔다. 슬쩍 고개를 돌리자 내 옆엔 날이 시퍼렇게 서 있는 칼 한 자루가 문 옆에 반쯤 박혀 있었다. 반동으로 부르르 흔들리는 칼을 보다가 나는 고개를 숙여 발을 간질이고 있는 것의 정체를 확인했다.

그건 내 머리카락이었다.

칼을 보자 다시 정신이 희미해지는 것만 같았다. 스르륵 밑으로 주저앉아 그대로 기절을 하려고 하던 찰나에 귓가로 악마의 목소리가 들려왔다.

[한 번만 더 기절하면 산 채로 납관할 줄 알아.]

그 말에 나는 정신이 확 드는 걸 느꼈다. 벌떡 일어나 눈에 힘을 주자 형이 침대에서 상체만 일으킨 채 이마를 붙잡고 있는 게 보였다.

나는 문 옆에 꽂혀서 덜렁거리고 있는 칼의 손잡이를 잡았다. 하지만 암만 빼려고 해도 빠지질 않았다. 손잡이를 붙들고 한참 끙끙거리고 있는데 형이 일어나서 불을 켰다.

"왜?"

자고 있는데 누가 들어왔다고 칼을 날리는 건 도대체 어느 나라 예절이냐고 묻고 싶었지만, 그랬다간 기절도 안 했는데 산 채로 납관될 것 같아서 나는 최대한 불쌍한 얼굴로 말했다.

[죽을 것 같아.]

[그럼 뒈져.]

[……그게 아니라 배가 고파서……. 먹을 게 없어서…….]

이러다가 아사할 것 같다며 징징거리자 형이 기가 막힌다는 얼굴로 날 쳐다봤다. 하지만 여기서 내가 배고 고파 뒈지겠다고 밥 좀 달라고 할 사람이 형 말고 누가 있단 말인가. 제발 부탁인데 내 입장 좀 생각해달라고 항의하고 싶었지만 늘 그랬던 것처럼 나는 그냥 입을 다물었다. 말이 많으면 늘 얻어터지는 건 나였다. 이럴 땐 그냥 얌전히 기는 게 상책이었다.

[사람 불러서 밥 가지고 오라고 할 테니까 네 방으로 꺼져. 한 번만 더 자는데 쳐들어오면 그땐 진짜 대가리 터진다.]

네가 요즘 간덩어리가 쳐 부어서 하늘 같으신 형님이 주무시고 계시는데 깨우는 거냐고 잔소리를 하면서 형은 빨리 꺼지라는 듯 손을 휘휘 저었다.

나는 조용히 나가려다가 기절하기 전의 일이 떠올라서 다시 말했다.

[나 아까 그 미친놈 만났는데, 걔가 새 눈깔을 뺐어.]

[다음에 또 만나면 그땐 네가 그 미친놈 눈깔을 빼.]

내가 넌 줄 알아, 이 등신 새끼야? 난 너처럼 미친놈이 아니라 그냥 일반인이라고, 일반인! 그런데 내가 사람 눈깔을 어떻게 빼?

그런 생각과는 달리 나는 다시 울상을 하고선 말했다.

[다음에 또 걔 만나면 어떡해?]

[그걸 왜 나한테 물어. 네가 알아서 해.]

[걔가 사람도 죽이고 새 눈깔도 뺐는데 또 만나면 난 어떻게 하냐고! 걔가 저번에 내 눈 색깔 변신시켰을 때 그 색이랑 새 눈깔이랑 색깔이 똑같았단 말이야!]

그럼 그게 무슨 뜻이겠는가. 그 미친놈이 그 새랑 똑같이 내 눈깔을 빼겠다는 소리잖아!

내가 비명을 지르듯 소리를 치자 밖에서 노크 소리가 들려왔다. 갑작스러운 그 소리에 나는 화들짝 놀라 두어 발자국 앞으로 튀어 나갔다. 발작적으로 기겁을 하며 비명을 지르려고 하는데 형이 내 입을 막았다.

나는 동아줄처럼 형의 옷깃을 쥐고 불안한 얼굴로 문을 응시했다. 형은 기가 막힌 얼굴로 날 보다가 문을 열었다.

"예하, 비명이 들려서……."

"별 거 아니니까 가서 밥이나 가지고 와."

"예?"

"갑각류랑 시금치 빼고."

뭐라고 말을 하던 형이 사람이 앞에 있는데 문을 쾅 하고 닫았다. 그러더니 무시무시한 눈으로 날 쳐다보며 이를 갈았다.

[너 진짜 부리 째지고 싶냐? 왜 툭 하면 비명을 질러대?]

[노, 놀라서 그랬지. 갑자기 소리가 들리니까…….]

내가 울상을 하고 말하자 형의 얼굴이 다시 어그러졌다. 원래 이렇게 비명 지르는 취미는 없었지만 요즘엔 새가슴이 된 건지 별것도 아닌 일에 깜짝깜짝 놀랄 때가 잦아졌다. 잠을 자다가, 혹은 혼자 있다가, 매번.

이게 다 그 미친 사이코 놈 때문이다. 그 새끼 때문에 진짜 내가 무서워서 살 수가 없다.

잔뜩 인상을 쓰고 날 보던 형이 다시 침대 쪽으로 가서 서랍을 열었다. 그 안에서 꺼낸 건 흡사 쇠고랑처럼 생긴 팔찌였다. 나는 멋이라고는 개뿔도 없는 둥그런 팔찌를 가지고 내게 다가오는 형을 보면서 불안감에 몸을 떨어야만 했다.

[그, 그게 뭐야?]

반사적으로 뒷걸음질을 치자 형은 이건 또 뭐하는 개수작이냐며 손가락을 까딱거렸다. 자기 집 개새끼를 부르는 듯한 그 작태에도 나는 찍소리 하나 하지 못하고 다가갈 수밖에 없었다.

그러자 형이 내 팔목에 팔찌를 채웠다. 철컥 하고 들려오는 소리가 섬뜩하리만치 귓가에 푹 하고 박혔다.

[수갑, 수갑은 아니지?]

내 다급한 질문에 형이 날 보면서 말했다.

"너 같은 건 감방에 처넣고 있는 것도 예산 낭비다."

[내가 무슨 범죄자……! 어?]

버럭 소리를 지르다가 나는 문득 이상한 것을 깨달았다. 형이 하는 말이 다 들려왔기 때문이다. 분명히 한국말이 아니라 이 나라 말을 쓰는 것 같은데도!

나는 당황한 얼굴로 말했다.

[다시 말해봐!]

"한 번만 더 소리 지르면 부리 째진다."

무시무시한 얼굴로 협박을 하는 형을 보다가 나는 고개를 숙여 팔찌라고 부르기도 뭐한 수갑을 쳐다봤다.

광이 나는 은색 팔찌. 그냥 그게 다였다. 다행히 수갑처럼 굵기가 굵은 건 아니었지만 이게 만약 조금만 더 굵었더라면 누가 봐도 수갑이라고 생각할 것처럼 정말 멋이라고는 개뿔도 없는 팔찌였다.

아, 자세히 보니까 팔찌 겉면에 글씨처럼 보이는 게 빼곡하게 새겨져 있었다. 하지만 너무 작아서 자세히 보지 않으면 티도 나지 않았다.

[이게 뭐야?]

"들리는 건 알아듣겠지만 말은 네가 해야 돼. 그래도 못 알아듣는 것보다는 낫겠지."

형은 피곤한지 한숨을 내쉬면서 의자에 앉아 담배를 빼물었다. 곧 자욱한 연기가 방안을 가득 채웠다. 맞은편에 앉아서 나는 팔찌를 만지면서 물었다.

[그럼 나 글공부는 계속 해야 돼?]

"당연하지."

[……형. 근데 네가 자꾸 아무 말도 안 해서 내가 혹시나 싶어 물어보는 건데…….]

나는 우물쭈물하다가 용기를 내서 말했다.

[나 진짜 죽어?]

"……."

[아니, 그때 그 미친놈이 토마토에 독을 넣어서…….]

형은 담뱃재를 재떨이에 털면서 내게 물었다.

"시금치를 먹어서 네가 토하면 그 토사물 색깔이 뭐냐?"

[엉? 나 시금치 안 먹을 건데?]

"뭐질래?"

[아니요. 초록색이요.]

"그럼 토마토는?"

[빨간……. 어?]

순간 나는 아차 싶었다. 그게 피가 아니라 그냥 토마토였구나. 혼자 수긍을 하면서 고개를 끄덕이다가 나는 다시 다급하게 물었다.

[그럼 그놈이 거기에 독을 넣은 게 아니면 내가 왜 토한 건데!]

분명히 그 토마토에는 무언가 인체에 해가 되는 성분이 있었을 게 틀림없어! 그런 비장한 심정으로 물었지만, 형은 내 머리통을 후려갈기면서 말했다.

"밤에 토마토를 여덟 개나 처먹고 자니까 그렇지."

[뭐? 그럼 내가 그냥 체한 거라고? 말도 안 돼! 그럴 리가 없어!]

그 미친놈이 나한테 평범한 토마토를 줬다고? 그건 정말 말도 안 된다. 그건 사이코패스라고! 또라이! 살인마! 근데 그런 놈이 나한테 유기농 토마토를 줬을 리가 없어!

[내가 책을 봤는데 독 중에는 바로 증상이 나타나는 거 말고 시간이 좀 지난 뒤에 나타나는 것도 있다고 했어. 그 새끼가 나한테 평범한 토마토를 줬을 리가 없잖아!]

그렇게 소리를 지르다가 나는 순간 헙 하고 입을 다물었다. 또 소리 지르면 부리 째 버린다고 했는데…….

형이 내 주둥이를 붙잡고 옆으로 잔인하게 찢어버리는 상상을 하면서 눈치를 보고 있는데 형은 진지한 얼굴로 날 불렀다.

"병아리."

[으응.]

내가 미안해, 이제 소리 안 지를게······. 울상을 짓고 한 번만 봐달라는 듯 형을 쳐다보는데 형이 갑자기 담배를 든 손을 확 들었다. 반사적으로 움찔 몸을 떨고 거북이처럼 목을 움츠렸지만 느껴져야 할 고통이 느껴지질 않았다.

불안한 얼굴로 슬그머니 눈을 뜨자 형이 어그러진 얼굴로 날 쳐다보고 있었다.

[왜, 왜?]

"너 미쳤냐?"

[뭐가! 왜 때려!]

맞지는 않았지만 맞을 수도 있다는 불안감에 버럭 소리치자 형이 고개를 갸웃하더니 내 머리통을 툭툭 쳤다. 쓰다듬는 것 같다고 느낄 정도로 부드러운 손길이었지만 나는 긴장의 끈을 놓을 수가 없었다. 이러다가 언제 돌변해서 날 때릴지 모르니까.

"왜 이렇게 쫄아?"

[······.]

야······. 너 지금 그걸 진심으로 나한테 묻는 거니? 사람을 개 패듯 패는 새끼가 날 때리려고 손을 올렸는데 안 쫄면 그게 사람이냐, 로봇이지!

나는 억울하다는 눈빛으로 땅만 쳐다봤다. 그때 형이 한숨을 내쉬더니 재떨이에 담배를 비벼 끄며 말했다.

"누가 때리려고 하면 어떻게 하라고?"

[어? 때리면……. 같이 때린다.]

"욕하면?"

[같이 욕해.]

나는 의아한 얼굴로 형을 보면서 대답했다. 나가서 맞고 들어오면 그날이 내 제삿날이었다. 어렸을 때부터 형은 날 그렇게 가르쳤다.

싸워서 피를 질질 흘리면서 들어와도 형은 괜찮냐는 말이 아니라 이겼냐고 먼저 물었다. 이겼다고 하면 나랑 싸운 그 애 집에 가서 그 집구석을 거꾸로 뒤집어엎었고 졌다고 하면 내가 거꾸로 뒤집혔었다.

"되도록이면 싸움을 피해야 하는 건 맞지만 일단 싸움이 시작되면……."

[죽을 각오로 싸운다!]

"그래, 넌 어디서 맞고 들어오면 나한테 뒈질 줄 알아."

[네……. 근데 갑자기 그걸 왜?]

어렸을 때부터 귀에 딱지가 앉도록 들었던 말인데 새삼 다시 이런 얘기를 하는 이유를 알 수가 없었다.

그때 형이 내 머리를 헝클어뜨리면서 천사처럼 웃었다.

"그 미친놈 만나서 한 번만 더 기절해서 실려오기만 해봐."

[지금 나더러 살인자랑 맞서라고? 미쳤냐!]

그랬다가 죽으면 어떡해! 그때 노크 소리가 들리면서 시녀들이 들어왔다. 시녀들은 탁자에 간단한 음식을 차리기 시작했고, 맛있게 먹으라는 말을 남긴 뒤에 방을 빠져나갔다.

음식을 보자 잠시 잊고 있었던 허기가 밀려왔다. 나는 허겁지겁 입에 음식물을 쓸어 담기 시작했다. 형은 그런 날 마치 돼지우리의 돼지를 보듯 혀를 차면서 한숨을 내쉬었다.

　"이 돼지 같은 새끼를 누가 병아리라고 생각할까……."

　한탄을 하면서 형은 연신 혀를 찼다. 나는 미디움으로 구워져 핏기가 도는 스테이크를 포크로 찍어 뜯어 먹으면서 말했다.

　[근데 학교에서도 그렇고, 저번에 간 교회에서도 좋은 사람은 상대방을 이해할 수 있어야 한다면서 싸움은 어떤 이유에서도 무조건 나쁜 거라고 그러더라. 근데 형은 왜…….]

　"그래서 얻어터지고 오는 게 좋은 사람이냐?"

　그 말에 나는 우적우적 씹던 고기를 삼키고 다시 말했다.

　[그리고 선생님이 그랬는데 나는 장난이라고 해도 상대방이 장난으로 안 받아들이면 그건 장난이 아니라고 그랬거든? 근데 난 형이 나한테 병아리라고 할 때마다 그게 장난 같지가 않아. 좋은 사람은……. 어?]

　나도 내가 뭐라고 하는지 모르는 얘길 횡설수설 하다가 어느 순간 이상한 점을 깨달았다. 앞에서 사람이 밥을 먹고 있는데도 담배를 다시 빼서 무는 형은 상대방을 전혀 배려할 줄 모르는 나쁜 새끼였다. 빈말로라도 좋은 사람이라고는 말할 수 없다고 생각을 하다가 나는 떨떠름한 얼굴로 방금 깨달은 이상한 점을 물었다.

　[여기서 예의 바르게 인사할 때 뭐라고 해야 한다고?]

　"……."

내 물음에 형은 입을 다물고 날 쳐다보기만 할 뿐이었다. 매캐한 담배 연기를 내 얼굴에 뿜으면서 입을 다물고 있는 형을 보면서 그렇게 한참 시간이 흘렀다.

어색한 침묵 속에서 순간 나는 머리에 나사가 하나 빠지는 것 같은 느낌을 받았다.

[안녕하세요, 저는 좋은 사람이 되겠습니다.]

일단 여기까진 괜찮았다. 팔찌는 이 나라 말을 한국말로 번역을 시켜주는 거니까 이 나라 말로 말을 하면 내 귀엔 한국말로 번역이 될 게 분명했다.

나는 심호흡을 크게 하고 말했다.

"안녕하세요, 제 이름은 한겨울입니다. 저는 병아리가 되겠습니다."

그리고 귓가로 들려오는 한국말에 순간 나는 발밑으로 온몸의 피가 빠지는 기분이 들었다.

"……."

[…….]

"……."

[……너 이 씨발, 뒈질래?]

분노에 사로잡혀 나는 몸을 벌벌 떨면서 포크를 꾹 쥐었다. 하지만 반성의 기미라고는 눈곱만치도 없는 형을 보면서 나는 기어이 폭발하고야 말았다.

[야 이 개새끼야! 네가 사람 새끼냐! 그게 뭐야, 사람들이 날 뭐라고 생각을 했겠어! 씨발, 병아리 아니라고, 병아리 아니라고!]

내가 발작적으로 소리치자 형이 재떨이에 다시 담배를 비벼 끄며 말했다.

"도와달라고 할 땐 어떻게 말하라고?"

[뭐? 넌 지금 그게 중요해? 내가 왜 병아리냐고, 왜! 병아리 아니란 말이야, 씨발! 그러니까……. 도와달라는 게…….]

나는 숨을 헉헉거리면서 말했다.

"삐약."

이 말이 「도와주세요.」라는 말이라고 철석같이 믿고 있었는데 내 귓가로는 병아리 울음소리가 들려왔다.

결국 나는 들고 있던 포크를 칼이라고 생각하며 형에게 집어 던질 수밖에 없었다. 살면서 이렇게 살인 충동이 격하게 일어나긴 또 처음이었다.

[야! 죽어, 그냥 뒈져라, 이 사탄의 자식아!]

형은 발악하는 날 피해 의자에서 일어나며 태연하게 말했다.

"앞으로 그 미친놈 만나면 지금처럼만 해라."

[내가 뭘! 내가 뭘 어쨌다고!]

"너 지금 대가리에 불붙은 미친년 같다. 지금처럼만 하면 그 미친놈도 무서워서 도망갈걸."

[대, 대가리에 불붙은 미친년이라고? 야! 야, 이 씨발! 야!]

평소 같았으면 이 정도 욕을 퍼부으면 머리에 혹이 다섯 개는 날 텐데도 형은 그냥 얌전히 내가 욕하는 걸 듣기만 했다. 그래, 한 20초 동안은.

"한 번만 더 그 미친놈 만났을 때 기절해서 실려 오면 어쩐다고?"

[주, 죽는다고……. 근데 지금 그게 중요한 게 아니라 너 왜 나한테 거짓말…….]

"알아들었으면 꺼져."

[야! 너 왜 나한테 예의 바르게 인사하는 거랑 도와달라는 거…….]

"꺼지라고."

[아니, 그러니까 씨발, 네가 지금 뭘 잘했다고…….]

그때 형이 순간 탁자에 널브러져 있는 스테이크용 나이프를 손에 쥐었다. 그걸 보며 나는 헉하고 숨을 들이켰다. 그리고 90˚로 인사를 하며 황급히 방을 빠져나왔다.

[안녕히 주무세요.]

그 미친놈만 사이코가 아니라 저 새끼도 진짜 사이코다. 내가 그걸 잊고 있었네.

새벽에 스테이크를 두 개나 먹고 잠이 든 나는 해가 중천에 뜨고 나서야 눈을 떴다. 한참 침대를 굴러다니다가 정신을 차린 나는 비실비실 일어나 물을 한 컵 마셨다.

자기 전에 고기를 먹어서 그런지 몸이 퉁퉁 부어 있는 기분이었다.

으으, 진짜 머리도 아프고 속도 이상하고 죽겠다. 씻고 나가서 산책이나 할 생각으로 좀비처럼 비틀비틀 걷다가 순간 나는 창틀에 누군가와 눈이 마주쳤다.

"안녕."

"……."

아, 제발. 진짜 제발. 제발 나 좀 살려달라고…….

그 정체불명의 누군가는 바로 미친놈이었다. 저 새끼는 도대체 나한테 무슨 억하심정이 있어서 자꾸 날 찾아오는 건지 모르겠다. 내가 저 새끼한테 뭘 그렇게 잘못을 했다고?

도대체 언제 온 건지 그는 창틀에서 내려와 내게 바구니 하나를 건넸다. 바구니 안에는 여덟 개의 토마토가 먹음직스러운 빛깔을 뽐내며 담겨 있었다. 크기도 엄청 크고 척 봐도 싱싱해 보이는 토마토였지만 나는 마냥 좋아할 수만은 없었다.

"저번에 또 사달라고 했잖아."

"……."

"그리고 이건 네가 자꾸 기절해서 가지고 온 거야. 혹시 말이 잘 안통해서 네가 내 말을 잘 못 알아듣고 그런 건가 싶어서."

그는 척 봐도 엄청 비싸 보이는 팔찌를 내게 건네줬다. 그걸 받지도 않고 멀뚱멀뚱 보고만 있는데 미친놈이 내 팔을 붙잡더니 팔찌를 멋대로 채우려고 했다. 나는 기겁을 하고 뒤로 물러섰다.

"무엇이다!"

"이거 끼면 말도 제대로 할 수 있고 내가 하는 말도 잘 들을 수 있어."

"싫어, 싫다! 저리 가라! 이……! 시, 시금치!"

"너 시금치 싫다며?"

"그렇다, 시금치 싫다!"

내 말에 남자는 잠시 생각하는 것 같더니 갑자기 정색을 하고 내게 물었다.

"그럼 내가 싫다는 거야?"

"어? 어, 그, 그것은……. 그것은……. 그, 그렇다! 그, 그런데 조금……."

늘 나사가 서너 개는 빠져 있는 얼굴로 말하던 남자가 갑자기 정색을 하자 나는 무서워졌다. 어버버 병신처럼 말을 더듬고 있는데 남자가 그런 날 빤히 보다가 다시 헤프게 웃으며 손을 내밀었다.

"손."

"……."

내가 개새끼니……. 어흑, 진짜 내가 왜 이러고 살아야 하냐고! 여기서 도망가면 미친놈한테 잡히겠지? 그냥 비명을 지를까? 그럼 밖에서 사람들이 듣고 안으로 들어오지 않을까? 근데 그럼 그때 미친놈이 날 인질로 잡으면 어쩌지?

"이거 무서운 거 아니야. 좋은 거야."

그때 남자가 나를 설득하듯 말했다.

그가 가지고 있는 팔찌는 어젯밤 형이 내게 준 것과 비슷한 굵기의 팔찌였는데 디자인이 판이했다.

형이 준 건 마치 쇠고랑처럼 멋이라고는 개뿔도 없는 팔찌였다면 저 남자가 가지고 있는 팔찌는 가운데에 큼지막한 보석까지 박혀 있는 비싸 보이는 팔찌였다. 둥그렇고 영롱한 초록색 보석이 가운데에 박혀있고 가운데에 길게 초록색으로 끈처럼 무언가가 빛을 내고 있었다. 끈에는 하얗게 글씨처럼 보이는 것이 새겨져 있었다.

"이거 끼면 내가 하는 말도 알아들을 수 있고 말도 잘할 수 있어."

"……."

"지금 내가 하는 말 못 알아듣겠어? 음, 그러니까 이거 진짜 무서운 거 아니야."

……네 눈에는 내가 병신으로 보이니? 내가 팔찌를 왜 무서워해! 내가 무서운 건 팔찌가 아니라 너라고, 너! 나는 잔뜩 굳은 얼굴로 어젯밤 형이 채워준 팔찌를 보여주며 소리쳤다.

"그것은 있다! 나도 있어!"

내가 팔을 들자 남자가 의아한 얼굴로 내 팔을 붙잡았다. 화들짝 놀라서 내가 기겁을 하는 말든 남자는 내 팔을 붙잡고 팔찌를 여기저기 뜯어보기 시작했다.

한참 팔찌를 보던 남자가 곧 다시 제가 가지고 있는 팔찌를 내게 보여주며 말했다.

"이게 더 좋은 거야."

"그, 그래서!"

"그거 봐, 넌 그런 걸 끼고 있으니까 자꾸 말을 이상하게 하는 거잖아. 내 거 끼면 넌 말도 잘할 수 있어. 이거 되게 좋은 거란 말이야."

"그래서, 무엇! 어쩐다!"

내가 너한테 받은 걸 어떻게 팔에 끼고 다녀! 그게 뭔 줄 알고! 저 팔찌에서 혹시 독가스가 뿜어져 나오지는 않을까 불안한 얼굴로 내가 계속 거부하자 결국 남자를 어쩔 수 없다는 듯 팔찌를 창밖으로 던져 버렸다.

"어?"

"어쩔 수 없지. 근데 그거 누가 준 거야?"

"헉! 무, 무엇! 그것 왜 버려!"

나는 황급히 창문 쪽으로 뛰어가 아래를 내려다봤다. 하지만 팔찌는 보이질 않았다. 한참 찾다가 나는 팔찌가 나뭇가지에 아슬아슬하게 걸려 있는 걸 발견했다.

저걸 왜 버려! 그냥 받을 걸 그랬나? 받아서 팔면 돈도 많이 받을 것 같은데……. 내가 울상을 짓고 계속 창밖만 보자 남자가 다시 물었다.

"그거 누가 준 거야?"

"그것은……. 교……, 교……. 그러니까."

형 이름이 뭐였더라. 고민하고 있는데 남자가 내게 말했다.

"교황?"

"그렇다! 그것이 주었다. 그런데 너는 여기에……, 자꾸만 무엇, 무슨, 방법……. 어, 그러니까……. 어떠한 것으로……, 어떻게 여기에……. 출입, 출입하는가! 출입을 어떻게 하였어!"

"걔가 그걸 너한테 왜 줘?"

"어? 그것은……. 모른다."

"근데 너 이름이 뭐야?"

"저의 이름은……."

순간 반사적으로 그의 질문에 대답하려다가 나는 입을 다물었다. 취조를 받고 있는 것 같은 기분이다. 내가 왜 대답해야 하지?

그때 형이 밤에 했던 말이 떠올랐다. 한 번만 더 기절하면 산 채로 납관을 해버린다고 했는데. 나는 당당하게 외쳤다.

"당신의 이름은 무엇입니까!"

"내 이름? 음. 뭐로 할까?"

"어? 나한테 질문하였어? 너는, 너의 이름은……. 잭 더 리퍼!"

"잭 더 리퍼? 알았어, 그럼 그냥 잭이라고 불러."

"……."

그래, 너한텐 그 이름이 잘 어울려. 하긴, 여기가 지구도 아니고 여기 사람이 잭 더 리퍼를 어떻게 알겠어. 혼자 킥킥거리고 있는데 잭 더 리퍼가 내게 물었다.

"네 이름은 뭐야?"

"저의 이름은……. 그러니까, 브, 브래드 피트……."

"브래드 피트? 남자 이름 같잖아."

"남자 이름이다!"

"부모님은 네가 남자로 태어나길 바라셨나 보네. 알았어, 그럼 브래드라고 부를게."

창밖으로 들어오는 햇살을 맞으며 남자는 마치 천사처럼 웃었다.

반짝반짝 빛이 나는 갈색 머리카락을 잠시 넋을 놓고 보고 있노라니 남자가 창문 쪽으로 가서 멈추더니 내게 말했다.

"나 갈게. 다음에 토마토 또 먹을래?"

"어? 으응……."

　내 떨떠름한 대답에 남자는 고개를 끄덕거리곤 그대로 창밖으로 나가버렸다. 아니, 나가려고 하다가 갑자기 뭔가 생각이 난 듯 내게 다가오더니 내 머리를 토닥거리면서 말했다.

"오늘은 기절 안 하네?"

"……."

"착하다."

　그러니까 내가 무슨 개새끼냐고…….

　나는 남자가 사라진 창밖을 바로 내다봤지만 그의 모습은 어디에도 보이질 않았다. 마치 귀신에 홀린 것처럼 괴이한 기분이었다. 나는 얼떨떨하게 침대 밑에 놓여 있는 토마토 바구니를 보다가 손을 뻗었다. 큼지막한 토마토를 하나 집어 앙하고 베어 물자 달콤하고 시큼한 과육이 입안 가득 퍼졌다.

　근데 도대체 저 미친놈은 토마토를 어디서 가지고 오는 거지? 맛있기는 진짜 더럽게도 맛있네.

토마토를 먹으며 침대에 엎드려 일기를 쓰고 있는데 노크 소리가 들려와 나는 몸을 일으켰다. 노크를 하는 걸 보니 일단 형은 아니다. 그럼 올 사람이라고는 알카 형뿐이었다.

나는 침대에서 훌쩍 뛰어내려 문을 활짝 열고 알카 형을 보며 웃었다.

"일기 썼다!"

"일기 쓰고 계셨습니까? 그런데 웬 토마토예요?"

"토마토 너도 먹으렴. 잭이 주었다."

"잭? 잭이요? 혹시 탑의 마법사를 말씀하시는 겁니까?"

탑의 마법사? 의아한 얼굴로 내가 고개를 갸웃하자 알카 형은 방으로 들어와 탁자 위에 종이 한 장을 놓으며 말했다.

"이번 이름은 잭인가 보네요. 탑의 마법사는 하루에도 열두 번씩 이름이 바뀌거든요. 그의 본명을 아는 사람은 아무도 없습니다."

하긴, 살인자가 버젓이 자기 본명을 말하고 다닐 리가 없었다. 그럼 경찰에 잡힐 테니까.

나는 알카 형이 가지고 온 종이를 유심히 보며 물었다.

"이것은 무엇입니까?"

"예하께서 오늘 내로 여기에 사인하지 않으면 평생 입으로 펜을 물고 글을 쓰게 될 거라는 말을 전해달라고 하셨습니다."

자세히 보지 않아도 이 종이가 형과 나를 부녀 관계로 만들어줄 빌어 처먹을 종이라는 걸 알 수 있었다. 내가 무슨 힘이 있나. 기라면 기어야지.

나는 펜을 들고 종이 귀퉁이에 멋들어진 사인을 했다.

아니, 하려고 했는데 사실 내 이름 두 자 적는 것도 힘들어서 또박또박 쓸 수밖에 없었다. 날림체로 멋있게 사인하고 싶었는데…….

"그런데 잭은 형과 친하다?"

종이를 챙기는 알카 형을 보며 나는 물었다. 형이랑 그 미친놈이 하는 말을 들어보면 순전 욕뿐이었지만 그래도 친한 것 같기도 했다. 알면서 모른다고 하는 것도 그렇고, 아무튼 수상했다. 왜 저렇게 사이가 나쁘지?

그때 알카 형이 곤란하다는 얼굴로 내게 말했다.

"저는 묵비권을 행사하겠습니다."

"……."

둘이 친하냐고 물어본 것뿐인데 거기에 뭘 또 묵비권까지 행사를 하고 그래……. 나는 떨떠름하게 알카 형을 보다가 일기장을 내밀었다.

"그런데 일기는 계속 씁니까?"

"계속 쓰세요. 써보는 것만큼 좋은 공부는 없습니다."

그 말에 여태까지 쓴 일기 좀 봐달라고 하려다가 문득 나는 형이 내게 잘못 가르쳐줬던 말들이 떠올랐다.

알카 형도 내가 바보처럼 말하고 있다는 걸 알고 있었을 텐데, 내게는 한마디 언질도 주지 않았다. 어쩐지, 왜 그렇게 웃나 했더니. 알카 형이나 그 사탄의 자식이나 다 한 패거리였구나.

"알카 형!"

내 박력 넘치는 외침에 형이 날 쳐다봤다. 나는 일기장을 탁자에 탁하고 놓고 눈을 부라렸다.

"내가 병아리입니까?"

"예?"

"병아리 아니다! 그런데 왜 웃어! 왜 나를 병아리로 만들었어! 너는 시금치다! 이 시금치! 가지! 연근! 너는 내게 말하지 않았어!"

이건 또 무슨 소리냐며 알카 형은 의아한 얼굴로 날 쳐다보기만 했다. 갑갑해서 나는 다시 외쳤다.

"안녕하세요, 저는 병아리가 되겠습니다! 이것은 오답이다! 도와주세요, 삐약삐약! 이것은 오답입니다! 적합한 것이 아니었어! 너는 내게 거짓을 고했다!"

"……."

"알카 형, 그런데 고했다, 말하였다, 같은 말 맞습니까?"

"……네, 맞습니다."

요즘 동의어를 배우고 있기는 했지만 말이 워낙 어려워서 긴가민가 했는데 맞나 보다. 나는 다시 단어들을 생각하며 말했다.

"너는 진실을 은폐하였다. 그것은 벌을 받아 마땅한 일임을 너는 알 것이다!"

"……."

"그리고……. 그러니까, 그. 그……. 아! 너는 대역 죄인이다!"

얼이 빠진 얼굴로 내 말을 가만히 듣던 알카 형이 의아한 얼굴로 내게 물었다.

"일부러 어려운 단어들만 골라서 말씀하시는 겁니까?"

그 말에 나는 순간 뜨끔했지만 태연한 얼굴로 말했다.

"그것은 중요한 것이 아니다. 너는 내게 고짓을 고하였어."

"고짓이 아니라 거짓입니다. 말을 배우면서 흔히들 착각하는 것이 있는데, 굳이 어려운 단어들로 문장을 완성할 필요는 없습니다. 평소처럼 말하세요."

"그것이 중요하지 않아! 나는 좋은 사람과 병아리를 혼동하였어. 너는 내가 그렇게 말하는 것을 알면서도 진실을 은폐하고 나에게 수치를 주었어. 나는 모멸감을 느꼈다!"

내 말에 알카 형은 고개를 돌려 창밖을 보며 입을 꾹 다물었다. 말하다 말고 갑자기 왜 저러나 싶어서 인상을 팍 쓰고 노려보는데 순간 알카 형의 입꼬리가 부들부들 떨리는 걸 목격했다. 나는 어이가 없어서 다시 외쳤다.

"나를 비웃는 것이야?"

"……아니요, 모멸감을 느끼셨다면 죄송합니다. 그럴 의도는 아니었어요."

"의도가 무엇입니까?"

"음, 생각이나 계획 같은 걸 뜻합니다. 그럴 계획이 아니었다, 그럴 생각이 아니었다, 대충 이렇게 알아들으시면 됩니다."

일단 종이에 의도라는 단어를 쓰고 괄호 열고 생각, 계획이라는 말을 쓴 후에 나는 다시 고개를 들었다.

"의도가 아니었어도 그러면 안 됩니다. 나는 병아리 싫어. 계속 그렇게 하면 나는 수치심을 느끼고 가슴에 응어리가 생겨버립니다. 그러지 말아 주세요."

"……."

다시 입을 다무는 알카 형을 보면서 나는 빽 소리쳤다.

"현재 나를 비웃는 것이지! 이 시금치!"

"비웃지 않았습니다."

내 발악에도 알카 형은 태연한 얼굴로 내 말을 맞받아칠 뿐이었다. 봐주려고 했더니 안 되겠다.

"내가 너의 나이가 되면 말씀을 능숙하게 할 수 있다. 지금은 말이 서툴러서 이런 것이고!"

난 아직 말이 서툴러서 그런 거지, 내가 진짜 딱 알카 형 나이만 되면 그땐 나도 말을 잘할 수 있을 것이다.

그때까지 기다리라는 내 말에 알카 형은 고개를 끄덕이면서 공부 열심히 하라고 내게 펜을 쥐여줬다.

나는 뿌듯한 얼굴로 완성된 일기를 쳐다봤다. 내가 아는 지식과 단어들을 총동원해서 쓴 일기는 내가 봤을 땐 거의 논문 수준이었다. 말을 배운지 고작 한 달 남짓 됐는데 이렇게까지 응용하는 내 천재적인 두뇌에 찬사를 보내지 않을 수가 없었다.

이걸 빨리 형한테 보여줘야 한다. 형이 이걸 보고 실력이 많이 늘었다고 이젠 일기도 그만 쓰고 공부도 안 해도 된다는 말을 해줬으면 좋겠다. 이제 공부라면 지긋지긋했다.

나는 일기장을 품에 끌어안고서 방을 나섰다.

그래도 동화책을 읽으면서 공부할 땐 그나마 괜찮았는데 언제부턴가 어째서인지 내 방에 동화책이 전부 사라져버렸다. 책을 달라고 하면 이상하게 어려운 책과 문제집 같은 것만 줬다. 동화책을 읽고 싶다고 해봤지만 문제집이나 보라며 날 타박하던 형의 얼굴이 생각났다.

나는 일그러진 얼굴로 벌컥 문을 열었다.

"형!"

책상에 앉아서 산처럼 쌓여 있는 서류 더미를 보고 있던 형이 고개를 들어 날 쳐다봤다. 나는 일기장을 들고 형에게 다가가며 말했다.

"만수무강하여라."

"뭐?"

"일기를 다 썼어."

내 인사에 형은 얼이 빠진 얼굴로 날 쳐다봤다. 뭘 잘못 들었나라는 그 얼굴에 나는 재빨리 형에게 일기장을 건네줬다. 하지만 형은 일기장은 쳐다보지도 않고 다시 종이로 시선을 돌렸다.

"나중에 볼 테니까 두고 나가."

"……."

쫓겨날 줄은 예상도 하지 못했던 터라 나는 입을 다물었다. 내가 나가지도 않고 그 자리에서 계속 우물쭈물하자 형이 찌그러진 얼굴로 다시 고개를 들었다.

"지금 봐주세요."

내 간곡한 부탁이 통한 건지 형은 의자에 몸을 기대고 일기장을 들었다. 그리고 형이 일기장을 펼치는 모습을 보며 나는 심장이 두근두근했다.

오기 전에 검사를 열 번도 더 했다. 틀린 건 하나도 없었다. 이번만큼은 정말 자신이 있어서 나는 득의양양한 얼굴로 탁자 위에 놓여 있는 쿠키를 입에 욱여넣었다.

과자를 우적우적 씹다가 목이 막혀서 차도 마시고 물도 마시면서 과자를 다 먹었다. 나는 유리그릇에 남아 있는 부스러기까지도 다 털어 먹었다. 그릇을 입에 대고 탁탁 털고 있는데 형이 날 보며 물었다.

"말투가 왜 이래?"

"100점입니까?"

그렇게 묻고 나는 방을 둘러보다가 찬장 안에 과자 봉지 같은 걸 발견하고 그쪽으로 다가갔다. 아침을 부실하게 먹었더니 배가 고파 죽겠다.

찬장을 열고 봉지를 잡아 뜯으려다가 순간 뒤에서 느껴지는 강렬한 시선에 나는 슬며시 고개를 돌려 형의 눈치를 살피면서 말했다.

"이, 일기 쓰느라 기력을 전부 소진하였어……."

제일 치사한 게 먹는 거 가지고 뭐라고 하는 사람들이다. 먹을 땐 개도 안 건드린다는 것도 모르나?

봉지를 뜯자 동그란 쿠키가 보였다.

그걸 다시 입에 욱여넣고 있는데 형이 손짓했다. 손가락만 까닥거리면서 오라는 게 꼭 개새끼를 부르는 것 같았지만 입에 과자가 너무 많이 들어가 있어서 나는 도저히 뭐라고 반박을 할 수가 없었다.

얌전히 다가가자 형이 내 일기를 읽기 시작했다.

"약관이 조금 안 되는 나이에 푸르른 창공을 보며 일기를 쓴다. 태양이 밝아 눈이 너무 부셨다. 새벽 일곱 시에 눈을 뜬 나는 차디찬 물에 세수를 하다가 분노에 몸서리를 쳤다. 형이 나에게 수치심을 주어 가슴에 응어리가 생긴 듯하였다. 하지만 하해와 같이 넓은 마음으로 이해를 한다. 형은 나에게 모멸감을 줄 의도가 아니었다는 걸 깨달았기 때문……."

형은 내가 쓴 일기를 읽다가 순간 입을 다물었다. 더 이상은 도저히 읽을 수가 없다는 표정이었다. 왜 저러는지 몰라 과자를 먹으면서 형을 보고 있는데 형이 일기장을 덮더니 날 빤히 쳐다봤다. 도대체 저걸 어쩌면 좋나, 그런 얼굴이었다.

내가 뭘 잘못 썼나?

"왜 일부러 어려운 말만 써?"

그 말에 순간 나는 과자가 목에 걸려서 켈룩켈룩 기침을 했다. 그런 날 한심하게 쳐다보는 형을 마주 노려보며 나는 물을 벌컥 마셨다. 기침하고 있는 동생한테 물 한 컵도 안 주면서 뭘!

"이, 일부러 그런 것이 아니다. 그것의 나의 지혜야."

"지혜? 일기 쓰면서 일부러 어려운 말 쓰는 게 지혜라고?"

"그렇다. 그것은 나의 지혜와 지식에서 비롯된……. 결과물입니다."

내 말을 가만히 듣고 있던 형이 일기장을 들더니 다시 내게 손짓했다.

"너 이리 와봐."

"왜 때려!"

"아직 안 때렸다. 너 진짜 뒈질래? 어디서 이게 겉멋만 들어서 일기를 이따위로 쓰고 있어? 넌 멋 부리려고 일기 쓰냐?"

"그, 그것은 멋이……. 그러니까, 그런 말 쓰지 않으면 멋이 없어!"

사실 자랑하고 싶어서 그랬다. 일기를 보고 내가 많은 단어를 익혔다는 걸 알고 제발 공부 좀 그만하라고 말해줬으면 얼마나 좋을까, 그런 생각을 했는데 내 예상은 완전히 빗나갔다.

"너는 지금 나의 자존심을 짓밟고 있어!"

"짓밟힐 자존심이라도 있으면 다행이지."

"너 몇 살이야!"

"뭐?"

내 갑작스러운 고함에 형이 도끼눈을 뜨고 날 쳐다봤다. 그 무시무시한 눈빛에 나는 순간 쫄았지만 곧 마음을 다잡고 내 생각을 전달하기 위해서 애썼다.

"그러니까 나는 지금 너보다 어립니다. 내가 너의 나이가 되면 너보다 훨씬 똑똑……."

"내가 다섯 살 때도 너보단 똑똑했다. 다시 보니까 이건 어려운 말만 골라서 쓴 게 아니라 근본적으로 뭔가 문제가 있어. 알카이아가 이렇게 가르쳤냐?"

"알카 형이 잘했다 잘했다 하였어!"

"잘했다 잘했다? 그래, 참 잘했다. 그 대단한 실력으로 처음부터 다시 배우자. 넌 밖에 내놓기도 쪽팔려."

날 다섯 살 먹은 애들보다 멍청하다고 폭언을 퍼붓는 것도 모자라 밖에 내놓기도 쪽팔리는 놈이라고 말하는 형을 보면서 나는 자괴감에 빠졌다.

이게 뭐가 어때서? 내가 뭘 잘못했다고!

"너는 왜 이렇게 성격이 모났습니까?"

"요즘 네가 살 만하지?"

"……그러게 왜 일기를 쓰라고 하였어? 나는 일기는 싫다! 그것은 아기들이 쓰는 거야!"

"넌 아직 어리다며. 그만 떠들고 이거 들고 꺼져."

형은 일기장을 탁자에 내팽개치며 내게 축객령을 내렸다. 저 새끼는 멋이라고는 개뿔도 없는 놈이다. 저런 사탄의 자식이 내 감성을 이해할 수 있을 리가 없지. 예술이 뭔지 개뿔도 모르는 놈!

나는 일기장을 들고 나가려다가 다시 고개를 돌려 형을 쳐다봤다.

"그런데 질문이 있습니다. 너는 잭과 친하지 않아?"

"잭이 누군데?"

"잭의 이름이 무엇인지 알아요? 알카 형이 잭은 이름이 하루에 열두 번씩 변화한다고 하였어."

내가 누굴 말하는 건지 눈치를 챈 형의 표정이 험악해졌다. 분위기도 풀어볼 겸 나는 아까 먹던 과자 봉지를 품에 안고 다시 과자를 입에 넣으며 말했다.

"잭은 내가 지었다. 잭 더 리퍼! 어울리지 않습니까? 그것은 살인자입니다. 그래서 나는 브래드 피트라고 하였어. 잭이 나를 브래드라고 부른다."

"잭이고 브래드고 관심 없으니까 나가."

"잭 이름 가르쳐주세요. 궁금합니다."

잭의 본명을 아는 사람은 아무도 없다고 알카 형이 그랬지만 왠지 형은 알고 있는 눈치였다. 하지만 그 뒤로 형은 내가 아예 없는 사람처럼 무시를 했다. 뭐라고 말을 해도 대답도 안 하고 소리를 질러도 쳐다보지도 않았다. 결국 제풀에 지친 나는 일기장을 들고 벌떡 일어났다. 그리고 과자가 많이 있는 찬장 쪽으로 갔다.

"너는 성격이 모났어. 너는 시금치보다 못한 인간이다."

혼잣말을 중얼거리면서 나는 찬장 안에 있는 과자를 죄다 쓸어 품에 가득 안았다. 그러는 와중에 유리 장식이 떨어져 쨍그랑 소리를 내며 깨졌다.

기겁을 한 나는 재빨리 과자를 한가득 품에 안고 방을 빠져나왔다. 혹시 저거 깼다고 형이 뒤에서 야차 같은 얼굴로 쫓아오지나 않을까 싶어서 재빠르게 내 방으로 돌아간 나는 문을 쾅 하고 닫고 걸쇠를 걸었다.

"왜 이렇게 급하게 뛰어와?"

"끄아아아악!"

갑자기 사람 목소리가 들려서 기겁을 한 나는 비명을 지르며 품에 안고 있던 과자를 죄다 공중에 뿌렸다.

내가 비명을 지르면서 바닥에 쓰러지자 잭이 이상한 얼굴로 멀뚱멀뚱 날 쳐다보고만 있었다.

"어, 어, 언제 왔어!"

"금방 왔어. 할 말 있어서."

"할 말? 그것이 무엇……. 근데 너 왜 자꾸 무단 침입을 하는 것이야! 여기는 나의 방이다! 너는 약속을 해야 해!"

"너 말 배우고 있는 거 맞아? 계속 이상하게 말하네."

잭은 날 아주 이상한 사람으로 확정을 지은 듯싶었다. 미친놈한테 어떻게 보이든 그건 내 알 바가 아니었기에 나는 자리에서 일어나 과자를 줍기 시작했다.

잭은 내 곁으로 다가와 같이 바닥에 떨어진 과자를 주워주며 말했다.

"잭 더 리퍼가 살인자 이름이라며?"

"……."

예고도 없이 귓가를 때리는 그 서늘한 목소리에 나는 그대로 석상처럼 굳어버렸다. 삐걱거리면서 고개를 돌리자 잭은 표정이 없는 얼굴로 날 쳐다보고 있었다. 평소에 병신처럼 방실거리던 얼굴은 어딜 간 건지 갑자기 정색을 하자 나는 덜컥 겁이 나기 시작했다.

"다 들었어. 그거 엄청 유명한 연쇄살인마 이름이라면서?"

"그, 그, 그것은……. 나, 나도 몰랐……. 아니, 그러니까……."

"그리고 브래드 피트는 배우 이름이라며? 근데 남자 배우라고 하던데 왜 넌 남자 이름을 가명으로 말한 거야? 차라리 안젤리나 졸리라고 하라고 전해 달래."

"엥?"

그 말에 순간 나는 멍청한 소리를 내뱉었다. 아깐 저놈이 정색을 해서 중요한 사실을 간과하고 있었는데 쟤가 잭 더 리퍼를 어떻게 아는 거지? 거기에 브래드 피트, 안젤리나 졸리까지!

"너, 그걸 어떻게 알았어!"

"내가 살인마처럼 보여?"

"어?"

"나 나쁜 사람 아니야."

"……."

살인자가 나 살인자라고 얼굴에 써 붙이고 다니냐? 나쁜 사람이 나 나쁜 사람이라고 떠벌리고 다니냐고!

난 그렇게 외치고 싶었지만 저놈이 다시 정색을 할까 봐 입을 열 수가 없었다. 웃을 땐 병신 팔푼이처럼 보였는데 정색을 하니까 정말 살인자 같이 보였기 때문이다.

"너 진짜로 이름이 브래드 피트야?"

"……."

"대답 안 해? 그럼 내가 정말 살인마처럼 보였다는 거야?"

"아, 아, 아닙니다! 내가 착각을 하였어. 미안합니다."

"그래서 네 진짜 이름은 뭐야?"

정말 말하기 싫었다. 꼭 살인자가 사람을 죽이기 전에 이름이나 나이 따위를 물어보는 것처럼 보였기 때문이다.

말하면 왠지 저놈이 갑자기 돌변해서 날 죽일 것만 같았다. 굳어 있는 날 빤히 보던 미친놈이 그때 결정타를 날렸다.

"나 어렸을 때 우리 엄마가 그러던데 말 안 듣는 애새끼들은……."

"한겨울! 한겨울! 한겨울입니다! 제 이름은 한겨울입니다!"

내 필사적인 외침에 그제야 미친놈의 얼굴에 미소가 맴돌았다. 어여쁘게 웃는 그 얼굴을 보면서 나는 진심으로 기절하고 싶었다.

"내 동생이랑 이름이 똑같네."

그 말에 나는 고개를 퍼뜩 들었다.

이름이 똑같아? 네 동생 이름이 한겨울이라고? 그게 무슨 말이야? 사실 여긴 다른 세상이 아니라 외국이었나? 그게 아니면 여기에 왜 한국식 이름을 한 사람이 있어? 브래드 피트랑 안젤리나 졸리랑 잭더 리퍼를 아는 것도 그렇고!

"동생 이름이 한겨울입니까?"

"아니, 강겨울. 넌 왜 이름이 한겨울이야? 너도 한국에서 왔어?"

"어, 어떻게 알았어!"

"이름이 이상하니까. 난 우리 엄마가 거기서 왔거든. 나도 어렸을 때 듣기는 들었는데 안 가봐서 잘 몰라."

혹시 여기에 한국에서 온 사람들이 많은가? 꼭 외국에서 고향 사람을 만난 것 같은 기분이 들어서 조금 이상했다. 형이 여긴 다른 세계라고 했는데 어떻게 한국 사람이 있는 걸까?

의아한 얼굴로 고개를 갸웃거리고 있는데 갑자기 잭이 내게 얼굴을 들이밀었다.

"넌 한국에서 언제 왔어? 너 혹시 벌써 배제된 거야?"

"배제가 무엇?"

"음. 설명하기가 애매한데. 한국에 있을 때랑 지금이랑 똑같은 거야, 아니면 너도 환생한 거야?"

"아닙니다. 저는 귀신……. 그러니까 이것은……."

나는 「이것은 원래 제시의 것입니다.」라는 말을 하려다가 입을 꾹 다물었다. 이런 말을 아무 데서나 해도 되는 건가? 형이 비밀로 하라고 한 적은 없었지만 말하기가 껄끄러웠다.

나는 잭에게 고개를 저으며 말했다.

"그것은 오라버니 형에게 물어보고 난 후에 말해주겠어."

또 괜한 말 했다가 그게 비밀인 거면 나만 형한테 깨진다. 내 단호한 얼굴에 잭이 이상한 얼굴로 날 쳐다봤다.

"너 말 배우고 있는 거 맞지?"

"맞습니다."

"근데 말을 왜 그렇게 이상하게 해?"

"그것은 아닙니다. 나는 빠르게 습득을 하고 있어."

내가 얼마나 말을 빨리 배우고 있는데 저 새끼가…….

"오라버니 형이 뭐야?"

"오라버니 형 모릅니까? 너랑 저번에 싸웠잖아."

"오라버니가 뭐야?"

"그것은 형의 성함……."

말하다 말고 순간 나는 뭔가 이상하다는 걸 깨닫고 입을 다물었다.

오라버니? 내가 지금 왜 오라버니라고⋯⋯. 순간 머릿속으로 내가 형을 보면서 오라버니 형이라고 말했던 장면들이 파노라마처럼 스쳐 지나가기 시작했다.

내 얼굴이 사색이 된 걸 보며 잭이 내게 말했다.

"내가 그냥 노파심에 물어보는 건데, 너 혹시 사람들이 너한테 말 가르쳐줄 때 막 놀리거나 그러진 않지?"

병아리에 삐약삐약도 모자라 오라버니까지! 미쳤다! 정말 미쳤다! 형에게 오라버니라고 했던 내 주둥이를 비틀어버리고 싶은 심정이었다. 나는 잭이 살인자라는 것도 잊은 채 울상을 짓고 하소연했다.

"사실 형이 나의 자존심이 밟히지 않는다고 하였어. 그러니까 그것이⋯⋯. 자존심도 없다고 했다. 나는 상처를 받았어. 나한테 「안녕하세요. 저는 병아리가 되겠습니다.」 이것이 공손하다고 하여서 나는 계속 그렇게 인사를 하고 다녔어. 「도와주세요.」 이것이 도와달라는 말인데 형이 나에게 삐약삐약 이렇게 가르쳐주었어. 그리고 형 이름이 나는 「오라버니」인 줄 알았어. 내가 그렇게 했는데 아무도 내게 가르쳐주지 않았다!"

내 하소연을 들으면 들을수록 잭의 표정이 일그러졌다. 마치 날 이해해주는 것만 같아서 나는 다시 말했다.

"그래서 내가 「왜 그랬어.」 하고 말했더니 나보고 화만 낸다. 막 내 머리를 때리고 욕을 하고 그렇게 해. 「때리지 마세요.」 하고 말하니까 주먹을 들고 나보고 거기에 머리를 돌진하라고 하였어."

"너 맞았어?"

"으응. 매일 맞는다. 매일 나를 때리고 욕을 해. 하기 싫은데 자꾸 공부만 시키고. 나는 정말 너무 힘이 들어요."

나는 어깨에 힘을 쭉 빼고 투덜거렸다.

한참 신나게 떠들다가 문득 정신이 들어 나는 입을 다물었다. 형이 싫은 건 맞지만 그래도 하나밖에 없는 가족인데 딴 사람한테 욕을 하자니 왠지 내 얼굴에 침을 뱉는 것 같은 기분이 들었기 때문이다. 이러다가 괜히 저 미친놈이 형을 못된 사람이라고 생각할까 봐 나는 고개를 들어 다시 말했다.

"하지만 형이 잘한다 잘한다 하였어. 나쁘지 않아."

"때리고 욕한다며?"

"그것은……. 사실 그것은 그렇다. 하지만 괜찮아."

내가 뒤에서 욕을 했다는 사실이 형 귀에 들어가는 날엔 난 「인체의 신비 2」를 찍어야 할 게 틀림없었다. 잭은 형이랑 사이가 나쁘다고 했으니까 이런 걸 다 이르진 않겠지?

나는 불안해져서 물었다.

"그런데, 잭. 너는 이것을 형에게 다 말을 할 거야?"

"왜? 해줄까?"

"아, 안 돼! 그것은 안 됩니다! 그러지 말아 주세요!"

치사하게 그걸 또 다 말한다는 잭을 보며 나는 펄쩍 뛰었다. 그러다가 문득 잭이 내 팔목을 붙잡고 있다는 걸 깨달았다. 팔을 떼어내려고 계속 흔들었지만 잭은 내 손목을 놔주지 않았다.

"말 안 할 테니까 그럼 내가 준 팔찌 낄래?"

"뭐?"

"너 말하는 거 너무 이상해. 더 좋은 게 있는데 왜 이걸 끼고 있어?"

잭의 반대쪽 손에는 저번에 창문 밖으로 던졌던 팔찌가 보였다. 저 걸 또 언제 주워온 건지는 모르겠지만 이 쇠고랑 같은 팔찌를 마음대로 벗었다가는 형이 날 죽이려 들지도 모른다.

나는 필사적으로 팔찌를 낀 손을 손바닥으로 감싸며 외쳤다.

"이, 이것은 형이 준 것이야!"

이거 잃어버리면 또 무슨 말도 안 되는 이유로 날 줘 팰지 모른다고! 내 급박한 마음을 느낀 건지 못 느낀 건지 잭은 갑자기 정색을 하며 말했다.

"넌 네발로 기어 다니는 것도 좋아하고 기절하는 것도 좋아하고 맞는 것도 좋아하고 욕 듣는 것도 좋아하지?"

"뭐, 뭐?"

"진짜 이상한 애네."

"아니야! 그것은 그렇지 않다! 나는 이상한 애가 아니야!"

저 새끼가 누굴 변태로 알아? 내가 언제 네발로 기어다니는 걸 좋아하고 기절하는 걸 좋아하고 맞는 걸 좋아하고 욕 듣는 걸 좋아한다고! 내가 언제! 내가 언제 그랬어!

"아니야?"

"아니야! 아니다! 그것은 절대 아니다!"

"근데 그 팔찌를 왜 끼고 있어?"

"어? 그, 그것이 무슨 상관……."

"잘 들어봐. 넌 지금 널 때리면서 욕하는 사람이 준 팔찌를 끼고 있는 거잖아. 널 그렇게 대하는 사람이 준 팔찌를 소중하게 간직하고 있다는 건 네가 맞으면서 욕 듣는 걸 좋아한다는 거 아니야? 거기다가 네발로 기어다니면서 기절하는 것도 취미니까 넌 결국 그런 걸 다 좋아한다는 거잖아."

무, 무슨 소리야? 내가 그런 걸 언제 좋아했다고! 내가 당황하자 잭은 내 팔목을 잡은 손에 힘을 주며 다시 말했다.

"그럼 내가 때리면서 욕해줄 테니까 이 팔찌 낄래?"

"시, 시, 싫다! 그것은 싫어! 싫어! 그냥 낄게요! 그냥 끼겠습니다!"

순간 갈색 눈동자가 짙은 피 색깔로 변하는 걸 본 나는 기겁을 하며 외쳤다. 진득하게 웃는 게 꼭 날 반 토막 낼 거라고 결정을 한 것만 같은 얼굴이었다.

내 외침에 잭은 만족스러운 웃음을 지으며 빼려고 해도 빠지지 않던 팔찌를 아주 손쉽게 빼더니 자기가 가지고 온 팔찌를 마치 수갑처럼 내 팔목에 채웠다.

"말해봐."

"무슨 말을 하라고…… 어?"

평소처럼 말하다가 나는 문득 이상한 기분이 들어 고개를 갸웃했다. 이게 뭐지? 나는 눈을 껌벅거리다가 잭을 보며 말했다.

"이거 기분이 이상해. 아, 아아. 아, 아, 아아아."

"내 팔찌가 더 좋은 거라고 했잖아. 너 환생한 게 아니라 빙의한 거였구나."

"뭐? 야! 네가 그걸 어떻게 알아!"

마치 한국말을 하는 것처럼 말은 아주 쉽게 나왔지만, 거기에 놀랄 것도 없이 나는 기겁을 하며 외쳤다. 잭은 형이 준 팔찌를 만지작거리면서 내게 말했다.

"빙의한 게 아니면 말을 이렇게 잘할 리가 없잖아. 그 몸에 빙의한 지 얼마나 됐어?"

"한 한 달 좀 넘은 것······. 그, 근데 왜 자꾸 물어봐?"

"여긴 왜 있어? 너 진짜 오라버니 형한테 맞는 게 좋아서 있는 거야?"

"오라버니 형이라는 말 좀 그만해!"

내가 빽 소리치자 잭이 날 빤히 쳐다봤다. 오라버니 형이고 나발이고 저 미친놈은 날 변태라고 생각하고 있었다. 나는 그게 더 심각한 문제였기 때문에 차근차근 말하기 시작했다.

"지금 네가 착각을 하고 있는 것 같은데 내가 그런 사람이 아니야. 응? 맞는 게 좋은 게 아니라 그건 형이 날 때리니까 내가 어쩔 수 없이······."

"왜 자꾸 형이라고 해? 너 여자잖아. 여자들은 오빠라고 부르는 거야."

"야, 내, 내, 내가 그걸 모, 모르고 있는 줄 알아? 나도 알아!"

"아, 그래. 어렸을 때부터 버릇이야? 사실 우리 엄마도 좀 그런 거 있거든. 낯간지럽다고 오빠라는 말을 잘 못해. 그래서 여잔데도 형이라고 하고 막 그러거든. 너도 그런 거야?"

"어? 어, 으응. 나도 좀 그런 거 맞는 것 같아."

낯간지러운 게 맞기는 맞는 것 같았다.

19년을 형한테 형이라고 부르면서 컸는데 갑자기 오빠라고 하려니까 온몸에 소름이 돋다 못해 피가 거꾸로 치솟을 것만 같았다. 하지만 그런 것까지 설명해줄 필요는 없다고 판단한 나는 대충 말을 넘겼다.

"그 팔찌 이제 줘. 잃어버렸다고 하면 형이 뭐라고 한단 말이야."

내 말에 잭이 멀뚱멀뚱 날 쳐다봤다. 그러더니 갑자기 귓가로 아지직 하고 무언가가 부서지는 소리가 들려왔다. 설마 설마 하는 얼굴로 고개를 숙이자 팔찌는 잭의 손에서 산산조각이 나 있었다.

"너 지금 이게 뭐하는 짓이야? 내 걸 왜 네가 마음대로 부수고 난리냐고!"

"이게 왜 네 거야? 오라버니 형 거라며?"

"형이 나한테 줬으니까 내 거지! 그리고 그 오라버니 형이라는 말 좀, 씨발……."

"씨발?"

갑자기 다시 정색을 하는 잭을 보며 나는 기겁하고 입을 다물었다. 나는 손으로 입을 가리고 일단 한 발자국 뒤로 물러섰다. 네가 지금 나한테 욕을 한 거냐고 잭이 칼로 날 찔러 죽일 것 같은 기분이 들었기 때문이었다.

"이거 봐."

그때 잭이 내게 손을 내밀었다. 슬쩍 고개를 내밀어 잭이 내민 손을 보자 거기엔 산산조각으로 부서진 잔해 사이로 반으로 쪼개진 보석 하나가 보였다.

"추적 장치잖아. 교황이 너 도망 못 가게 붙잡고 있는 거야?"

"뭐? 도망?"

내가 도망을 왜 가? 내가 무슨 잘못을 했다고? 내가 저번처럼 또 밖에 나갔다가 기절이라도 할까 봐 형이 GPS 같은 걸 팔찌에 심어놨나 본데 그걸 또 잭이 오해하고 있는 것 같았다.

나는 뭐라고 말을 하려다가 눈을 동그랗게 떴다. 잭이 손가락으로 내 입술을 붙잡았기 때문이다.

"그리고 욕하지 마. 알겠지?"

"……."

잭은 웃으며 말했지만 내게 저건 조커가 웃고 있는 것처럼 보였다. 한마디로 등에서 소름이 돋을 만큼 무서운 그런 미소였다.

"대답해야지."

네가 손을 놔줘야 대답을 하지, 병신아! 나는 고개가 떨어질 것처럼 끄덕거렸다. 그러자 잭이 내 입술을 잡고 있던 손을 떼더니 말했다.

"내 이름은 안 물어봐?"

네 이름 하나도 안 궁금해, 이 씨발 새끼야……. 으흑흑. 너 같이 미친놈이랑 내가 왜 엮인 거야? 형은 내 방에 안 오려나? 알카 형도 좋고 시녀 누나도 좋고 다 좋으니까 누구든 이 방에 좀 들어와줬으면 좋겠다. 내가 여기서 저 미친놈 손에 죽으면 이게 밀실 살인 사건인가? 저 새끼는 진짜 무슨 사이코패스도 아니고 뭔 정색을 저렇게 무섭게 하고 지랄이야…….

"내 이름 안 궁금해?"

그때 다시 잭이 정색을 하며 물었다.

나는 사색이 된 얼굴로 고개를 저으며 말했다.

"구, 궁금해. 네 이름 궁금해."

"물어봐."

"성함이 어떻게 되세요……."

으어어엉, 누가 나 좀 살려줘! 돌아버릴 것 같은 내 심정을 아는 건지 모르는 건지 날 보며 말했다.

"강가을이야."

"뭐? 강가을? 강가을이라고? 너 혹시……."

아까까지만 해도 저놈이 무서워서 미칠 것만 같았는데 이름을 듣자마자 나는 고개를 퍼뜩 들었다. 저 새끼도 혹시 형처럼 환생을 한 건가? 가을이 형이야? 진짜?

"너도 알아? 사실 꼬맹이가, 아니, 그러니까 그 교황이 어렸을 때 날 찾아와서 다짜고짜 네가 강가을이냐고 막 그러면서 자꾸 귀찮게 했어. 그래서 도망을 친다는 게 내가 실수로 발로 찼거든. 그때부터 나만 보면 도끼눈을 뜨고 죽이려고 하는데 무서워서 살 수가 있어야지."

지금 네 표정 하나도 안 무서워 보이거든? 일그러진 내 얼굴을 빤히 보더니 그가 다시 말했다.

"발로 찼을 때 걔 갈비뼈 세 대가 나갔거든. 그래서 그런가 봐. 아, 그때 갈비뼈가 부러지면서 폐를 찔러서 진짜 죽을 뻔했다고 하더니 그것 때문에 그런가?"

"……."

"근데 꼬맹이랑 네가 아는 사람 중에 나랑 이름이 똑같은 사람이 있어?"

가, 가, 갈비뼈가 세 대가 나가? 갈비뼈가 폐를 찔러서 죽을 뻔했다고? 갈비뼈가 부러져서 폐를 찔렀는데 어떻게 다시 살아난 거지?

나는 경악을 한 얼굴로 그를 보다가 소리쳤다.

"너 미친 거 아니냐? 어떻게 발로 한 번 찼는데 갈비뼈가 세 대나 부러져!"

"그건 걔가 넘어질 때 잘못 넘어져서 그랬던 거야."

잘못 넘어지고 자시고 결국 네가 차서 넘어진 거잖아, 병신아!

"근데 그게 너랑 무슨 상관이야?"

"뭐? 야, 너 같으면 네 동생이 어떤 놈한테 차여서 갈비뼈가 세 대나 부러졌다고 하는데 가만히 있겠냐? 어?!"

"그 꼬맹이가 네 동생이야?"

"아니, 그런 건 아닌데……. 아무튼!"

근데 어차피 형 성격상 자기 갈비뼈가 세 대나 부러지고 그 부러진 뼈가 폐를 찔러서 사경을 헤맸다면 저 새끼를 얌전히 내버려뒀을 리가 없다. 분명히 회복을 한 뒤에 어떻게든 복수를 했을 거다. 나는 그를 보며 물었다.

"그래서 너는? 너는 얼마나 다쳤는데?"

"내가 왜 다쳐?"

"형이 널 가만히 내버려뒀어?"

"가만히 내버려둔 게 아니라 못 건드린 거야. 그래서 사실 아직도 틈만 나면 날 죽이려고 벼르고 있어."

이건 굉장히 놀라운 일이었다.

형이 자길 그렇게 만든 놈을 멀쩡히 내버려뒀고 건드리지도 못한다니.

"강가을이라는 다른 사람이 있었어?"

"어? 형 친구 중에……."

근데 이 새끼는 뭐가 저렇게 궁금한 게 많아? 나는 잠시 입을 다물었다가 다시 말했다.

"난 그냥 잭이라고 부를래."

"왜 내 이름은 네 멋대로 바꿔?"

"몰라, 넌 가을이 형이 아니잖아!"

가을이 형이 좀 병신 같기는 해도 얼마나 착한 사람이었는데! 형이랑 둘이서 날 놀릴 땐 둘이 싸잡아서 같이 때려죽이고 싶었던 적이 많기는 많았지만 그래도 어렸을 때 아이스크림이랑 과자도 많이 사주고 오락실에서 나랑 놀아주기도 했다.

그런데 저런 미친놈을 보면서 어떻게 가을이라고 해! 난 절대 그럴 수 없었다.

"싫어도 불러."

"싫어! 넌 어차피 하루에 열두 번도 더 이름이 바뀐다며? 뭐라고 불리든 상관없잖아."

안 그래도 요즘 형이 나한테 뭐라고 할 때마다 가을이 형 생각나서 미치겠는데 저런 놈한테 계속 가을이라고 부르면 난 집 생각이 나서 우울증 걸릴지도 모른다. 진짜 상진이 그 새끼도 보고 싶고 매일 나만 구박하던 담임선생님도 보고 싶고 매점 누나도 보고 싶어 죽겠는데!

"불러봐."

"싫어, 왜 자꾸 부르래!"

"몰라, 그냥 네가 자꾸 싫다고 하니까 시키고 싶어."

"뭐?"

저 새끼 진짜 또라이 아니야? 뭐 저런 새끼가 다 있지? 내가 기겁을 하며 쳐다보자 놈이 다시 내게 말했다.

"말해봐."

"싫다니까."

"말해."

"……."

"말 안 해?"

"……."

진짜 쟤 도대체 나한테 왜 이래……. 나는 기억을 더듬어 저 미친놈을 처음 만났을 때를 떠올렸다. 아무리 생각을 해봐도 난 잘못한 게 없는 것 같은데 도대체 왜 나만 보면 협박을 하는 건지 이해할 수가 없었다.

차라리 다시 기절하고 싶은 심정이 들었지만, 형이 한 번만 더 기절해서 실려오면 산 채로 납관해 버리겠다고 했던 말이 떠올랐다.

내 팔자는 도대체 뭐가 이렇게 기구할까. 죄다 나한테 협박만 한다. 이런 빌어먹을 세상 같으니라고.

나는 다시 정색을 하는 미친놈을 보며 울며 겨자 먹기로 외쳤다.

"강가을!"

"……."

"강가을! 강가을! 강가을!"

"너 지금 나한테 시비 걸어? 뭘 그렇게 박력 넘치게 불러?"

부르래서 불렀는데 저 새끼는 왜 또 난리야?

"다시 말해봐."

"강 가……! 가, 가을이 형님……."

나는 내 외침에 다시 정색을 하는 그의 얼굴을 보며 혀를 깨물며 말을 고쳤다. 그래도 아직 마음에 안 드는 건지 그가 멀뚱멀뚱 날 보더니 말했다.

"오빠라고 불……."

"싫어, 이 또라이 새끼야!"

그의 말이 끝나기도 전에 나는 버럭 외쳤고, 내 커다란 외침에 그는 놀랐는지 한 발자국 뒤로 물러섰다. 이 또라이 새끼를 기필코 죽여버리겠다는 내 눈빛을 읽은 건지 그는 조금 당황한 얼굴로 말했다.

"알았어. 왜 화를 내고 그래?"

너 같음 화 안 내게 생겼냐, 이 사이코야! 꺼져! 꺼지라고! 내 눈앞에서 꺼져버려!

다음 권에서 이어집니다.

지은이 후기

안녕하세요, 권새나입니다.

2012년 4월, 『병아리』 연재를 시작한 지 얼마 되지 않은 것 같은데 출판이라니 아직도 믿기지가 않습니다. 퇴고하면서 연재했던 글을 처음부터 읽는데 많은 생각이 들었어요. 이렇게 미숙한 글이 출판된다는 부끄러운 마음이 가장 컸습니다. 글을 쓴다는 게 쉬운 일이 아니라는 건 원래 알고 있었지만 이번에 그런 생각이 더욱 많이 들었습니다.

그래도 『병아리』를 위해 애써주신 많은 분들 덕분에 저도 즐겁게 작업했던 것 같습니다.

나비노블 직원분들과 『병아리』를 다듬어주신 편집자분, 교정자분, 그리고 『병아리』에 나오는 아이들을 매우 예쁘게 그려주신 삽화가분께도 정말 감사하고 있습니다.

덕분에 저도 최선을 다해 노력할 수 있었던 것 같아요.

『병아리』는 가벼운 마음으로 시작한 글입니다. 무거운 주제도 없고 음모와 계략 같은 것도 없이 소소한 일상들로만 이루어지는 글이에요. 초반에는 로맨스보다 개그에 중점을 두고 저도 웃으면서 썼습니다. 제가 웃으면서 쓴 만큼 『병아리』를 읽으시는 독자분들께서도 웃으면서 재미있게 봐주셨으면 하고 조심스레 바라봅니다^^

조금 늦었지만 다들 새해 복 많이 받으시고 언제나 행복한 하루 되세요!

2013년 1월

권새나

일러스트 작가 후기

언제나 제일 어렵고 고민되는 작업은 후기 작성이 아닐까 생각해요. 한 시간째 썼다 지우고 썼다 지우고를 반복하고 있습니다.

우선은 이 유쾌한 작품에 합류할 수 있는 기회를 얻게 되어서 정말로 기뻤다는 말을 하고 싶어요. 하지만 기쁘고 설레었던 만큼, 혹시라도 원작의 이미지에 마이너스가 되지는 않을까 하는 부담감으로 걱정이 많았어요. 그래서 시간 날 때마다 원작을 읽고 또 읽었습니다. 과연 결과물에 그 노력이 얼마만큼 드러날지는 모르겠지만, 부족한 부분이 보여도 모쪼록 너그럽게 보아주셨으면 좋겠어요.

작업이 마무리되어 가는 지금 시점에서, 『병아리』의 캐릭터는 처음 이미지를 못 잡아서 갈팡질팡하던 때의 낯선 아이들이 아닌, 원래부터 제 캐릭터였던 것 같은 기분까지 들고 있습니다.

그래서 출간을 앞두고 더 설레는 게 아닐까 해요.

『병아리』의 캐릭터 모두가 다 멋지고 사랑스럽지만, 특히 전 봄이 형님이 너무 좋아요. 절벽에서 새끼를 굴리는 사자 부모와 같이, 아니 굴린다기보다는 그냥 집어서 내동댕이치고 있는 것 같지만 그런 건 아무래도 좋아. 이런 잘난 형님이 옆에 있다면 하루아침에 바지 대신 치마를 입는 생활을 해야 한다 해도 할 만하지 않을까 생각해요. 부럽구나, 겨울아!

저도 앞으로 어떤 사건들이 일어나고 펼쳐질지는 잘 모르지만, 멋진 봄이의 이런저런 모습들과 더불어 가을이와 겨울이의 메르헨 같은 연애 이야기가 좀 더 펼쳐지기를, 또 그런 모습들을 그려볼 수 있게 되길 설레면서 기대해봅니다. 사실 1권 초반부만 봤을 때 전 봄이가 남주인 줄 알았거든요. 푸하하~.

책상 구석에 쌓여있는 빈 에너지드링크 캔들에게 스페셜 땡스 투를 보내면서……. 이상, 후기 작성에만 3시간을 써버린 신사고였습니다!

그럼, 다음 권에서 다시 뵈어요^^

2013년 1월
신사고

병아리 1

초판 1쇄 발행 | 2013년 1월 25일
초판 2쇄 발행 | 2017년 6월 30일

지은이 ⓒ 권새나 2013
일러스트 ⓒ 신사고 2013

교정교열 | 장혜미
편집담당 | 김미리
타이틀 디자인 | 주예지
커버 디자인 | 서유미

펴낸이 | 김혜랑
펴낸곳 | (주)메르헨미디어
등록일자 | 2016년 12월 28일
등록번호 | 제 2016-000253 호
ISBN 979-11-88079-89-6
ISBN 979-11-88079-88-9 (세트)

nabinovel@nabinovel.net
http://nabinovel.net

원고 모집

작가님, 메르헨미디어가 당신의 원고를 기다립니다.
귀하의 소중한 꿈의 조각을 보내주세요.

투고 방법

원고는 전자메일로만 받습니다.
나비노블 공식 블로그 [원고모집]에서 기획서를 내려받아 작성하시고
지정된 분량과 형식에 맞는 원고를 하나의 압축파일로 만들어 아래
전자 메일로 보내 주시면 됩니다.

원고 분량

200자 원고지 500매 이상.

보내실 곳

HTTP://NABINOVEL.NET
master@marchenmedia.net

아딘미르의 가시꽃

악녀. 리윤 아딘미르.
아딘미르 백작 가문의 수치라는 소리를 듣고 자라온 그녀는
뛰어난 부모님은 물론 오라버니와도 비교당하며
스스로 비틀렸다고 여긴다.
본성을 감춘 채 아카데미 생활을 버텨낸 것이 3년.

하지만 결국 리윤은 자신의 성격을 들켜 버리고,
주변은 모두가 예상한 것과는 다른 방향으로 흘러간다.

유지공 지
NOCA 일러스트

나비노블